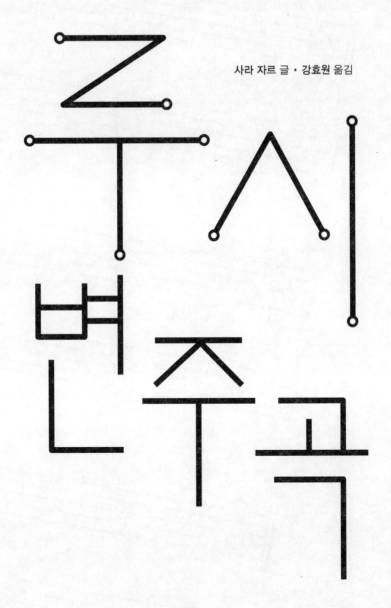

사라 자르 글 · 강효원 옮김

다림

차례

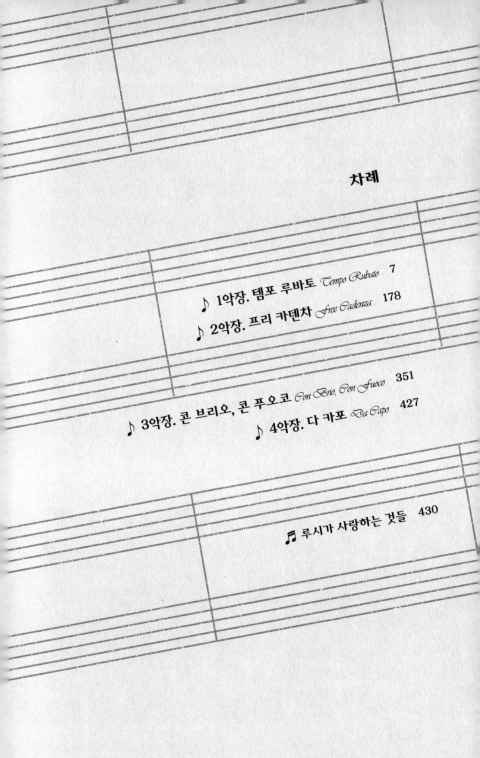

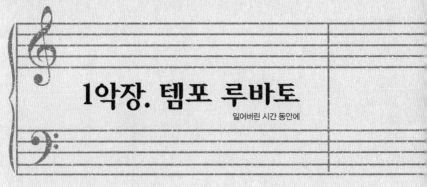

1악장. 템포 루바토

잃어버린 시간 동안에

Tempo Rubato 자유로운 속도로

1

"누나, 조금만 더 해 봐."

루시는 템니코바 선생님의 얼굴을 내려다보았다.

얼굴은 흙빛이었다.

누나

조금만

더

해 봐

루시는 선생님의 가슴께에 양손을 올리고 다시 주저했다.

무대 공포증. 자신의 실력을 증명할 기회이거나 아니면 실패할 차례거나. 어느 쪽도 루시에게 새롭지는 않다. 단지 지금까지는 사느냐 죽느냐의 문제가 아니었을 뿐.

이건 연주회가 아니야. 빨리 해.

하지만 피아노실에 누워 죽어 가는 사람은 학교 강당에 누워 있는 심폐 소생술 인형과는 전혀 다르다. 루시는 자신의 손 아래쪽에 있는 선생님의 가슴을 의식하지 않으려고 노력했다. 그리고 더 이상 영혼 없이 육체만 남은 것처럼 보이는 선생님의 몸도.

하지만 그 순간은 분명하지 않은 듯했다. 마치 선생님이 여기에 없다가 다시 나타났다가 그러다 다시 사라지는 것 같았다. 대부분은 여기 없는 것 같았다. 열 살짜리 남동생 거스는 루시가 대답하고 싶지 않은 질문을 했다.

"선생님……."

'돌아가셨어?'

"119에 전화해, 거스."

루시가 말했다. 거스는 충격을 받아 꼼짝도 못했다. 루시는 비명이라도 지르고 싶은 심정이었지만 목소리를 낮췄다. 거스까지 놀라게 하고 싶지 않았다. 루시는 차분하고 냉정한 엄마의 모습을 흉내내면서 다시 말했다.

"지금 당장 전화해."

거스가 방 반대쪽에 있는 전화기로 달려갔다. 루시는 천장을 쳐다보면서 CPR(심폐 소생술)을 어떻게, 어디에, 얼마나 하는지 떠올리려고 애썼다. 그건 그렇고 엄마와 할아버지는 대체 어디 계신 걸까? 엄마와 할아버지는 거의 항상 집에 머물며 집안일이나 그밖에 모든 것에 참견하면서 〈포춘*〉지에서 선정한 500대 기업과 관련된 대단한 일이라도 하는 양 늘 모두를 괴롭힌다.

---

*포춘 유명한 경제 전문 잡지.

피아노 위에 놓인 메트로놈*이 일정하게 똑딱거리는 소리를 냈다. 루시는 메트로놈을 향해 쿠션을 던지고 싶은 걸 꾹 참았다. 대신 흉부 압박을 하면서 시간을 재는 데 이용했다.

천천히

소리가 났다.

똑딱 똑딱 똑딱

느린 아다지오. 죽음의 곡이다.

루시는 거스가 어떻게 이런 걸 견뎌 내는지 알 수 없었다. 매일매일을 이 방에서, 나이 든 선생님과 단둘이서.

여기 앉아서 (똑딱) 연습에만 몰두하는 동안 (똑딱) 인생의 모든 좋은 시절은 (똑딱) 지나가 버린다. (똑딱)

루시만이 잘 안다. 왜냐하면 자신이 11년 넘도록 그렇게 살아왔으니까. 템니코바 선생님에게 배운 건 아니었지만 바로 이 방에서. 이 집에서. 이 부모님 밑에서 그래 왔다. 그게 이 집안의 내력이다.

"누나가 하고 있어요."

거스가 수화기에 대고 말했다. 그러고는 루시를 향해 외쳤다.

"인공호흡을 해 보래."

작년 봄에 루시는 레이나와 같이 학교에서 CPR 수업을 들으며 자신들이 CPR을 하게 될 상대는 마흔이 넘지 않은 잘생긴 남자일 것이라고 수다를 떨었는데, 이제 보니 헛된 꿈이었다. 루시는 머리카락을

***메트로놈** 원하는 빠르기의 규칙적인 박자를 나타내는 도구.

어깨 뒤로 넘기고 몸을 숙였다.

루시의 입술이 선생님의 입술에 닿았다. 루시의 숨이 선생님의 폐를 채웠다. 루시는 숨을 들이쉬다가 내쉬다가, 들이쉬다가 내쉬는 것을 반복했다. 하지만 아무 변화도 없었다. 루시는 다시 흉부 압박을 시도했다.

거스가 뭐라 말했지만, 들리지 않았다. 루시의 동작이 버벅거렸다. 허벅지 뒤쪽이 저리기 시작했다. 루시는 고개를 들어 거스의 표정을 살폈다. 지금 이 상황이 거스의 마음속에 영원히 트라우마로 남을지도 모르겠다. 20년쯤 뒤에 거스는 상담실에서 턱수염을 기른 중년 남자에게, 자신의 모든 문제는 누나가 자기 앞에서 죽어 가는 피아노 선생님을 구하지 못했던 때로부터 시작되었다고 털어놓을 것이다. 어쩌면 거스를 방에서 나가라고 해야 했을지도 모른다.

지금은 이미 늦었다.

"그 사람에게 말해. 내 생각에…… 선생님은 돌아가신 것 같아."

거스는 수화기를 루시에게 내밀었다.

"누나가 말해."

루시는 일어서다가 왼쪽 발에 쥐가 나서 인상을 찌푸리면서 수화기를 받았다. 그사이에 거스는 피아노 쪽으로 걸어가 메트로놈의 추를 잡아서 멈추게 했다.

집은 숨 막혔다. 루시는 나쁜 소식을 '사람들'에게 전했다. 그리고 그들이 묻는 몇 가지 구체적인 질문에 답을 해 주고 전화를 끊었다. 거스가 물었다.

"선생님은 여기 그대로 둬?"

선생님은 피아노 의자 뒤쪽에 깔린 페르시아 양탄자 위에 쓰러져 있었다. 선생님이 거스가 피아노 치는 걸 들으면서 서 있던 곳이다. 쇼팽의 야상곡을 연주하던 중이었다.

"사람들이 곧 온대. 그냥 여기서 나가자."

"선생님을 혼자 두고 싶지 않아."

거스가 대답하면서 선생님한테서 얼마 떨어지지 않은 곳에 있는 팔걸이의자 쪽으로 갔다. 할아버지가 주로 앉는 의자다. 선생님은 짧은 머리를 부자연스러운 검붉은색으로 물들였다. 처음 루시네 집에 올 때부터 그랬다.

루시는 거스에게 다가가서 의자의 팔걸이 부분에 걸터앉았다. 엄마의 휴대폰이나 할아버지의 휴대폰, 혹은 아빠의 사무실로 전화를 걸어야 했다. 하지만 그러고 싶지 않았다. 게다가 더 이상 응급 상황이 아니었다.

"유감이야, 거스."

실패였다.

♪

구급대원이 오더니 심장마비가 아니라 뇌졸중으로 보인다고 했다. 그러면서 루시가 할 수 있는 일은 '아마도' 더 이상 없었을 거라고 덧붙였다. 구급대원은 얘기를 하면서 휴대폰인지 무전기인지 뭔지 모를 기계에 글자를 입력했다.

아마도. 그건 별로 위안이 되는 말은 아니었다.

다른 구급대원이 선생님을 침대에 뉘어서 현관으로 옮기는 동안, '아마도' 대원은 무전기를 가방에 챙겨 넣고는 서류를 작성했다. 루시는 자신의 이름과 부모님 성함, 집 전화번호를 말해 주었다. 구급대원은 종이를 넘기다가 잠시 멈칫했다.

"열여덟 살 넘은 거 맞죠?"

"열여섯인데요."

"정말이에요?"

구급대원은 키가 작고 말랐는데 루시보다 5센티미터는 작아 보였다. 그가 루시를 다시 한번 쳐다보자 루시는 시선을 피했다.

"나이가 더 많아 보이는데."

루시는 그런 말을 들으면 무슨 대답을 해야 할지 난감했다. 칭찬으로 하는 말일까? 루시는 나이 들어 보이고 싶지 않다. 그렇다고 열여섯 살로도 보이고 싶지 않다. 열두 살. 열두 살이면 딱 좋겠다. 왜냐하면 그때는 엄청나게 화려한 드레스를 입은 채 할머니 손을 잡고 신이 나서 음악회에 가곤 했으니까. 아빠는 늦은 저녁에 루시를 차에 태워 정문까지 데려다주곤 했다. 엄마와도 쇼핑을 다녔다. 지금은 번번이 싸우지만.

"그런 말 많이 들어요."

루시가 대답하자 구급대원이 미소를 지었다. 구급대원의 업무 중에는 미소 짓는 일이 포함된 것처럼 보였다.

"이런 일 자주 있으시죠?"

루시가 말했다.

"그런 식으로 받아들이지는 않아요."

구급대원이 명함을 건넸다.

"부모님이 오시면 바로 이 번호로 전화해 줘요. 저분이 친척은 아니라고 했죠?"

구급대원의 시선이 루시의 목과 가슴 사이로 향했다. 루시가 등을 꼿꼿이 세우자 구급대원이 다시 서류로 눈길을 돌렸다.

"동생의 피아노 선생님이세요."

루시가 거스 쪽으로 고갯짓을 했다. 거스는 턱을 괴고 계단에 앉아 있었다. 트라우마가 생긴 것처럼 보이지는 않았다. 심심한 것 같기도 했고, 거스답게 생각에 빠져 있는지도 모른다. 마치 학교에서 과학 아카데미에 1박으로 여행가는 걸 어떻게 허락받을지 고민하는 것처럼 보였다. 물론 어림없는 일이지만. 늘 그렇듯이 부모님과 템니코바 선생님이 거스의 연습 일정에 차질이 생길까 봐 안 된다고 할 것이다.

구급대원이 얇은 입술 사이로 훅 하고 숨을 내쉬었다.

"수업 중에 여기서 그런 일이 일어나다니, 놀랐겠어요."

여기가 아니면 어디겠는가? 선생님은 거의 이곳, 피아노실에서 살았다. 거스는 '달빛 소나타'나 '런던 다리'를 더듬더듬 치는 평범한 열 살짜리 아이가 아니다. 거스에게는 목표가 있다. 예전에 루시가 그랬던 것처럼. 그리고 조야 템니코바 선생님은 거스가 네 살 때부터 거스를 가르쳤다. 할아버지가 러시아로 가서 선생님을 미국으로 데려오고 집 근처에 아파트를 구한 후 시민권을 얻을 수 있도록 도왔던 바로 그때부터.

선생님이 피아노 앞에서 죽음을 맞이하는 건 완벽하게 맞아떨어지는 일이었다.

하지만, 그래도 슬프다. 선생님은 인생을 우리 가족에게 바쳤고, 그 삶은 이제 막을 내렸다.

구급대원이 선생님의 시신을 싣고 간 뒤 거스가 계단에서 내려와 복도에 서 있던 루시 옆으로 왔다. 거스는 선생님 때문에 속상하더라도 내색할 아이가 아니었다. 루시가 물었다.

"괜찮니, 거스?"

지난 6년 동안 거의 하루 종일 함께 시간을 보낸 선생님의 죽음 앞에서 거스는 이렇게 말할 뿐이었다.

"엄마가 엄청 열 받겠네."

2

"선생님은 별로 늙지도 않았어."

엄마가 주방 싱크대에 기댄 채 쇠고기 스테이크를 도마에 내려놓으면서 말했다.

"나이가 많으셨어요."

루시가 말하며 주방과 식당 사이에 있는 창고 쪽으로 슬며시 들어갔다. 아빠는 주방에 있는 긴 탁자에 자리를 잡아 앉았고 거스는 그 옆에 있었다. 두 사람은 루시와 엄마 사이에 보이지 않는 완충 지대를 만들고 있었다. 루시는 이미 부모님과 할아버지, 가사를 돕는 마틴 아저씨 중 아무한테도 연락을 하지 않은 걸로 혼이 났다. 마틴 아저씨는 구급대원이 모두 간 뒤에 돌아왔다.

"누가 와도 선생님을 다시 살릴 수는 없으니까요."

루시는 이렇게 변명했지만 엄마는 전혀 납득하지 못했다. 이번에는 아빠가 말했다.

"루시 말이 맞아. 선생님은 그렇게 가실 만큼 나이가 많았어."

"목이 공룡 같았어요."

거스가 거들었다.

"거스. 선생님한테 예의를 지켜야지."

루시가 말했다.

"미안."

아빠가 올드 패션 칵테일을 한 모금 마시고, 엄마가 요리용 망치로 쇠고기를 다지는 사이에 루시는 자신의 숨이 들고 나는 것을 느꼈다. 선생님의 죽음 이후에 루시는 자신의 폐, 심장 등 자신을 살아 있게 하는 신체 기관이 이상하리만큼 생생하게 느껴졌다.

"아무튼, 타이밍 한번 기막히네."

엄마가 말했다. 엄마는 오븐의 위 칸에 팬을 올렸다. 오븐이 가열되기를 기다리면서 엄마가 루시 쪽으로 성큼성큼 걸어왔다. 루시는 긴장하면서 한 발짝 뒤로 물러섰다. 하지만 곧 엄마가 인상을 찌푸리며 바라보는 대상은 창고 안에 걸린 달력이라는 것을 깨달았다.

"7주 남았어."

엄마가 날카로운 눈초리로 루시를 보면서 달력을 가리켰다.

"7주도 아니네. 거의 6주 반에 가까워."

음악당에서 열리는 겨울 페스티벌 얘기다.

'응급 처치는 텔레비전에서 보던 것처럼 쉽지 않았다고요.'

"거스는 잘할 거예요. 지금도 잘하잖아요."

"물론, 지금도 잘하지."

엄마가 싱크대로 다시 가서 스테이크를 팬에 넣었다. 지글지글하는 소리와 함께 맛있는 냄새가 진동했다.

"하지만 앞으로 6주 반 동안 아무도 도와주지 않는다면 잘할 수 없을 거야. 이 시기에 누구를 어떻게 찾는단 말이니? 크리스마스가 다가오는데 말이야."

"괜찮아요, 엄마."

거스가 말했다.

"평소대로 연습할게요."

"페스티벌이잖소, 캣."

아빠가 술잔을 돌리면서 말했다.

"콩쿠르가 아니잖소. 거스는 잘할 거요."

아빠는 '잘할 거라'는 말이 이 집안에서 통하는 단어가 아니라는 사실을 깜박한 게 분명했다. 벡-모로 집안사람이라면, 그리고 무대에 오른다면, 어떤 이유에서든 그게 페스티벌이든, 콩쿠르든, 발표회든 심지어 그냥 피아노 의자에 앉는 거라 해도 잘하는 것보다 백만 배는 더 뛰어나야 한다.

그건 모로 집안보단 벡 집안에 더 해당되는 거긴 하지만.*

"스와너가 멀지 않아요. 그건 콩쿠르죠. 오늘 밤이라도 이메일을 보내야겠어요. 아버지가 돌아오시면 의논해서 바로 가능한 사람을 찾아봐야죠. 실력이 좋은 사람은 이제 남아 있지 않을 텐데, 걱정이네."

---

*루시의 성인 벡-모로는 어머니 성인 벡과 아버지 성인 모로를 합친 것이다.

루시는 조심스레 주방으로 다가가서 달력 쪽을 향했다.

"거스가 조금 쉬는 것도 좋을 거예요. 다들 그렇게 하잖아요. 휴식을 갖는 게 도움이 된다고요. 그리고 거스는 아마……."

엄마가 루시의 말을 잘랐다.

"루시, 미안하지만 너와 이 문제에 대해 의논하고 싶지 않구나."

"캣……."

루시는 아빠가 뭐라고 더 말해 주길 기다렸다. 조금이라도 루시를 편드는 말을 기대했다. 하지만 없었다. 항상 그랬듯이.

"식사 준비 도울까요, 엄마?"

거스가 물었다.

"저도 도울게요."

루시는 거스를 따라 식당으로 들어갔다. 거스의 머리카락을 헝클어뜨리고 싶은 마음을 참기 힘들었다. 루시는 거스의 곱슬머리를 무척 좋아했다. 하지만 거스는 누가 자신의 머리카락을 만지는 걸 싫어했다.

"네 명 자리를 차리렴."

엄마가 루시와 거스의 등 뒤에 대고 말했다.

"할아버지가 오실 거야."

할머니가 돌아가셨을 때를 생각해 보면, 할아버지가 템니코바 선생님의 소식을 들었다고 해서 약속을 취소하고 집으로 급히 오시는 거야말로 놀랄 일이다. 새삼스럽지는 않지만 냉혈한이 따로 없다.

루시와 거스는 식탁 위에 깨끗한 매트를 깔고 냅킨과 식사용 접시, 샐러드 접시와 포크, 나이프, 숟가락을 놓았다. 주중이라 디저트는 없다. 부모님을 위해 와인 잔을 준비하고 모두를 위해 물컵까지 올려 두었다. 할아버지가 안 계시는 오늘 같은 상황에서도, 루시네 집은 전통을 고수했다. 대개 루시는 상관하지 않았다. 하지만, 피자를 시켜서 주방에서 먹는 자유로운 날이 가끔씩은 있었으면 했다. 우리에게 중요한 누군가가 오늘 오후에 이 집에서 죽음을 맞은 것에 대해 얼마나 슬프고 이상한 기분이 드는지 이야기라도 나눌 수 있었으면 했다.

"잘했어, 거스."

루시가 식탁을 다시 한번 점검하면서 말했다. 루시는 얼룩 하나 없이 깨끗한 버터나이프를 만져 보았다. 마틴 아저씨는 지저분한 식기를 내놓은 적이 한 번도 없다.

거스가 의자 등받이 쪽에 양손을 가지런히 올리고 고개를 까딱했다. 루시는 거스 옆으로 다가갔다. 루시는 자주 울음을 터트리지는 않는다. 하지만 얼마나 힘든 날이었는지 모른다. 탬니코바 선생님이 돌아가셨다. 그렇게…… 할머니처럼 그냥 돌아가셨다. 할머니는 가족이라는 점이 다르긴 하다. 그러나 할머니가 돌아가셨을 때 루시는 옆에 있지 못했지만, 이번에는 죽음을 아주 가까이에서 봤기 때문에 루시는 할머니가 얼마나 그리운지 떠올리지 않을 수 없었다.

루시는 거스에게 팔을 두르고 머리를 거스의 어깨 쪽으로 숙여서 기댔다.

"조만간 네가 더 크면 이렇게 하는 게 어색하지 않을 거야."

"아, 그것 때문에 어색한 거란 말이야?"

"까불기는."

루시는 울고 싶은 기분이 사라져서 몸을 바로 세웠다.

"선생님을 살리지 못해서 미안해."

"아까 말했잖아. 괜찮아."

"조금도 슬프지 않니?"

루시가 물었다.

"모르겠어."

거스가 대답했다.

"누나는 어때?"

"할머니 생각이 나."

거스가 고개를 끄덕이자 루시는 거스의 머리 위에 손을 얹었다. 거스가 곧 꿈틀대면서 빠져나가더니 자리에 앉았다. 거스는 어른처럼 냅킨을 가지런히 무릎 위에 놓았다. 거스는 제멋대로 행동하는 법이 없다. 식사 도중에 자리에서 일어나 돌아다니거나 이상한 짓을 결코 하지 않는다. 부모님은 그 점에 대해 매우 자랑스러워한다. 하지만 루시는 그런 모습이 보통의 열 살짜리처럼 보이지 않는다고 생각했다. 루시는 거스가 아주 가끔은 별난 짓도 하기를 원했다. 신경질을 부리거나, 짜증 내기, 말도 안 되는 소리를 하는 것 말이다.

하지만 루시네 집에서는 슬픔과 마찬가지로 어리광도 참아야 한다. 어리광을 부리는 건 인생에 전혀 도움이 되지 않고 방해가 된다고 여겨진다. 세상과 스스로에게 자신이 아직 어린애라는 사실을 증명하는 것밖에 안 된다고.

　루시는 거스를 웃게 하려고 건너편에 앉아서 냅킨을 요란하게 펼쳤다.

　거스가 저렇게 완벽한 아이라서 다행인지도 모른다. 루시가 상황을 엉망으로 만들었을 때 루시를 자유롭게 해 주었으니까.

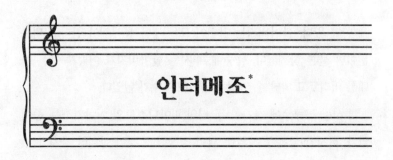

인터메조*

8개월 전, 루시는 호텔에서 열린 파티에 참석했다. 루시는 새 드레스를 입은 채 긴장하고 있었다. 엄마와 루시가 함께 골랐고, 둘 다 마음에 들어 한 드레스였다. 그 당시에는 엄마와 루시가 어떤 면에서 통하기도 했다. 드레스는 평소 루시가 입는 옷보다 좀 더 어른스러웠다. 루시는 이제 열여섯 살이 되었기 때문에 목 부분이 많이 파이지 않고 낮은 구두를 신는다는 조건하에 다리를 많이 드러내는 것을 엄마가 허락했다. 드레스는 부드러운 면으로 되어 있었고 장식이 왼쪽 허리께부터 허벅지 중간까지 이어졌다. 루시는 스타킹을 신기로 했었다.

하지만 엄마는 여기에 와서 루시의 의상을 확인하지 못했다. 할머니의 감기가 갑자기 폐렴으로 악화되는 바람에 간호를 하기 위해 집에 남아야 했기 때문이다. 대신 아빠가 프라하의 봄 국제 음악 축제*

---

*인터메조 오페라 간주곡으로 막과 막 사이에 연주되는 기악곡. 막간이라는 의미로 사용한다.
*프라하의 봄 국제 음악 축제 매년 5월 12일부터 6월 초까지 3주간 체코 프라하에서 개최되는 클래식 음악 축제. 1946년에 시작되어 이듬해인 1947년에는 프라하의 봄 국제 콩쿠르가 창설됐는데, 30세 이하의 젊은 연주자들만 참가할 수 있다.

에 함께 왔다. 할아버지는 자신이 모든 것을 통제해야 한다고 믿는 분이니 물론 함께였다. 나중에, 루시는 할아버지가 어떻게 아픈 아내를 버려두고 떠날 수 있었는지 이해할 수가 없었다.

루시는 콩쿠르에 참가한 두 명의 피아니스트와 이야기하는 중이었다. 하지만 둘은 루시와는 달리 경쟁하는 것이 아니라 즐기고 있었다. 한 명은 도쿄에서 온 남자이고 나머지 한 명은 주변이 너무 시끄러운 탓에 루시가 정확히 듣지 못한 유럽의 어딘가에서 온 여자로 이름이 리젤인가, 루이자인가 아무튼 비슷한 이름이었다. 둘 다 루시보다 열 살 이상은 더 많고, 유창한 영어로 자신들이 연주할 곡이라든지, 최근에 어디를 다녔는지, 앞으로 무엇을 할 것인지 등을 얘기했다.

"전 올여름에 탱글우드 페스티벌*에 참가할 예정이에요."

루시가 말했다.

꽤 인상적인 말이었던 것 같다. 루시 본인이 탱글우드에 가고 싶지 않다는 점만 뺀다면 말이다. 루시는 자신의 시간을 너무 많이 빼앗기는 게 싫었다. 연주회, 페스티벌, 음반 녹음과 콩쿠르는 루시를 세계 여러 곳으로 데려가는 동시에 루시에게서 많은 부분을 앗아갔다. 루시가 더 이상 등록되어 있지 않은 학교 같은 것 말이다. 대신 루시는 샌프란시스코 대학생들에게 과외를 받았다. 마니 언니, 잘생긴 베넷 오빠, 그리고 가끔은 엘리슨 언니가 왔다.

---

*탱글우드 페스티벌 미국 메사추세츠주 서부에 위치한 도시인 탱글우드에서 열리는 음악제로 1937년부터 이어져 온 유서 깊은 페스티벌이다.

루시는 프라하에도 오고 싶지 않았다. 이번 콩쿠르에는 전 세계에서, 루시의 연령대 가운데서는 열다섯 명의 피아니스트만 참가한다. 수천 명의 지원자 중에 루시가 선택된 것이다. 집에서는 파티까지 열렸고 할머니가 직접 음식과 꽃을 골랐다. 아빠는 축하 선물로 루시의 이니셜인 'L' 모양의 펜던트가 달린 백금 목걸이를 선물했다. 거스는 자신도 언젠가 그 대회에 참가하리라 상상하며 즐거워했다. 루시의 피아노 선생님인 그레이스 창은 무슨 곡을 연주할지 계획을 세우기 위해 따로 루시를 데리고 저녁 식사를 하기도 했다.

중요한 것은, 루시 자신은 지원조차 하지 않았다는 사실이다. 엄마가 지원서를 작성하고 CD를 보냈다.

"합격 못 하면 네가 실망할까 봐 걱정돼서 그랬단다."

엄마가 말했다.

'글쎄요, 사실은 내가 싫다고 할 기회조차 주지 않은 거잖아요.'

루시는 생각했다.

그때만 해도 루시는 잔잔한 호수에 돌을 던지는 것이야말로 최악의 일이라고 믿었다. 그리고 모든 것을 그만두리라 상상조차 못할 때였다.

도쿄에서 온 남자는 잘못 들었다고 생각했는지 루시 쪽으로 몸을 기울였다.

"탱글우드라고요?"

"네."

"나이가 어떻게 되죠?"

"열여섯 살요."

도쿄가 리젤 혹은 루이자와 시선을 교환하더니 말했다.

"와우."

루시는 잘난 체하려던 것이 아니었다. 같이 어울리려고 정보를 공유하면서 잘난 체하는 것처럼 느껴지는 경계를 넘지 않는 건 어려운 일이다.

"그냥 새로 데뷔한 어린 음악가들이……."

"실례할게요."

리젤 혹은 루이자가 누군가를 발견한 듯 자리를 옮겼다.

도쿄는 그대로 있었다.

"일본에 와 봤어요?"

도쿄는 머리가 길고 층을 많이 넣었다. 음악을 하는 남자들이 과시하고 싶을 때 하는 머리 모양이다.

"한 번요. 여덟 살 때."

도쿄가 그 말에 대꾸하려고 할 때 루시의 시야에 할아버지가 나타났다.

"루시, 인사해야 할 사람이 있단다."

할아버지가 루시의 팔을 잡고 반대쪽으로 데려갔다. 루시는 아빠를 찾으려고 두리번거렸지만 보이지 않았다.

"네 아빠는 방에 있어. 그건 그렇고 경쟁자들과 너무 친해지지 말거라."

"경쟁자가 아니에요."

"모든 사람이 경쟁자야."

루시는 호텔 연회장의 차가운 공기 때문에 몸을 떨면서 할아버지를 따라서 이리저리, 할아버지가 중요하다고 생각하는 사람들에게 인사를 다녔다. 주로 유명한 지휘자, 국제 연주 예약 에이전시, 그래미상을 받은 클래식 음악 감독이었다. 루시는 미소를 띠고 고개를 끄덕이면서 사람들이 말하는 것 대부분은 흘려들었다.

루시와 할아버지는 드디어 연회장을 떠났다. 방으로 돌아가는 엘리베이터 안에서 할아버지가 루시를 바라보았다.

"오늘 무척 잘했다. 자랑스럽구나."

할아버지의 눈빛은 부드러웠고, 사랑스럽다는 듯이 루시의 어깨를 감쌌다.

"이건 무척 중요한 대회잖니. 게다가 너에 대한 이야기들이 나오는구나. 모두들 너를 알고 있어."

그 부분에 대해서는 루시도 좋아했다. 특별한 사람이 되는 것. 설령 그것이 누군가의 시샘을 받아야 하고 누군가는 그런 주목을 받기에 루시가 너무 어리다고 생각하더라도 말이다.

피아니스트가 되어서 연주를 한다는 건 루시 또래의 아이들에게는 어떤 부러움의 대상도 못 된다. 심지어 제일 친한 친구인 레이나도 루시가 라흐마니노프*의 알레그로*를 칠 수 있다는 점에 대해서

---

*라흐마니노프 러시아의 대표적인 피아니스트이자 작곡가. 러시아의 전통을 지키려는 보수적 경향이 강했으며, 서정적이고 매력적인 작품을 썼다.

*알레그로 빠르게 연주하는 곡.

는 관심이 없었다. 하지만 이곳에서는 자신이 특별하다는 걸 루시는
안다.

"할머니는 어떠세요?"

루시는 엘리베이터에서 내려 호텔의 화려한 카펫에 발을 디디면
서 물었다.

"괜찮아."

"할머니한테 전화할래요. 잘 계시는지 궁금해요."

그리고 루시는 거스의 목소리를 듣고, 엄마에게 연주회 때 머리
를 어떻게 해야 할지 묻고 싶었다.

할아버지가 양복 소매를 걷어 시계를 보았다.

"적당한 시간이 아니구나. 할머니를 쉬도록 하는 게 좋을 것 같
아."

프라하로 떠나기 전에 루시는 인사를 하러 할머니 방에 들렀지만
할머니는 잠들어 계셨다. 루시는 할머니 머리맡에 잠시 머물렀다. 파
우더를 바르고 눈썹도 정리하긴 했지만 자연스럽게 아름다운 얼굴
이었다. 내게 상냥하게 대해 주고, 할아버지 같은 사람과 50년 이상
함께 살아온 이의 얼굴.

"가고 싶지 않아요."

할머니가 눈을 뜨기를 바라며 속삭였지만 할머니는 눈을 뜨지 않
았다.

대신 엄마가 그 말을 들었다.

"긴장해서 그래."

엄마가 할머니 침대로 다가왔다.

루시가 엄마 쪽으로 몸을 돌렸다. 두꺼운 커튼을 뚫고 들어온 오후의 햇살이 방 안을 가득 채워 먼지가 떠다니는 게 눈에 보일 정도였다. 고요한 가운데 할머니의 숨소리만 들렸다.

"긴장한 게 아니에요. 그냥 가지 말아야 할 것 같아요."

"가야 해, 루시. 프라하라고."

루시는 할머니를 돌아보았다.

"이게 집안의 위중한 사태가 아니고 뭐예요?"

"할머니는 괜찮으실 거야. 게다가 네가 여기 있어도 할머니를 위해 할 수 있는 건 아무것도 없잖니."

♪

루시는 프라하 호텔 방에서 잠이 깼다. 무언가 단단히 잘못되었다는 느낌이 들었다.

부모님은 루시의 휴대폰에 국제 전화 기능은 신청해 주지 않았다. 루시는 침대에서 나와서 아빠의 휴대폰을 찾으러 방이 연결된 거실로 나갔다. 아빠가 소파를 침대처럼 펴고 잠들어 있었다. 할아버지 방에 큰 침대가 두 개 있지만 할아버지가 방을 같이 쓰고 싶지 않아 해서다. 루시는 휴대폰을 찾아 방으로 살금살금 돌아와 이불 속에서 엄마에게 전화를 걸었다.

"마크. 거기는 한밤중 아닌가요?"

엄마가 받았다.

"저예요."

"루시니?"

"할머니하고 통화하고 싶어요."

엄마가 잠시 침묵했다.

"지금은 안 된단다. 미안하구나."

"주무세요?"

"사실 여기 병원이야."

엄마가 대답했다.

"할머니는 괜찮아."

엄마가 재빨리 덧붙였다.

"하지만 항생제 때문에 조금 힘들어하셔. 그래서 호흡기를 달았고. 괜찮아, 루시. 할머니 연세에 이런 일은 흔한 거야."

"할아버지도 알고 계세요?"

"그럼."

'왜 아무 말씀 안 하신 거지?'

"거스도 같이 있어요?"

루시가 물었다.

"아니. 거스가 여기 있을 이유가 없잖니. 아무 문제도 없는데. 거기 네 일에 집중하렴."

"할머니는 정말 괜찮으신 거예요?"

'목에 튜브를 꽂으셨어요? 아프신가요?'

"그럼."

"거스한테 인사 전해 주세요. 할머니한테도 사랑한다고 전해 주세요."

"그래, 알았다. 잠 좀 자거라."

루시는 전화를 끊고 나서야, 머리 모양을 어떻게 할지 엄마한테 묻는 걸 깜박했다는 사실을 깨달았다.

3

루시는 거스가 계단을 올라와서 루시의 방으로 이어지는 3층 복도를 걸어오는 소리를 듣고 늦잠을 잤다는 걸 깨달았다. 또 다. 엄마는 루시가 일부러 그런다고 생각했다. 마치 루시가 하루 종일 어떻게 하면 엄마를 열 받게 할지 고민하면서 보낸다는 식으로 말이다. 하지만 이유는 간단했다. 사실 루시는 늘 늦게 잤다. 매일 그랬다.

루시는 재빨리 침대에서 나와서 거스가 방에 들어왔을 때는 바지를 갈아입고 운동화까지 신었다. 상의만 잘 때 입은 운동복 차림이었다.

"2분만 기다려."

루시는 쌓여 있는 짐을 밀치고 옷장으로 가서 스웨터를 찾았다. 스웨터 아니면 다른 걸 입을까. 예를 들어 폴로 티셔츠나.

"오늘 날씨 어때?"

거스가 지붕 아래에 난 작은 창문으로 가서 끼익 소리를 내며 블라인드를 걷었다.

"흐린 것처럼 보여."

'스웨터네.' 루시는 옷장 앞에서 옷을 입은 다음, 가방과 머리핀을 집어 들고 거스를 따라 내려갔다. 루시는 거스를 앞세우고 그 뒤에 섰다. 엄마는 어제 템니코바 선생님이 침대에 실린 채 지나간 바로 그 현관에 서서 기다리고 있었다. 루시는 이렇게 말할 뻔했다.

사람들이 천으로 선생님 얼굴을 덮었어요. 침대 바퀴가 현관에 있는 테이블에 걸려서 제가 왼쪽으로 살짝 밀었다고요. 아세요?

하지만 엄마는 이미 손을 문 손잡이에 올려놓고 있었다. 그러니 죽음에 대해 논할 시간 따위는 없었다.

"더 이상 말하고 싶지도 않구나, 루시."

"두고 가지 그랬어요."

"그럼 오늘 학교를 아예 빠지겠다는 거잖아."

엄마가 밖으로 나가자 루시가 거스에게 말했다.

"차에 타서 가다가 커피 마시게 잠시 들르자고 말해."

"누나가 직접 하셔."

하루에 보통 네 시간밖에 못 잔다면 카페인이 필수다. 카페인 없이는 아무것도 할 수 없다. 루시는 엄마가 학교에 내려 주면 CC's로 얼른 뛰어갔다 와야지, 하고 생각했다.

집 밖으로 나가자 어디선가 아침 식사를 하는 기름진 냄새가 언덕 너머에서 불어오는 바람결에 실려 왔다. 아마 유니온 스퀘어에 있는 식당이겠지. 작년에 루시는 알리슨 언니를 따라 가끔 로지스나 엘라스에 가서 과외를 받곤 했다. 로지스에서는 훈제 연어 피자를,

엘라스에서는 다진 닭 요리를 먹었다.

루시의 배에서 꼬르륵 소리가 났다. 유명한 피아니스트가 되기 위한 한 가지 지침이 있다. 아침 식사를 느긋하게 즐기라는 거다. 몇 년 동안 일상적인 학교생활에서 벗어났다가 돌아온 지 얼마 되지 않은 루시는 1교시를 왜 이렇게 일찍 시작하는지 이해할 수 없었다.

거스는 앞좌석에 앉았고 루시는 뒷좌석에서 머리를 빗고 머리핀을 꽂았다.

언덕 아래쪽 신호등이 빨간불로 바뀌자 루시는 갑자기 죄책감에 휩싸였다. 이렇게 자주 늦는 것은 사실 예의 없는 일이라는 것을 안다. 하지만 죄책감에 대해 루시는 조심해야 한다. 한번 죄책감이 들기 시작하면 끝도 없이 밀려들어서 멈출 수가 없다.

루시 자신이 남들을 기다리게 만드는 부류의 사람이라는 생각에서부터 엄마에게 최소한의 도리도 지키지 않는 사람이라는 데까지 생각이 미쳤다. 그러자 자신이 주어진 삶에 감사할 줄 모르고, 또한 자신의 특권을 누릴 줄 모른다는 죄책감으로 번졌다. '백'이라는 성을 가진 할아버지야말로 가능한 최대로 특권을 누린다는 것에 대해 할 말이 많은 분이다. 그게 바로 우리 가족의 신조니까. 그러다 수많은 시간과 돈이 들어간, 혹은 투자였던 프라하에서의 일이 떠올랐다. 단지 낭비였던 걸까? 어찌됐든 표현하고 싶은 대로 그냥 두자.

부모님이 쏟아부은 시간과 돈은 돌려받을 수 없다. 루시가 결코 돌려줄 수 없다.

시간, 그것이 여기서 가장 중요하다. 그 수많은 시간.

다시 말하자면, 루시의 어린 시절. 그것이 영영 지나갔다.

지금 그걸 얘기해서 얻는 게 뭐가 있을까? 할 수 있는 건 아무것도 없다. 하지만 거스를 위해서는 할 수 있는 일이 남아 있을지도 모른다. 집안의 이름을 알리기 위해 성공해야 한다는 책임감을 혼자 짊어진 거스. 예전에는 루시와 함께 나누었던 모든 중압감이 루시로 인해, 거스 한 사람에게 쏠린다. 이 때문에 루시는 다시 죄책감을 느꼈다.

루시는 너무 자주 죄책감이 들어서 자꾸 후회하고 있는 자신을 멈추려고 노력했다.

거스의 학교 앞에 도착하니 몇 명의 아이들이 이미 건물 안으로 들어가고 있었다.

"얼른 들어가. 루시가 제시간에 준비를 못 해서 유감이구나."

엄마가 말했다.

루시는 등받이에 머리를 기댄 채 한숨을 쉬었다.

♪

스피어 고등학교는 샌프란시스코에서 두 번째로 좋은 학교다. 이곳의 등록금을 댈 수 있는 집안 출신이면서, 80명밖에 뽑지 않는 파커 데이 고등학교에 입학 허가를 받지 못한 아이들이 이 학교에 다닌다.

아침에 일찍 등교해야 하는 점만 빼면, 루시는 학교가 마음에 들었다. 루시는 2학년 2학기부터 다니게 되어, 대부분의 시간을 도서관에서 반 아이들을 따라가기 위한 자습을 하면서 보냈다. 그래서 아직도 같은 반 아이들을 거의 모른다. 하지만 루시에게는 단짝인 레이나가 있고 가끔 칼슨 린도 만나는 데다, 많은 아이들과 우르르 어울리는 걸 좋아하지 않는 탓에 적당히 만족했다.

올해 들어 학교에서 가장 마음에 드는 점은 찰스 선생님이다.

오늘 선생님은, 루시가 제일 좋아하는 셔츠를 입고 그에 어울리는 넥타이를 맸다. 브룩 브라더스*의 수수한 파란 줄무늬 셔츠에 작은 보랏빛 점무늬가 박힌 은색 넥타이였는데 그 무늬를 한참 동안 바라본 뒤에 수달이라는 결론을 내렸다. 거기다 밝은 금발과 어두운 금발이 섞인 턱수염을 보기 좋을 정도로 길렀다.

루시는 교실 문 앞, 선생님 곁에 서 있었고, 나머지 아이들은 벌써 모둠으로 문학 작품에 대한 토의를 시작하고 있었다. 루시는 목소리를 낮추고 템니코바 선생님이 자신의 눈앞에서 돌아가신 사실과 그 때문에 거스와 가족 모두가 얼마나 충격을 받았는지를 설명했다. 그 래서 자신이 늦었다고 말했다.

하지만 루시의 손에 들린 CC's의 커피가 진실을 말해 주었다.

카페인이 기분 좋게 몸에 퍼지자 루시는 마음이 찔리는 동시에 손 안에 든 컵의 온기를 느끼면서, 더 이상 변명은 찰스 선생님에게 통 하지 않는다는 사실을 갑작스레 깨달았다.

처음에 선생님은 인내심을 보였다. 학교생활이 루시에게는 새롭

---

*브룩 브라더스 양복 브랜드.

고, 루시는 모든 일을 어른처럼 혼자서 하는 버릇이 있다는 것을 이해했다. 게다가 루시는 개학을 하고 첫 주에 선생님의 애제자가 되었다. 선생님이 영국 시인인 딜런 토마스의 알려지지 않은 시에 대해 설명하는데 아무도 좋아하지 않았던 것이다. 오직 루시만, 지금은 기억나지 않는 어떤 의견을 제시했고, 선생님이 루시 자리로 와서 개인적으로 갖고 있던 토마스의 시집을 건넨 일이 있었다.

"이 시간이 완전히 무의미해지지 않도록 구해 준 보답이야."

선생님이 말했다.

그 이후로 루시는 수업이 끝난 뒤에 선생님의 교실에 좀 더 남아 있거나 가끔은 수업이 없어도 점심시간에 들렀다. 과외 선생님들과 수업을 많이 한 탓에 루시에게 선생님이란 나이가 많은 현명한 친구에 가까웠고, 찰스 선생님 역시 루시에게 그런 의미였다.

그러다가 그 마음은 선생님에 대한 짝사랑으로 변했다. 그리고 아주 약간은 선생님에게 집착하게 되었다. 선생님은 불쾌해하지 않는 것처럼 보였다. 그건 루시에게 토마스 시집을 선물하면서 루시를 특별하게 여긴다는 걸 보여 준 것으로 알 수 있다.

루시 또한 자신이 그 덕을 톡톡히 보고 있는 걸 알았다.

"가족에게 그런 일이 생긴 건 유감이구나."

선생님이 말했다.

"네가 아직 규칙적인 생활에 적응하려고 노력 중인 건 알지만 더 이상 안 돼. 알았지?"

"죄송해요."

루시는 컵 뚜껑 가장자리의 날카로운 부분을 엄지손가락으로 문질렀다.

"노력하고 있어요."

"정말이니?"

선생님이 믿지 못하겠다는 듯 말하면서 복도 쪽으로 따라 나오라는 고갯짓을 했다. 복도는 늘 그렇듯 왁스 냄새가 진동했다.

루시는 복도로 나가서 교실 문에 비친 자신의 모습을 힐끗 보았다. 커피 컵을 들고 이탈리아 브랜드 가죽 가방을 어깨에 맨 채, 이런 날씨에 필요도 없는 선글라스를 머리 위에 걸치고 있었다. 잘난 체해도 될 만한 영재. 할아버지가 어느 날 엘리베이터에서 자신의 자부심을 드러내며 루시를 표현하던 말이다.

"죄송해요."

루시가 다시 말했다.

"무슨 일이 있는 거야? 사실, 선생님들은 이런 일이 약물 중독이나 집안에 큰일이 있을 때 생긴다고 생각하고 걱정해. 하지만 네가 그렇지 않다는 거 알아. 약을 하는 게 아니잖아. 술을 마시는 것도 아니고. 네가 집에서 느끼는 문제는 흔한 거야. 그렇게 생각하지 않겠지만. 네가 학교를 좋아하는 걸 알고, 특히 내 수업을 좋아하는 것도 잘 알아."

"맞아요."

"그럼 제시간에 오렴."

"그럴게요."

선생님이 실망하는 모습에 루시는 속이 상했다. 루시는 그동안 선생님과 나누었던 친밀한 대화가 그리웠다.

"근데, 선생님 넥타이에 있는 건 무슨 그림이에요?"

"뭐?"

선생님이 고개를 숙여 넥타이 끝을 살짝 들었다 놓았다.

"지난 주말에 키우던 개를 안락사시켰어. 열네 살이나 되었거든. 아버지가 고등학교 졸업 선물로 주셨는데 보스턴에서 대학 다니는 내내 키우던 개야. 내 차 뒷좌석에 앉아 대륙을 가로질러 이곳까지 왔어. 그래도 나는 제시간에 도착했어."

선생님의 목소리는 화가 났다기보다는 울고 싶은 것 같았다.

"알겠니?"

기분이 엉망진창이 된 루시는 고개를 끄덕이면서 선생님이 털어 놓은 이야기에 대해 무언가 위로의 말을 찾으려고 노력했다. 하지만 죄송하다는 말만 되풀이했다.

"죄송해요. 개 이야기는 정말 안타까워요. 그리고……."

루시는 구두를 내려다보았다. 열여섯 살 생일에 엄마가 사 준, 주문 제작한 구두였다. 가격이 얼마인지는 모르지만, 언젠가 학생들 사이에 선생님들의 월급 파일이 돌아다닌 일이 있었는데 찰스 선생님은 이런 구두를 살 형편이 안 될 거라는 생각이 들었다. 그러니 루시는 적어도 제시간에는 와야 했다.

하지만 실패했다.

"우리는 여전히 친구야."

선생님이 말했다.

"네가 더 잘할 수 있다고 믿어."

여전히 친구. 그 말에 루시의 기분이 조금 풀렸다. 하지만 루시가 실망시킨 사람의 목록에 선생님을 추가하다니 마음이 좋지 않았다.

♪

점심시간에 루시는 늘 가던 곳에서 레이나를 만났다. 작은 원형 테이블이 있는 2층 휴게실로 식당에서 멀리 떨어진 곳이다. 루시가 학교를 그만두고 개인 교습을 받는 동안 레이나는 다른 친구들을 사귀었지만, 루시가 돌아오자 루시를 위해 다른 친구들을 버린 셈이다. 그래서 항상 루시와 레이나 단둘이었고 가끔은 남학생인 칼슨도 자신의 친구들에게 싫증이 나면 함께하곤 했다. 오늘은 둘뿐이었다.

"따끈따끈한 이혼 소식이야. 우리 아빠 여자 친구인지 뭔지 그게 누구냐 하면 말이지…… 기대하시라."

루시가 의자에 앉으며 말했다.

"겁나는데……."

레이나의 부모님은 현재 이혼 수속 중인데, 바람피우기와 재산 빼돌리기 등의 사건들이 밝혀지며 사태는 점점 더 최악으로 치닫고 있다. 게다가 퍼시픽 하이츠*에 있는 저택, 스틴슨 비치*에 있는 별장과 레이나의 여동생까지 얽혀 있다. 또 하나 골치 아픈 건 레이나의 아

*퍼시픽 하이츠 샌프란시스코의 부촌으로 전망이 좋기로 유명한 곳.
*스틴슨 비치 샌프란시스코에서 30분 정도 거리에 있는 해변.

빠가 루시의 치과 교정의라는 점이다.

"놀라지 마. 박순이 엄마래."

"세상에."

순이는 2학년 테니스 스타로, 착하긴 하지만 테니스밖에 모르는 아이다.

"어떻게 만났대?"

"어떻게 만났을 것 같니? 순이의 이 본 적 있어? 여기, 이거 받아."

레이나가 루시에게 칠면조 샌드위치 반쪽을 내밀었다.

"얘기가 나왔으니 말인데. 다음 주 토요일에 너희 아빠한테 예약 잡아 두었어. 끝나고 너희 집에 들를게."

레이나의 아빠인 바우먼 박사의 사무실은 레이나의 집 아래층에 있다. 물론 이 점도 이혼을 더욱 복잡하게 만들었다.

"아직도 다녀?"

레이나가 찌푸리면서 샌드위치 포장지를 한쪽으로 밀어 버렸다.

"몇 번 안 남았어. 그 뒤로는 교정 장치와도 안녕이야."

그러고 나서 루시는 레이나에게 템니코바 선생님 이야기를 했다. 루시는 죽음을 살아 있지 않은 것이 아니라 끝이라고 여겼다. 하지만 이런 생각을 너무 깊이 하면 설명하기가 더 힘들 것 같아서 레이나가 관심 있을 만한 심폐 소생술 부분에 대해 자세히 얘기했다.

"입에서 입으로 말이야."

레이나가 어깨를 으쓱했다.

"윽. 오늘 학교에 온 게 용하네. 충분히 결석할 만한 사건인 것 같은데."

"아마 집에 있는 게 너무 재미있어서일 거야."

"무슨 말인지 알겠어. 너네 가족은 할아버지 집에서 나와야 한다니까."

"그럴 일은 절대 없겠지."

루시가 대답했다.

"게다가 절반은 우리 엄마 집이라고."

루시는 샌드위치를 마저 먹고 혀를 이용해서 앞니에 양상추가 끼었는지를 확인했다. 오늘 아침 차에서 본 엄마의 뒤통수가 떠올랐다. 틀어 올린 금발 머리는 한 올도 흐트러지지 않았다. 언제나 자신감 넘치고 당당했다. 그러니 심폐 소생술도 완벽히 해낼 사람이다. 템니코바 선생님은 감히 돌아가시지도 못했을 거다.

"엄마는 내가 선생님을 구하지 못한 게 못마땅한가 봐."

"너네 엄마 대단하시다."

"그렇다니까."

루시가 대답했다. 그동안에도 사이좋은 모녀 지간은 아니었지만 작년에는 특히…… 엉망이었다.

"뭐, 그래도 바람둥이나 사기꾼과 사는 것보단 훨씬 낫지."

"너네 아빠는 그래도 일주일에 한 번 이상은 웃으시잖아."

"우리 아빠는 교정의야."

레이나가 먹다 만 샌드위치를 봉지에 다시 쑤셔 넣었다.

"그건 미소가 아니지. 홍보라고."

♪

수업이 끝난 뒤 루시는 서둘러 CC's로 가서 커피와 찰스 선생님께
드릴 초콜릿칩이 들어간 호박빵을 샀다. 선생님이 화가 나지 않았는
지 한 번 더 얘기를 하고 싶었다. 화장실에 들러서 머리를 다시 빗고
찰스 선생님의 눈을 똑바로 쳐다보는 연습을 했다. 선생님은 나를
좋아한다. 루시는 그것을 안다. 하지만 선생님이 어떤 식으로 나를
좋아하는 걸까? 구급대원처럼 열여섯 살 이상으로 보는 걸까? 음악
계 사람들이 보는 것처럼일까? 하지만 어떤 것도 상관없었다. 선생
님이 루시를 다른 아이들과 똑같이 대하지만 않는다면.

루시는 거울을 향해 코를 찡그렸다. 화장실 벽에 붙은 레몬 향 방
향제가 너무 독했다.

그래서 어쩌겠는가.

선생님을 좋아하는 건, 어찌 보면 한심하다.

루시가 교실로 돌아갔을 때 선생님은 자리에 없었다. 불도 꺼져
있었다. 문을 살짝 밀어 보니 열려 있었다. 비어 있는 교실은 이상하
게 느껴졌다. 루시는 책상에서 메모지를 찾아서 얼른 몇 자 적었다.

좋은 아침이에요. 앞으로 지각하지 않는다는 데 호박빵을 걸게요.

-루시 드림

루시는 빵에 메모지를 붙여서 책상에 놓인 상자에 넣었다.

4

루시는 처음에 엄마가 노크하는 소리를 듣지 못했다. 노트북에 스
피커를 연결해 구스타브 홀스트*의 음악을 크게 틀고 숙제를 하고
있었다. 음악이 데크레센도*로 접어들었을 때 노크 소리가 크고 선
명하게 들렸다.

루시는 음량을 낮추고 문을 열었다. 엄마가 오늘 아침, 거의 열네
시간 전에 보았던 그대로 완벽하게 아름다운 모습으로 서 있었다.

엄마가 방 안에 들어왔을 때 음악은 무소르그스키*로 넘어가서
분위기가 가라앉았다.

"어제 일에 대해 듣고 싶구나. 정확히 어떻게 된 일인지 말해 주

---

*구스타브 홀스트 영국 작곡가로 동양에 흥미를 가져 동양적인 음계와 리듬을 즐겨 사용했
다. 대표적인 작품으로는 1916년에 완성된 《행성 모음곡》이 있다.

*데크레센도 점점 여리게.

*무소르그스키 러시아의 작곡가. 여러 편의 피아노곡, 교향곡, 오페라, 가곡 등을 작곡했고
러시아 고유의 선법과 대담한 화성, 변칙적인 리듬 등을 구사해 근대 인상과 음악의 선구자가
되었다. 《전람회의 그림》이라는 작품이 유명하다.

렴."

"얘기했잖아요."

루시가 책상으로 가서 음악을 끄고 영어 숙제 파일에 몇 글자를 쳤다.

"다시 한 번 얘기해 줘. 뭔가 빠진 게 있을지도 몰라."

엄마는 침대로 다가와서 가장자리에 걸터앉더니 노트북을 향해 있던 루시의 의자를 돌렸다.

빠질 게 뭐가 있지? 선생님은 이미 돌아가셨는데.

하지만 루시는 일어났던 일을, 거스가 소리 지르던 순간부터 구급 대원이 나타나기까지 다시 되풀이했다. 엄마는 심폐 소생술 부분에서 루시의 말을 끊으면서 질문을 했다.

"거스가 119에 전화한 게 정확히 얼마나 지나서니? 그때 선생님이 숨을 쉬고 계셨니? 말은 하실 수 있었니?"

"무슨 말요?"

루시가 물었다.

"아무 말이라도, 어떤 얘기라도 말이야."

루시는 엄마가 듣고 싶어 하는 다른 무언가를 말할 수 있으면 좋겠다고 생각했다. 템니코바 선생님이 죽어 가면서 거스에 대해 의미 있는 말을 남겼다거나 자신의 삶을 바꿔 준 것에 대해 벡-모로 집안에 감사 인사를 전했거나 하는.

"아니오, 선생님은 돌아가셨어요. 갑작스럽게요."

"네가 좀 더 빨리 119에 전화했으면 좋았을 텐데……."

"선생님에게 할 수 있는 건 아무것도 없었다고 했다고요."

아마도.

"왜 나한테 바로 전화하지 않았니?"

"모르겠어요."

루시가 대답했다.

"전화할 생각을 하기는 했니?"

'엄마가 할머니에 대해 나한테 전화할 생각 같은 거요? 그런 거 말이에요?'

"선생님은 이미 돌아가셨어요. 엄마가 바로 아셨든지 나중에 들었든지 상관없이, 돌아가셨다고요."

엄마가 고개를 끄덕이더니 담요 위로 손을 내려놓았다.

"침대 정돈을 좀 했으면 좋겠구나. 침대를 정돈하면 방 전체가 깔끔해 보일 거야."

"알았어요."

루시는 다시 숙제 쪽으로 몸을 돌렸다.

"할아버지가 가능한 빨리 새 선생님을 구하려고 알아보고 계셔. 페스티벌이랑 스와너에 대비해서 거스가 계속 준비해야 하니까. 그레이스 창한테 전화할까도 생각해 봤지만 할아버지가 너무 싫어하실 것 같아서."

루시는 글자를 치는 걸 멈췄다.

"그레이스 선생님은 안 돼요."

그건 마치 헤어진 전 남자 친구를 가족 중 누군가에게 소개하는 것과 같다.

그레이스 선생님은 루시에게 템니코바 선생님 같은 존재다. 무섭거나 차갑지 않은 점만 빼고. 그레이스 선생님은 멘토이자, 선생님이며 조언자인 동시에 멋진 이모 같은 존재다. 루시가 버린 멋진 이모.

"아카데미에 전화해서 부탁하세요."

루시가 말했다.

루시와 엄마의 시선이 마주쳤다. 둘 다 그것이 불가능하다는 걸 안다. 할아버지는 심포니 아카데미에 대해 묵은 감정이 있다. 엄마가 거스 또래의 나이일 때 연주 경력을 쌓아야 하는데 그러지 못했다. 할아버지는 그것에 대해 아카데미에 있는 루시 엄마의 선생님과 학교 시스템과 함께 자신을 향한 편견, 당시의 상황, 그리고 엄마는 물론이고, 자기 자신만 빼고 모든 것과 모든 사람을 비난했다.

"누군가 찾을 수 있겠지."

엄마가 일어섰다. 그러고는 나가려다 잠시 멈춰 서서 루시의 머리를 쓰다듬었다.

"침대에 눕기 전에 드라이하는 게 좋겠구나."

"자연스럽게 말리는 게 좋아요."

"그래도 드라이어를 사용하면……."

"자연스럽게 말리는 게 좋다고요."

루시가 머리를 확 빼면서 의자를 다시 돌렸다.

엄마의 팔이 툭 떨어졌다.

"너무 늦게 자지 말거라."

"해야 할 게 많아요."

루시가 중얼거렸다.

엄마는 무슨 말을 하려다 입을 다물어 버렸다. 그러고는 팔짱을 끼고 루시 방문 옆에 걸린 사진 앞에 섰다. 루시가 열세 살에 로레타 힘멜만 국제 콩쿠르에서 5등을 했을 때 찍은 사진이었다. 무척 잘했었다.

그 한 주는 정말 꿈결같이 지나갔다. 콩쿠르를 위해 유타에 갔는데 처음으로 루시, 거스와 부모님만 함께였다. 솔트레이크에 있는 엄청나게 큰 호텔에 머물면서 매일 아침 룸서비스로 누텔라*를 바른 바나나 크레이프와 에그 베네딕트*, 그래놀라*를 먹었다.

루시는 콩쿠르에서 금세 친구 한 명을 사귀었다. 매드첸이라는 아이로 독일 바이에른에서 와서 영어를 잘 못했지만 둘은 시간이 날 때마다 호텔 주변을 놀러 다녔다. 하루는 둘이 매드첸의 방에서 함께 자고 싶어 하자, 매드첸의 어머니가 침실을 내어 주고 자신은 간이침대에 누워 아이들에게도 얼른 누우라고 말했다. 매드첸 어머니의 목소리는 조용하면서도 독특하고 리듬감이 있는 저음이었다. 루시와 매드첸은 베개에서 나는 희미한 세제 냄새를 맡으면서 곧 잠에 빠져들었다.

이것이 그 당시에 루시가 마지막으로 느낀 행복한 기억이다. 루시

*누텔라 초콜릿과 헤이즐넛을 섞어 만든 것으로 빵에 발라 먹는 스프레드.
*에그 베네딕트 영국식 머핀에 데친 달걀(수란)과 햄 등을 넣어 먹는 아침 식사 메뉴.
*그래놀라 곡물, 견과류와 말린 과일 등을 섞어 오븐에 구운 것.

는 할아버지의 간섭에서 벗어나, 할아버지가 경쟁심을 부추기는 상황에서 벗어나 가족끼리만 있을 때 행복을 느꼈다. 아니면 루시가 특히 좋아하는 브람스의 곡을 연습할 때에도 그랬다. 브람스의 랩소디 B 마이너. 엄마는 루시가 좀 더 잘난 체할 수 있는 곡을 연주했으면 했고, 할아버지 역시 그레이스 선생님을 거의 해고시킬 지경이었지만 루시와 그레이스 선생님은 기술적인 부분 못지않게 표현력이 나아지길 원했다.

매드첸과 매드첸의 어머니는 루시가 연주하는 걸 들으러 와서 연주 내내 웃음을 지었다. 그날 아침에 매드첸이 형편없는 연주를 했는데도 말이다.

아마 그런 게 행복을 느끼게 하는 것이리라.

엄마는 걸음을 멈추고 사진을 응시하다가 방에서 나가기 전에 말했다.

"내가 사 준 실크 베개 커버를 써 보렴. 머리가 부스스해지지 않을 거야."

5

주말이 되어서야 엄마와 할아버지는 템니코바 선생님의 죽음과 그것이 어느 누구의 잘못도 아니라는 점을 받아들였다. 그러고는 이제 앞으로 누가 어떻게 거스를 맡을지에 대해 관심을 기울이며 비밀리에 의논했다.

루시는 상황이 어떻게 돌아가는지 궁금했지만 묻지 않았다. 할아버지는 루시가 이 일에 끼어들거나 의견을 말할 자격이 없다고 할 게 뻔했다. 더 이상 자격이 없다. 물론 한때는 루시도 관여했고 특히 거스에 대한 일이라면 항상 의견을 냈다. 루시는 거스에게 좋은 선생님이 생기길 바랐다. 음악적으로 뿐만 아니라 거스가 보고 배울 수 있는 사람이기를, 예전에 거스가 루시를 본받았듯이 말이다.

하지만 이제 가족들은 루시의 의견을 묻지 않고, 루시 역시 최대한 모른 체하면서 방에서 꼼짝 않고 찰스 선생님이 내 준 숙제에 매달렸다.

수업 시간에는 단편 소설에 대해 공부했다. 학생들은 각자 작가를 한 명 골라서 최소한 다섯 편의 작품을 읽고 글을 써야 했다. 이 숙제는 이번 학기 학점에 큰 비중을 차지했고, 루시는 점수를 잘 받아서 좋은 인상을 주고 싶었다. 오랜 시간 동안 인터넷을 뒤져 찰스 선생님이 하버드에서 앨리스 먼로*에 대한 논문을 써서 상을 받았다는 사실을 알아냈다. 그래서 루시는 먼로를 선택했다.

일요일 오후, 루시가 먼로에 대해 글을 쓰고 있을 때 거스가 책을 들고 오더니 방에서 읽어도 되느냐고 물었다.

"조용히 본다면."

거스는 루시의 침대에서 베개를 가져와 팔 밑에 깔고 바닥에 엎드렸다. 루시도 거스 옆에 앉아 드문드문 몇 문장을 쳤다.

찰스 선생님이 내 준 숙제를 할 때마다 루시는 잘난 척하지 않고 적당히 똑똑해 보이도록 균형을 잡기 위해 노력했다. 브라이언 옥센포드처럼 온갖 어려운 단어를 나열하느라 복잡해져 전혀 말도 안 되는 글을 쓰고 싶지는 않았다.

"뭐 하나 물어봐도 돼?"

거스가 말을 꺼냈다.

"이미 물었잖아."

"누나는 템니코바 선생님이 천국에 갔다고 생각해?"

"그럼."

---

*앨리스 먼로 캐나다 출신의 작가. 먼로가 쓴 단편 소설은 주인공 여성의 평범한 일상을 통해 복잡한 삶의 진실을 섬세하면서도 묵직하게 그려 냈다는 평가를 받는다. 2013년 노벨문학상을 수상했다.

루시가 잠시 입을 다물었다가 덧붙였다.

"왜 아니겠니."

"천국이 있다고 생각하는 거네?"

"모르지."

"그럼 왜 선생님이 천국에 갔을 거라고 했어?"

"그런 말이 아니야."

"할머니는 어떻게 생각하실까?"

루시는 노트북의 트랙패드를 손가락으로 마구 문질렀다. 그동안 할머니에 대한 이야기는 거의 꺼내지 않았다. 생각만 해도 가슴이 미어져서다.

"모르겠어. 할머니는 그런 얘기를 한 적이 없어."

"그래서? 얘기를 하지 않았다고 해서 없다고는 할 수 없어."

"맞아."

루시가 대답했다.

"이제 숙제 좀 하자."

잠시 후에 거스가 다시 물었다.

"하나만 더 물어봐도 돼?"

"안 돼."

"누군가 찾은 것 같아."

거스가 책에서 눈도 떼지 않고서 말했다. 거스의 손가락이 오른쪽 페이지의 모퉁이에서 책장을 넘기기를 기다리는 듯했지만 움직이지 않았다.

루시는 그게 무슨 뜻인지를 바로 알아들었다.

"누구 만난 적 있어?"

루시가 놀라서 물었다.

"아니."

"네가 만나 보지도 않았는데 선생님을 정하지는 않을 거야."

루시는 화면에서 한 문장을 지우면서 어떻게 하면 브라이언 같지 않게 수정할 수 있을지 고민했다.

"얘기하는 걸 들었어."

거스가 몸을 일으키며 말했다. 책은 여전히 펼쳐져 있었다.

"엄마 사무실에서. 아빠도 계셨어."

루시는 노트북을 한쪽으로 치웠다. 아무리 할아버지라도 이런 식으로 선생님을 정하지는 않을 터였다. 거스는 자신의 선생님에 대해 말할 자격이 있다. 더 이상 다섯 살이 아니니까.

"무슨 말을 들은 거야? 확실해?"

"사실 다 들었어. 문에 귀를 대고 있었거든."

"몰래 엿들은 거야?"

"이름이 뭘 뭐라고 한 것 같아. 할아버지가 아는 교향악단 친구한테 소개받은 듯해."

"성도 들었니?"

"잊어버렸어. 하지만 브라이트 5중주단은 기억나."

루시는 다시 무릎에 노트북을 놓고 인터넷 검색을 했다. 어찌 되었든 선생님을 정한 건 거스가 오해한 것일 거다. 거스는 이름을 잘

못 들은 것 같았다. 브라이트가 아니라 브라이트만 5중주단이었다.
검색 페이지를 뒤지다가 뭔가가 눈에 띄었다.

"윌 R. 데비?"

"맞아."

거스가 책을 내려놓고 루시 쪽으로 기어가서 둘은 윌 R. 데비에
대한 인터넷 페이지를 함께 읽었다. 피아니스트이자 비올라 연주자,
교습까지 하는 사람이었다. 유명한 연주자 몇 명에 대한 평이 있었
다. 어린 연주자가 나오는 지방 방송국 프로그램의 진행을 맡았지만
2년 전에 그 프로그램은 폐지되었다고 했다.

"넌 저기 나간 적 없잖아."

루시가 말했다.

"이 사람이 그 사람이라면 너도 이 프로그램에 나갔어야지."

아니면 루시가 나갔어야 했거나.

둘은 윌이라는 사람에 대해 좀 더 찾아보았다. 기사, 블로그 등등.
그러는 사이에 엄마가 방문 앞에서 루시를 불렀다.

"루시, 거스 거기 있니?"

"네."

루시가 대답하자 엄마가 들어왔다. 엄마는 빨간색 스웨터와 회색
모직 치마를 입고 스타킹과 부츠를 신고 있었다. 입술에는 빨간 립
스틱까지 발랐다. 머리는 풀었지만 단정하게 빗어서 등 뒤로 내렸다.

"왜 그렇게 차려입으셨어요?"

루시가 물었다. 일요일에 엄마는 보통 청바지나 세련된 요가 복을

입곤 했다.

"식사하러 손님이 오실 거야. 너희도 옷을 갈아입었으면 좋겠다."

일요일 저녁에 정식 만찬이라. 거기다 예고도 없이? 루시는 거스 쪽을 보면서 물었다.

"누가 오는데요?"

둘은 마치 아무것도 모른 체했다.

"월과 아루나 데비 부부야."

엄마는 시선을 내리깐 채, 스웨터 소매에 있지도 않은 보푸라기를 떼어 내는 시늉을 했다.

"얌전히 행동해, 거스. 화요일부터 월 선생이 널 가르칠 거야."

루시는 거스가 뭐라고 한마디 하기를 바라면서 쳐다보았다. 벌써 결정하셨어요? 제 의견은 듣지도 않고요? 하지만 그건 루시만의 생각이고 거스는 여전히 착하고, 말 잘 듣고, 토를 달지 않는다. 거스가 대답했다.

"알았어요."

그러고는 일어나서 엄마를 따라 아래층으로 내려갔다.

두 사람이 나간 뒤 루시는 문을 응시했다. 템니코바 선생님의 죽음으로 바뀐 건 아무것도 없다. 평소대로 모든 게 결정되었다. 할아버지가 엄마의 도움을 받아 모두를 꽉 쥐어흔들고 아빠는 한 걸음 떨어져서 돌아가는 상황을 방관만 한다.

이 곡을 연주해, 루시.

이 드레스를 입어.

이리 와. 이 분이 너와 얘기하고 싶어 하셔.

피아노 앞에 앉기 전에 심사위원 중 한 명과 눈을 마주쳐.

고개를 꼿꼿이 해. 네가 누구인지 기억해.

할아버지가 바라는 루시의 모습이 어떤 건지 루시는 잘 알고 있었다. 그렇다고 동의하는 것은 아니었다.

루시는 앨리스 먼로를 잠시 밀어 두고 인터넷으로 월 데비의 사진을 찾았다. 무척 젊어 보였다. 지방 방송국에서 프로그램을 진행할 만큼은 잘생겼지만 전국 방송에 나갈 정도는 아니다. 얼굴이 희한하게 비대칭이어서 한쪽 눈은 다른 쪽 눈만큼 크게 뜨지 않았고 코도 왼쪽으로 틀어졌다. 하지만 온화한 인상이 불완전한 얼굴을 감췄다.

그건 중요하지 않다. 월 데비는 세상에서 가장 친절한 사람일 수도 있다. 그렇다고 해도 이런 식으로 거스에게 배우라고 강요하는 것은 옳지 않다. 루시에게 프라하에서의 일이나 다른 일을 강요하여 루시의 삶을 조금씩 빼앗고, 결국 그만두는 것만이 스스로 할 수 있는 유일한 선택으로 느껴지게 만들었던 것과 똑같다.

♪

데비 부부가 도착하기 한 시간 전에야, 루시는 겨우 자리에서 일어나서 잠옷을 벗고 샤워를 하러 욕실에 들어갔다. 루시 방에는 루시만의 엄청나게 큰 욕실, 레이나의 표현에 따르면, '사우나실'이 딸려 있고 거기에는 어마어마하게 큰 욕조와 샤워 부스가 따로 있는데 샤워 꼭지 두 개가 달려 있고 대리석으로 만든 의자까지 있다. 루시는 먼저 오른쪽 다리를, 그다음엔 왼쪽 다리를 의자에 올리고 다리털을 깎았다. 누나로서의 의무감이 들어서 윌 선생님을 만나고 싶은 마음이 간절했다. 윌 선생님이 마음에 들지 않았다면 루시는 분명 엄마에게 한마디 했을 거고, 그랬다면 엄마는 소리를 지르거나 더 심하게는 루시를 저녁 식사에 참석하지 못하게 했을 거다.

루시는 몸을 닦고 로션을 바른 다음, 머리카락에 에센스를 발라 하나로 묶었다. 얼굴에 파우더를 약간 두드리고 립밤을 살짝 발랐다. 욕실 장에 향수 샘플이 몇 개 있었지만 마음에 드는 건 하나도 없었다. 옷장에서 옷 두 벌을 꺼내 고민했다. 하나는 파란색 바탕에 크림색 물방울무늬 원피스인데 50년대 스타일이다. 편안하면서도 루시를 돋보이게 해 준다. 나머지 하나는 평범한 까만색 원피스다.

물방울 원피스는 너무 튀어서 기분까지 들뜨게 만들기 때문에 루시는 까만색 원피스를 선택했다. 옥색 카디건이 생기 있어 보이게 할 거다.

루시는 옷장 거울에 비춰 보았다. 평범하지만 적당하다.

스타가 아닌, 누나로서.

루시는 그것에 익숙해지고 있었다.

마지막으로 루시는 아빠가 선물한 L자 펜던트 목걸이를 걸었다. 그러고는 생각했다.

'현실을 받아들일 시간이다.'

자신의 농담에 웃음이 나왔다.

6

거실에서 목소리가 들렸다. 할아버지는 칵테일을 만들고 계실 것
이다. 루시는 할아버지가 늘 그렇듯 나비넥타이를 메고 흰머리는 뒤
로 빗어 넘겨서 매주 들르는 이발소에서 구입한 옛날 스타일의 스프
레이를 뿌려 고정한 모습을 상상했다. 할아버지는 그 스프레이와 함
께 남성용 샤넬 향수와 진 마티니를 좋아했기 때문에 할아버지에게
는 화학 약품 냄새가 났다.

루시는 마틴 아저씨에게 인사하러 주방에 먼저 들렀다. 마틴 아저
씨를 만나면 항상 기운이 난다. 아저씨는 보통 일요일은 쉬지만 엄마
가 별안간 요리사로 변신해서 저녁 식사를 준비할 리가 만무하다. 하
지만 루시가 발견한 건 마틴이 아니라 두 남자와 신경이 곤두선 것
같은 낯선 여자로, 초록색 앞치마를 두른 채 정신없이 주방을 돌아
다니고 있었다.

"어!"

루시가 말을 꺼내려는데 마틴 아저씨가 창고 쪽에서 와인 두 병

을 들고 나타났다.

마틴 아저씨가 와인 병을 탁자에 두고 루시에게 다가왔다.

"안녕, 공주님. 뭐 필요한 거라도 있니? 지금은 정신이 없구나."

"출장 요리사예요?"

루시가 속삭였다.

"진짜로요?"

"내가 불렀어. 세상에 손님들이 비건*이라지 뭐니. 뭘 만들어야 할지 어떻게 알겠냐고! 심지어 치즈도 먹지 않는대."

"할아버지가 비건을 고용하다니 믿을 수 없네요."

할아버지는 비건에 대한 편견이 있다. 그들은 목욕도 하지 않고 세금도 안 낸다고 생각했다.

"노인들은 사람을 놀라게 하는 재주가 있다니까."

마틴 아저씨가 손가락 두 개로 루시의 턱을 들어 올려서 얼굴을 살폈다.

"예쁘구나, 우리 공주님. 이제 가서 재미있는 시간 보내렴."

♪

사람들은 문을 등진 채 반원 형태로 모여 빌헬름 푸르트벵글러*의 지휘봉을 구경하고 있었다. 물론 그렇겠지. 할아버지가 처음으로

*비건 고기는 물론 달걀, 우유도 먹지 않는 완전한 채식주의자.
*빌헬름 푸르트벵글러 독일의 지휘자. 독일, 오스트리아 음악의 정신을 깊이 파악하고 이를 독자적인 지휘법으로 표현한 20세기 최고의 지휘자 중 한 사람이다.

집에 온 사람에게 가장 먼저 보여 주는 게 바로 그 지휘봉이다. 할아버지에게는 그 지휘봉에 얽힌 기나긴 사연이 있다. 경매에 참여하려고 급히 비행기를 타고 베를린에 가서 어마어마한 금액을 찾느라고 외국 은행에서 겪은 고생담이다. 지금 하시는 얘기를 들어 보니 곧 이렇게 말씀하실 차례다.

"내 친한 친구를 경매에서 물리쳤더니 그 친구는 지금까지도 나와 말을 안 한다오."

그러고 나서 그게 엄청 재미있다는 듯이 떠들썩하게 웃어 댄다.

물론 할아버지는 매번 정색하고 '푸르트벵글러'라는 발음을 정확히 할 수 있다.

루시는 자신이 파티를 훼방 놓는 것 같은 기분이 들어서 사람들의 등을 쳐다보고 가만히 서 있었다.

거스는 교복을 입었는데 샤워를 했는지 머리카락이 젖어 있었다. 아빠는 검은색 양복을 입었다. 윌 선생님의 아내로 보이는 여자는 윤기 나는 검은 머리를 등 뒤로 땋아 내렸는데 거의 허리까지 왔다. 하늘하늘하고 얇은 드레스는 약간 보헤미안 풍으로 엄마의 옷장에서는 절대 찾을 수 없는 스타일이다. 윌 선생님은 부인의 등 뒤로 머리카락 아래쪽에 팔을 두르고 있었다. 루시는 윌 선생님의 스웨터를 입은 팔을 따라 시선을 옮기면서 목과 뒤통수까지 살폈다. 편안해 보였다. 이제 그런 세월도 끝이다. 자기가 어떤 일에 발을 담근 건지, 벡-모로 집안에서 일하는 게 어떤 건지 아무것도 모르겠지.

그때 윌 선생님이 어깨 너머로, 마치 무언가 보려는 것처럼 무심결에 고개를 돌렸다. 금속 테 안경 속의 두 눈이 루시와 마주쳤다. 루시는 두 가지 의미로 손을 들어 보였다. 한 가지는 '안녕하세요', 나머지 한 가지는 '할아버지 말을 끊지 않는 게 좋을걸요'라는 의미였다.

월 선생님은 두 번째 의미를 알아채지 못했다.

선생님이 몸을 돌려 부인의 등 뒤에 있던 손을 빼면서 말했다. 할아버지가 지휘봉을 사기 위해 얼마를 지불했는지 말하려는 바로 그 순간에 이렇게.

"루시……."

사람들이 모두 돌아섰다. 월 선생님과 거스만 빼고 모두 마티니 잔을 들고 있었다. 아빠가 마치 루시를 오랜만에 본 듯이 반색하며 루시에게 다가와 볼에 입을 맞추었다.

"안녕, 우리 딸."

"루시."

할아버지가 좀 더 큰 방, 그러니까 강당 같은 곳에나 어울릴 법한 큰 목소리로 말했다.

"월 R. 데비 선생에게 인사하렴."

루시가 손을 내밀자 선생님이 악수를 했다.

루시가 자신의 이름을 말했다. 성을 포함한 이름을.

"루시 벡−모로예요."

천천히. 그것 때문에 월 선생님은 무언가 생각이 난 듯했다.

"만나서 반가워요."

루시가 무엇을 입을지 고민하는 데 그렇게 시간을 보내지만 않았다면, 이러한 상황에 대비할 시간이 있었을 것이다. 월 선생님은 루시에 대해 모든 것을 안다. 파티를 훼방 놓은 것 같던 기분은 사라지고 흥분되기 시작했다. 마치 루시의 존재가 중요했던 그 시절처럼.

기분이 나쁘지는 않다.

"고맙습니다. 만나 뵙게 돼서 반가워요."

"아루나라고 해요."

선생님의 부인이 인사했다. 부인의 손은 선생님보다 더 따뜻하고 부드러웠다. 구릿빛 피부에 입술 선뿐만 아니라 모든 것이 완벽했다.

엄마가 실례한다고 말하고 음식을 살펴보러 가자 할아버지가 불쑥 입을 열었다.

"아무튼, 17,000달러가 아깝지 않아 보이지. 다시 말하지만, 20년 된 물건이라오. 당시에는 엄청난 금액이었지."

월 선생님이 웃었다.

"지금도 그런걸요."

할아버지의 표정이 잠시 얼어붙었다. 루시는 아빠와 눈을 마주치면서 웃음이 나오려는 걸 참았다. 할아버지에게 저런 식으로 대꾸한 사람이 지금껏 한 명도 없었기 때문에 할아버지는 준비된 대답이 없다. 루시가 마음속으로 할아버지에게 말했다.

'할아버지는 자신이 큐레이터라도 되는 줄 아셨죠.'

"뭐, 내가 큐레이터라도 되는 것처럼 떠들었구먼. 이런 것들의 역사를 잊지 않길 바랄 뿐이라오."

그러고는 할아버지가 술병을 둔 곳으로 발을 옮겼다.

"마티니 한 잔 더 마시겠소?"

아루나 아줌마가 자신의 마티니 잔을 할아버지 쪽으로 내밀자 아빠도 그렇게 했다. 하지만 윌 선생님은 다른 어른들을 무시한 채 말했다.

"거스, 이쪽으로 와서 루시하고 같이 얘기하자."

루시는 거스를 보고 이미 온몸에서 윌 선생님을 좋아하고 있다는 사실을 알 수 있었다. 템니코바 선생님을 좋아했던 것보다 훨씬 더.

"선생님이 엄마한테 내가 비디오 게임을 좀 더 해도 된다고 하셨어."

"설마 그럴 리가."

루시가 선생님 쪽을 바라보았다.

"정말이에요?"

"물론이야."

선생님이 웃자 얼굴 전체가 일그러졌다.

"실제로도 손과 머리에 도움이 되고 휴식이 되니까."

"엄마한테 그렇게 말했는데도 일을 하시기로 한 거예요?"

"그런 것 같구나."

출장 요리사 한 명이 전채 요리 접시를 카트에 담아 들어왔다.

"채식주의자를 위한 아티초크* 타르트예요."

요리사가 설명했다. 윌 선생님이 하나를 들었고 루시가 두 개를

---

*아티초크 엉겅퀫과 다년초로 꽃봉오리는 식용으로 쓰인다. 맛이 담백하며 영양가가 풍부해서 약용으로도 사용된다.

들었다. 거스는 고개를 저었다.

"그래서, 루시."

월 선생님이 루시에게 관심을 보였다.

"엄청 궁금하네. 지금도 연주는 하니?"

루시는 망설였다. 뭐라고 대답할지 몰라서가 아니라 이런 질문을 받을 거라고는 예상하지 못해서였다.

"아뇨."

"내 말은 그냥 재미로 말이야."

월 선생님은 루시가 제대로 이해를 못한 것 같다는 투로 말했다.

"네 자신을 위해서."

"아뇨."

선생님은 헷갈린다는 듯이 눈썹을 루시 쪽으로 찡긋했다. 루시는 어깨를 으쓱하고는 타르트를 한입에 넣었다.

"맛있네요."

월 선생님이 피아노에 대해 또 다른 질문을 하기 전에 얼른 꿀꺽 삼키고 루시가 말했다.

"버터나 치즈 같은 게 하나도 안 든 걸 감안하면요."

루시가 나머지 하나를 거스에게 내밀었다.

"이거, 한번 먹어 봐."

거스가 입을 꾹 다물었다.

월 선생님이 거스를 쿡 찔렀다.

"먹어 봐. 죽지 않아."

"나는 싫……."

거스가 입을 벌린 틈을 타서 루시가 타르트를 넣었다. 거스가 눈을 질끈 감자 루시와 윌 선생님이 웃음을 터트렸다.

"맛있어요."

거스가 말을 할 수 있게 되었다.

"그렇지?"

윌 선생님이 말했다.

"누나 말을 잘 들어야지."

선생님이 루시에게 윙크했다. 루시는 물방울무늬 원피스를 입을 걸, 하고 후회했다.

♪

"잔을 듭시다."

할아버지가 버터나이프로 와인 잔을 두드려 땡그랑 소리를 냈다. 의기양양하고 행복해 보였고 얼굴은 붉게 달아올랐다. 모두들 마티니를 마신 뒤에 식사를 하면서 와인을 두 병이나 마셨으며 요리사가 또 한 병을 내왔다. 루시는 이 식탁에서 취하지 않은 사람이 자신과 거스, 윌 선생님뿐이라고 생각했다.

"윌 선생을 위해서."

할아버지가 덧붙였다.

"거스를 위해서!"

루시는 물컵을 들고 거스를 향해 미소 지었다. 여전히 부모님이 윌 선생님으로 정하기 전에 거스가 선생님을 만나 보게 했어야 한다고 생각했다. 하지만 결과는 좋아 보였다. 거스는 지금 보이는 것처럼 행복할 자격이 있다.

"두 사람이 할 어려운 일과 이뤄 낼 성공의 순간을 위해서."

"그래, 맞아요."

엄마가 대답했다. 아빠는 저녁 내내 거의 입을 열지 않았지만 겨우 한마디 덧붙였다.

"건배!"

모두 잔을 맞부딪히고 마셨다. 그때 윌 선생님이 말했다.

"한 잔 더 해도 될까요?"

"물론."

할아버지가 와인 병을 들어 올렸다.

"누구 더 마시겠나?"

아루나 아줌마가 미소를 지으면서 잔을 내밀었다. 굉장히 근사한 사람이다. 루시는 아빠와 할아버지, 심지어 거스까지 저녁 내내 흘깃거리는 걸 눈치챘다. 하는 말마다 모두 재치 있고 재미있고 해박했으며 목소리는 나지막하면서도 부드러웠다. 아루나 아줌마는 윌 선생님의 손을 자주 만졌다.

그걸 보면서 루시는 할머니 역시 얘기하는 상대를 항상 만졌던 것이 생각났다. 살짝 그리고 부드럽게. 꽉 잡거나 붙드는 게 아니었다. 루시는 그 모든 게 너무 그리웠다.

윌 선생님이 물컵을 들자 뭐라고 말할지 모두 조용히 기다렸다.

루시는 무슨 말을 듣게 될지 생각해 보았다. 우스운 얘기일까? 아니면 감동적인 얘기일까?

월 선생님의 눈이 루시와 마주치더니 잠시 초점이 흔들렸다.

"어서 얘기하시오."

할아버지가 재촉했다.

"이 와인은 바로 마셔야 하는 종류라오."

월 선생님이 웃으면서 할아버지 쪽으로 고개를 끄덕였다.

"여기서 일하게 되어 정말 영광입니다. 존경해 마지않습니다. 어르신께서 얼마나 재능 있는 유전자를 가지셨는지는 모두 알죠. 또 이미 예술 분야에 크나큰 기여를 하셨고요. 그러니 그 노력을 위해, 그리고 예술을 위해, 음악을 위해, 창조의 기쁨을 위해, 그리고 그러한 아름다움을 위해 건배."

모두 잠시 침묵했다. 선생님은 뭐랄까, 정말 진지해 보였다. 선생님뿐 아니라 다들 진심일까? 루시는 선생님을 쳐다보면서 궁금해졌다.

할아버지가 침묵을 깨고 일어서서, 마치 식탁에서 모든 사람에게 명령이라도 하듯이 말했다.

"피아노를 위해. 우리를 기다리고 있을 최고의 연주를 듣고 싶어 참을 수 없군요."

♪

피아노.

더 좋은 피아노는 많지만 여기 있는 피아노는 이 피아노만의 이야기가 있다. 지휘봉에게 재미있는 일화가 있듯이 이 피아노도 그렇다. 전쟁에 얽힌 비극적인 이야기를 품고 대서양을 건너 여행을 왔다. 루시는 할아버지가 윌 선생님 부부에게 피아노 이야기를 시작하자 자리를 피했다. 그 이야기는 이미 귀에 딱지가 앉도록 들어온 터다.

완벽하게 조율한 학스피엘 소형 그랜드 피아노.

1890년 구스타브 학스피엘이 드레스덴에서 만들었다. 거스의 본명인 구스타브라는 이름은 이 사람과 또 다른 구스타브인 오스트리아 작곡가 구스타브 말러의 이름을 딴 것이다.

피아노는 할아버지의 삼촌인 크리스토프가 1912년에 구입했다.

크리스토프는 1차 세계 대전 당시에 프랑스 동부의 마르느에서 전사했다. 가족 중 누구도 피아노를 어떻게 해야 할지 몰랐다. 오직 크리스토프만 피아노를 쳤기 때문이다. 그때 루시의 증조할머니는 히틀러가 나라를 어떻게 만들지를 눈치채고 피아노를 팔고 가족 모두와 미국으로 이주할 참이었다. 하지만 함께하지 못하게 된 크리스토프를 기억하는 의미로 피아노를 배에 실어 가져가기로 했다.

가족과 떨어져 피아노는 원양 화물선에 실려 6개월이 지나서야 도착했는데 흠집 하나 없는 완벽한 상태였다.

이후 외동이었던 할아버지가 피아노를 물려받았고 그때가 마침 루시의 엄마가 태어난 해였다. 할아버지는 엄마가 피아노를 치면 되겠다고 생각했다.

"그럼 사모님도 연주를 하시나요?"

아루나 아줌마가 엄마에게 물었다.

"예전에 잠깐 쳤어요."

엄마가 대답했다.

모두의 시선이 피아노에 쏠렸다. 아마 월 선생님 부부는 전쟁 통에 피아노가 갑판 아래 실려 미국으로 오는 장면을 상상했으리라. 루시는 엄마가 침대 옆 탁자에 놓아둔 사진 안에 자신이 아기였을 때, 엄마 무릎에 앉아 피아노를 치는 장면을 떠올렸다. 선물로 받았으나 루시의 기억 속에서 이 피아노는 루시의 삶을 옥죄는 도구였다.

루시는 이 방에 거의 들어오지 않는다. 오래된 악보 냄새를 맡거나 특히 피아노 의자에 앉으면, 예전 모습에 대한 추억과 힘멜만과 프라하 사이의 오랜 시간 동안, 피아노를 그만두기 전에 느꼈던 절망적인 기억이 뒤죽박죽 섞여 루시를 찾아왔다. 이 방은 루시의 기분을 좋게도 만들고 나쁘게도 만들었다. 물론 템니코바 선생님이 죽음을 맞은 장소라는 건 빼놓을 수 없고, 크리스토프도 항상 함께 있는 것 같았다.

월 선생님이 말했다.

"한번 쳐 보고 싶군요."

할아버지가 의자 쪽으로 몸짓했다.

"그러려고 여기 모인 거 아니겠소."

월 선생님과 거스가 피아노 앞에 나란히 앉았다. 아루나 아줌마가 작은 2인용 의자에 앉자 루시도 따라 앉았다. 할아버지는 물론 팔걸이의자를 차지했으므로 루시의 부모님은 서 있었다. 마틴 아저씨가 잔이 놓인 쟁반을 들고 팔에는 브랜디 병을 끼고 나타났다.

아루나 아줌마가 루시 쪽으로 몸을 기대고 루시의 귀에 입술을 가까이 대는 바람에 숨결이 느껴졌다.

"우리가 가야 할 때가 되면 눈치를 줘요. 그럼 윌을 데리고 나갈게요. 윌은 피아노 앞에 한번 앉으면 시간이든 장소든 매너든 아무것도 생각을 못 하거든요."

"걱정 마세요. 저희 엄마는 절대로 매너를 잊는 법이 없으니까요." 루시가 중얼거렸다.

"어떤 곡을 칠까?"

윌 선생님은 거스에게 묻고는 건반을 몇 개 두드렸다.

"이거 정말 멋진데요. 역사가 느껴지는군요."

선생님이 루시의 할머니가 제일 좋아하던 거슈인*의 곡을 잠시 연주했다.

어떻게 아신 거지? 하지만 곧 거슈인은 단지 20세기에 가장 잘 알려진 작곡가라는 사실을 깨달았다. 윌 선생님은 자신의 취향대로 고른 거다. 루시는 혹시나 할아버지도 할머니를 떠올리나 싶어 힐끗 보았지만 할아버지의 표정은 알 수 없었다.

그래서 루시는 윌 선생님을 관찰했다.

선생님은 왼쪽 다리를 위아래로 움직이면서 부드럽게 페달을 밟았다. 손가락은 자신감에 넘쳐서 건반 위를 굴러다녔다. 그레이스 창 선생님보다 정확도는 떨어졌지만 템니코바 선생님보다는 부드럽고

＊거슈인 미국의 현대 작곡가. 천부적인 선율의 천재로 재즈를 예술 음악으로 끌어올렸다고 평가받는다. 《랩소디 인 블루》, 《파리의 미국인》, 가극 《포기와 베스》 등이 유명하다.

박력 있게 연주했다. 선생님의 연주는 괜찮았다. 단순히 괜찮은 정
도가 아니라 더 좋았다.

"거스."

선생님이 연주하면서 거스를 불렀다.

"이 곡을 아니?"

"조금요. 잘은 몰라요."

거스가 피아노 의자의 오른쪽 가장자리로 옮겨 앉았다.

"이번 페스티벌을 위해 템니코바 선생과 연습한 곡을 쳐 보렴."

할아버지가 말했다.

선생님이 거스를 향해 얼굴을 찡그렸다가 다시 미소 지었다. 그
표정은 루시와 아루나에게만 보였다.

"아니, 수업은 화요일부터야. 오늘은 즐겁게 치자."

루시는 거스가 어떤 곡을 언제 연주해야 하는지에 대해 할아버지
가 설명할 거라고 예상했다. 하지만 할아버지는 더 이상 아무 말도
하지 않았고 다른 사람들도 마찬가지였다. 윌 선생님이 마법이라도
건 것 같았다.

"좋아, 거스. 이번엔 즉흥 연주를 해 보는 게 어때?"

선생님이 거슈인을 멈추고 베이스 멜로디를 연주하기 시작했다.
클래식도 재즈도 아니고 오히려 블루스나 록에 가까웠다.

거스가 손을 허벅지에 내려놓았다.

"저는……."

"그래, 너도 해."

선생님은 멈추지 않았다.

"어서."

루시는 숨을 죽였다. 마치 피아노 앞에 앉아서 즉흥곡을 연주해야 하는 게 자신인 양 긴장되었다. 남을 평가하는 데 선수인 할아버지 앞에서 말이다. 한편으로는 이 모든 상황이 재미있었다. 이 집에서 지겨움과 숨 막힘이 섞인 기분 말고 다른 걸 느꼈던 게 언제가 마지막이었을까? 월 선생님은 에너지가 넘쳤다. 그게 집 안을 가득 채웠다.

"어서, 거스. 시작해."

"한번 해 봐, 아들."

아빠가 말하면서 발끝을 바닥에 톡톡 치는 모습이 춤 동작처럼 보였다.

"싸 빠세 우 싸 까세!"

대충 해석하자면 이렇다. '가라앉거나 수영하거나.' 아빠는 술에 취하면 불어가 튀어나온다.

루시의 다리가 떨렸다. 이 순간이 멈추길 원하지 않았다. 계속되었으면 싶었다. 또한 동생이 사람들을 놀라게 하길 바랐다. 거스는 충분히 그럴 수 있다고 믿었다.

"한번 즐겨 봐."

루시가 거들었다.

거스가 고개를 돌려 루시를 바라보자 루시는 웃어 주었다. '본때를 보여 줘.' 루시가 생각했다.

거스는 그렇게 했다. 처음에는 거스의 연주가 윌 선생님의 연주와 어우러지지 않았지만 곧 감을 잡았다. 루시는 한숨을 내쉬고 쿠션에 기댔다. 만약 윌 선생님이 지금 보이는 그대로라면 거스는 많이 달라질 거다. 숨 막히는 상황이 사라지고 아마……

"루시!"

선생님이 갑자기 큰 소리로 부르자 루시는 화들짝 놀랐다.

"이제 네 차례야!"

선생님이 루시를 보면서 머리로 일어나라는 시늉을 했다.

'나?'

루시는 양손을 허벅지 아래로 감추었다. 거스가 연주를 멈추고 의자에서 몸을 돌려 루시 쪽을 향했다. 눈이 반짝였다. 루시가 연주할 거라고 생각하는 거다.

"아니, 사양할게요."

루시가 단호하게 말했다.

윌 선생님의 즉흥 연주가 계속되었다.

아루나 아줌마가 루시를 쿡 찔렀다. '어째서 나를 찌르는 거지? 이제 막 만났을 뿐인데.' 루시는 고개를 저었다.

"아니에요."

'아니요, 정말, 진짜로 아니요.'

조금 전에 윌 선생님에게 더 이상 연주하지 않는다고 말했다. '재미'로도 안 한다고. '자신'을 위해서도 안 한다고. 그리고 저 사람들 앞에서는 더더욱 안 한다고.

루시는 일어나 할아버지를 등졌다. 상상 속에서 할아버지가 이렇게 말하는 게 들리는 것 같았다.

'루시는 포기했다고 말하지 않았소.'

방을 나서는데, 아빠가 부드럽게 루시를 잡았다.

"가지 말거라, 루시."

루시는 아빠를 뿌리쳤다. '아빠는 왜 술을 마시지 않으면 이 정도도 나한테 다정할 수 없을까.'

윌 선생님이 연주를 멈추었다. 엄마가 나지막이 말했다.

"손님들이 계시잖니."

루시는 숨을 깊게 들이마시고 방으로 다시 돌아섰다.

"죄송합니다. 몸이 좀 안 좋네요. 좋은 시간 보내세요."

정말 거짓말같이 들렸다. 루시는 대답을 듣지도 않고 돌아섰다.

복도에서 마틴 아저씨를 맞닥뜨렸다. 아마 어두운 구석에서 돌아가는 상황을 다 듣고 있었을 터다. 루시는 마틴 아저씨를 무시하고 두 층 하고도 반 층 계단을 올라서 방으로 갔다. 그리고 거실에는 들리지 않겠지만 문을 세게 닫아 버렸다.

7

"왜 앨리스 먼로를 선택했니?"

찰스 선생님이 물었다.

루시는 선생님과 학기 프로젝트에 대해 상담하고 있었다. 루시는 선생님의 책상 옆 의자에 앉아 있고 다른 학생들은 조별로 토론을 하고 있었다.

"음."

'선생님이 좋아해서일까요?'

"먼로의 글은 사실적이라서요. 등장인물이 실제로 존재하는 사람 같아요."

찰스 선생님이 반색했다.

"나도 대학원 때 먼로에 대해 연구했어."

"아, 그러셨어요?"

"만약 하다가 막히면 내가 좀 도와줄 수도 있어. 필요 없다면 빠져 있고."

선생님의 머리 모양이 평소만큼 완벽하지는 않았다. 이발을 막 했거나 이발이 필요해 보였다. 루시는 선생님의 머리 옆으로 비죽 삐져나온 연한 금발 머리카락을 귀 뒤로 넘겨 주고 싶었다.

"이야기 다섯 개는 어떤 걸로 고를지 정했니?"

선생님이 물었다.

"시대별로 고르려면 엄청나게 많은 작품이 있고 아니면 특정 시리즈나 시간대의 작품에 집중할 수도 있을 거야."

루시는 선생님의 손목이 무릎 위에 엇갈려 놓인 것을 보았다. 선생님이 한 손에 펜을 들고 루시가 제출한 과제를 검토하는 장면을 상상했다. 또 학생 시절에 기숙사 책상에서 발치에 개를 앉혀 둔 채 공부하는 모습을 떠올렸다. 뒤이어 자신의 모습이 겹쳐졌다. 아마 영문학이야말로 루시의 새로운 전공이 될 수 있을 것이다. '엄마를 이기려면 어떻게 해야 할까? 아마 박사 학위를 따서 아이비리그 대학의 정교수가 되는 것 정도? 그러려면, 한 20년쯤 걸리려나?'

"벌써 쓰기 시작했어요."

루시가 대답했다.

"하지만 아직 다섯 개로 좁히지는 못했어요. 어떤 게 좋을까요?"

선생님이 뭐라 답을 했지만 루시는 평소처럼 선생님에게 집중이 되지 않았다. 자꾸 어제저녁의 일이 머릿속에서 되살아나면서 루시더러 피아노를 함께 치자고 하던 윌 선생님의 표정이 떠올랐다. 오늘 아침에 그 일에 대해서 아무도 언급하지 않았다. 거스만 빼고는.

"윌 선생님 진짜 좋아."

거스는 급하게 시리얼을 먹으면서 말했다.

루시는 먹으면서 음 하고 소리만 내고 거스의 눈길을 피했다.

"먼로 작품은 범위가 넓으니까."

찰스 선생님이 말을 이었다.

"먼로의 초기작을 골라서 최근 작품과 비교하는 것도 좋은 방법 중 하나야. 결정은 네가 하도록 해."

"생각해 볼게요."

선생님이 의자를 빙글 돌려서 루시에게서 멀어졌다.

"어떤 방법을 택하든, 네가 잘할 걸 믿어."

"정말이세요?"

루시가 선생님에게 다시 집중하면서 물었다.

"물론. 걱정하는 건 아니지?"

"이건 제가 학교에 다시 다니기 시작하고 처음 쓰는 리포트예요. 보통 수업으로요. 그러니까 가정 교사 없이요."

"루시."

선생님은 억지로 웃을 때처럼 눈을 찡그렸다.

"너는 똑똑해. 그리고 수업 시간에 네가 발표한 것들은 모두 훌륭했어. 네가 먼로에 대한 리포트를 어떻게 쓸지 궁금하구나. 만약 도움이 필요하면 언제든 말하렴."

루시의 가슴이 따뜻해지면서 윌 선생님과 피아노에 대한 생각이 사라졌다. 열여섯 살에 자신의 황금기는 지나갔다고 생각하는 건 우울한 일이지만 찰스 선생님의 말이 루시에게 희망을 주었다.

"고맙습니다, 선생님."

"그리고 금요일에 호박빵 잘 먹었어. 네가 내기에서 이길 기회도 주지 않고 먹어 버려서 미안."

루시가 빙그레 웃었다.

"그럴 줄 알았어요."

♪

그다음 날 오후까지 루시의 기분은 점점 나아졌다.

찰스 선생님은 먼로의 작품이 실린 엄청나게 두꺼운 책을 빌려주었다. 수업 시간에 대충 훑어보니 필기한 흔적과 루시에게 쓴 메모가 있었다.

체육 시간에는 테니스 시합에서 박순이를 이겼다. 경기 내내 순이가 루시를 몰아붙였지만 결국은 루시가 이겼다. 경기 도중에 순이의 서브를 기다리면서 자세를 잡고 있는 자신의 허벅지를 보자 힘이 느껴졌다. 복도에서 이름을 모르는 어떤 남학생이 지나가면서 말을 건넸다.

"멋진 경기였어."

점심시간에 레이나는 이혼 얘기를 한마디도 꺼내지 않았고 칼슨까지 모여 즐겁게 보냈다.

루시가 학교에서 돌아와 뒷문을 통해 주방으로 들어가자 집 안은 햇살로 가득했고, 마틴 아저씨는 오븐에서 브라우니로 가득한 팬을 막 꺼내는 참이었다.

"정말 완벽한 엄마 같아요."

루시가 마틴에게 말하면서 볼에 입을 맞췄다.

"노력 중이야."

마틴 아저씨가 브라우니 팬을 내려놓고 냄새를 맡더니 주걱으로 조심스럽게 찔러 보았다.

"비건용이야. 거스가 특별히 주문했지."

"거스가 채식한대요? 할아버지가 퍽이나 좋아하시겠네요."

"그런 것 같진 않고, 윌 선생님한테 뭔가 대접하고 싶었나 봐. 첫 레슨을 축하하는 의미로. 네 동생 알잖니. 얼마나 사랑스러운지."

오늘 하루 들떠 있던 루시의 기분이 확 가라앉았다. 윌 선생님이 온다는 사실을 잊고 있었다. 루시는 선생님과 마주쳐 일요일 저녁에 있었던 일로 어색한 분위기를 만들고 싶지 않았다.

루시는 브라우니를 찔러 보았다.

"괜찮은 것 같은데요."

"식어야 알겠지."

♪

피아노실 문이 약간 열려 있어서 루시는 어떻게 하면 들키지 않고 위층으로 올라갈지 걱정이 되었다. 그러다가 피아노실 안쪽에 어떤 소리나 움직임이 없고 아무도 없다는 것을 깨달았다. 아마도 윌 선생님과 거스는 할아버지의 서재에서 CD나 앨범 같은 소장품을 보고 있는 것 같았다.

루시가 계단에 첫발을 디딘 순간, 위쪽에서 거스의 목소리가 들렸다.

"누나!"

루시가 고개를 들었다. 거스가 얼굴이 상기된 채 2층 난간에 기대서 있었다.

"선생님이랑 위* 테니스 쳤어. 선생님 진짜 잘하셔."

'테니스? 비디오 게임 얘기가 농담이 아니었네.'

루시는 한 계단을 올라갔다.

"피아노실로 빨리 돌아가는 게 좋을 것 같은데. 첫날부터 안 좋은 인상을 줄 필요는 없잖아."

루시가 계단을 오르는 동안 거스가 잠시 눈앞에서 사라졌다. 이층에 다다랐을 때 윌 선생님까지 난간에 서서 거스와 합세했다.

"게임 한 판 하는 게 어때? 점수판을 보니 네가 일등이던데."

선생님의 표정은 지난번에 루시에게 피아노를 치라고 권하던 때와 다를 바 없었다. 그 때문에 루시는 더 긴장했다. 선생님이 하자고 하는 건 뭐든 불안하다.

"거스를 이기는 건 시간도 얼마 안 걸려요."

그리고 덧붙였다.

"미안, 거스."

"괜찮아, 나도 알아. 하지만 선생님이 더 잘할 수 있을 거랬어."

*위 닌텐도 사에서 개발한 비디오 게임기로 여러 가지 스포츠 게임을 즐길 수 있다.

"할아버지가 들으면 무척이나 좋아하시겠네. 겨울 페스티벌에서 위 시연을 하면 되겠구나."

그렇게 말하지 않아야 했다. 루시는 어린 동생의 삶을 죄고 있는 밧줄이 느슨해진 것을 기뻐해야 했다.

"농담이야."

루시는 마음속에서 싹트는 질투심을 애써 누르면서 말했다. 거스와 윌 선생님은 비디오 게임을 하고 브라우니를 먹고 '찹스틱' 같은 식당에서 시간을 보낼 수도 있을 거다. 잘된 일이다.

"45분마다 휴식을 하거든. 그게 뇌를 돕는단다. 과학자들이 그렇게 말했지."

"뭐, 어쨌든 전 숙제가 있어서요."

루시는 계단을 계속 올라갔다.

거스가 등 뒤에 대고 말했다.

"누나는 맨날 그렇게 말해."

"응, 매일 숙제가 있거든."

"루시, 잠깐만."

윌 선생님의 목소리가 바로 뒤에서 들렸다. 루시를 따라 계단을 올라온 것이다. 루시는 돌아서서 가방을 내려놓고 눈앞의 머리카락을 쓸어 올렸다.

윌 선생님이 난간에 기대서서 거스에게 말했다.

"내려가서 잠깐만 기다리렴."

그러고는 루시에게 말했다.

"그날 밤에는 내가 미안했어. 너를 곤혹스럽게 했지. 아루나가 말하길……."

"신경 쓰지 마세요."

"네가 가끔은 연주를 할 거라고 생각했거든."

"아니라고 했잖아요."

루시는 세 계단 더 올라갔다.

"전혀?"

월 선생님이 계속 루시를 따라왔다. 루시가 몸을 돌리자 바로 아래 서 있던 월 선생님과 눈이 마주쳤다.

"제 방까지 따라오실 건가요?"

루시는 울고 싶어졌다. 바보 같은 브라우니 냄새. 거스는 행복해 보였다. 월 선생님은 일요일 밤에 건배를 제안했다. 아름다움을 위해 건배. 거스와 월 선생님은 피아노를 치면서 즐거워한다. 루시는 자신의 모든 것을 걸었던, 자신이 사랑하던 시절을 떠올렸다.

지겨운 영문학 리포트 따위는 절대 대신할 수 없을 것이다.

월 선생님이 난간을 잡았다.

"미안. 난 단지 사과하고 싶을 뿐이야."

"신경 쓰지 마시라니까요."

월 선생님은 난간에서 손을 떼었는데 허공에서 멈춘 손가락이 마치 무언가 형상을 만드는 것 같았다. 아마도 선생님이 말하고 싶지만 할 수 없는 어떤 단어 같았다. 루시는 그게 무엇인지 눈에 보이길 기다렸다. 기다리면서 루시는 보았다. 선생님의 한쪽 귀가 약간 처져 있었다. 휘어진 코, 비뚤어진 양쪽 귀, 더 작은 눈.

"왜요?"

루시가 결국 입을 열었다.

"한 번도 치지 않는다고. 너 말이야, 루시 벡-모로. 전혀 치지 않는다고."

선생님의 눈가가 촉촉해졌다. 루시는 고개를 저었다.

"전혀요."

"안타깝구나."

루시가 더 이상 무슨 말을 할 수 있을까? 그건 찬사이자 비난이었고, 루시 역시 슬프게 만들었다. 눈물이 나올 것 같아서 루시는 선생님이 다시 말을 꺼내기 전에 계단 꼭대기 쪽으로 몸을 돌렸다.

"치고 싶은 적 없었니? 한 번도?"

루시는 웃을 수도 있었다. 선생님에게 자기를 내버려 두라고 화를 낼 수도 있었다. 아니면 계단에 그대로 서서, 다시 피아노를 친다는 건 할아버지에게 항복하는 것이고, 할머니를 그리워하는 것과 자기 자신을 배신하는 것, 이 모든 복잡한 감정들로 얽혀 있다는 것을 설명할 수도 있었다.

하지만.

'네가 원하는 건 뭐지, 루시? 뭘 원하니?'

루시는 눈가를 훔쳤지만 고개는 돌리지 않았다.

"잘 모르겠어요."

'아마도······ 아마도요.'

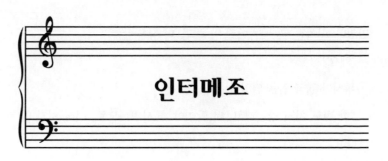

인터메조

프라하에서 콩쿠르가 있는 첫날 아침, 루시는 잠에서 깼을 때 두통이 있었고 목은 뻣뻣했으며 등 아래쪽이 쑤셨다. 스트레스 때문이었다. 얼굴을 잔뜩 찌푸린 채 호텔 바닥에 누워서 스트레칭을 했다. 그레이스 선생님이 가르쳐 준 요가 동작을 한 뒤에 마음을 가라앉히기 위해 호흡을 깊게 들이마시고 내쉬었다.

루시는 준비를 마쳤다. 이 작품에 세 달 이상 매달렸고 그 시간 동안 배우고, 기억하고, 자신의 것으로 소화했다. 하지만 연주하는 순간에 직면할 때마다 완벽히 준비되었다는 기분이 든 적은 별로 없었다.

스트레칭은 약간 도움이 되었지만 여전히 마음을 진정시킬 수 없었다. 전에도 이런 엄청난 부담감은 여러 번 느꼈고 확고한 의지와 잘 해낼 거라는 믿음과 더불어 안정을 찾곤 했다. 심지어 작년에는 사랑에 대해 아무런 느낌을 몰랐지만 연주해야 하는 순간, 모든 감정을 끌어내 결국 해냈다.

루시는 명상을 시도했다. 가끔은 효과가 있었다.

하지만 이번에는 전혀 도움이 되지 않았다.

이번 축제는 할아버지에게 그 무엇보다 의미가 있다. 어쩌면 예전에 엄마가 여기에 여러 번 신청했으나 루시처럼 해내지 못해서인 듯싶었다. 어쩌면 할아버지는 나이가 많으니 다음 프라하 콩쿠르에 오시지 못할 수도 있다. 프라하의 봄 음악 축제의 콩쿠르는 매년 열리는 게 아니기 때문이다.

점점 더 긴장되었다.

'제발, 루시. 단어를 생각해. 뭔가 의미 없는 단어.'

'책상, 바나나, 머핀……'

'바나나 머핀……'

루시는 배가 고팠다. 바닥에서 몸을 일으켜 목 운동을 하고 발 스트레칭을 마무리한 뒤 거실로 나갔다. 아빠와 할아버지는 이미 깨어 계셨다. 게다가 할아버지는 옷까지 다 차려입고 창가에 서서 밖을 내다보고 있었다. 아빠는 잠을 잤던 소파에 앉아 있었는데 여전히 하얀 호텔 가운 차림이었다.

"아침 식사 주문하셨어요?"

루시가 아빠에게 물었다.

"아니, 아직."

루시는 호텔 서비스 책자를 들고 아빠 옆에 털썩 앉아서 메뉴를 살폈다.

"제가 주문할까요?"

루시가 어깨 너머로 할아버지에게 물었다.

"뭐 드시겠어요?"

할아버지는 몸도 돌리지 않고 유리창에 대고 대답했다.

"별로 생각이 없구나."

루시가 아빠를 향해 눈썹을 찡긋했다. 할아버지는 무슨 종교 의식이라도 되듯이 아침마다 오트밀과 과일을 꼭 드신다. 하지만 아빠는 루시 쪽으로 눈길을 주지 않았다. 아빠가 휴대폰을 손에 꼭 쥐고 있는 게 보였다.

"무슨 일 있어요?"

루시가 물었다.

"아무 일 없단다."

할아버지가 대답했다. 이윽고 창가를 벗어나 두 사람 앞에 섰다.

"아니다. 베이컨과 달걀을 시켜 주겠니? 흰자를 살짝 익힌 달걀 프라이로."

"장인어른……."

아빠가 입을 뗐다.

"무슨 일이에요? 할머니 일이죠?"

"아무 일도 없어."

할아버지가 대답했다.

"할머니하고 통화할래요."

"아직 안정을 취해야 해."

루시가 아빠에게 말했다.

"목소리만이라도 듣게 해 주세요."

"루시."

아빠가 목덜미를 쓸었다.

"안 돼. 할머니는……."

"얘기를 하시기 힘들다는구나."

할아버지가 말을 가로챘다.

"오늘은 할머니를 마음에서 지워야 해, 루시. 네 연주에만 집중하거라. 이것만 성공적으로 끝내고, 내일 다시 생각해 보자꾸나."

"내일 도대체 뭘요?"

'할머니를 마음에서 지우라고요?'

"괜찮으신 거 맞죠?"

루시가 물었다.

할아버지가 힘주어 대답했다.

"물론이다."

아빠가 자리에서 일어났다.

"샤워를 좀 해야겠어요. 커피하고 토스트만 시켜다오, 루시."

♪

앞서 세 사람의 연주를 듣고 있자니 루시는 이길 수 있을 것 같다는 생각이 들었다. 최종 우승까지는 아니라도 이번 단계는 분명 자신이 있었다.

하지만 그런 건 중요하지 않았다.

아침 식사를 마치고, 아빠한테서 할머니에게 정말로 아무 문제가 없고, 모든 게 '괜찮다'는 확답을 받고 나서야 루시는 안심했다. 아빠는 자세한 건 모른다고 하면서 연주에 집중하라는 할아버지의 말만 되풀이했다. 그래서 루시는 마음을 비우고 샤워를 한 뒤, 머리를 최대한 멋지게 틀어 올렸다. 그리고 연주회장으로 일찍 나가서 무대 뒤에 있는 피아노를 치며 연습했다.

목의 뻐근함도 사라졌고, 두통도 가라앉았다.

루시는 무대 바로 앞, 첫 줄에 다른 참가자들과 함께 앉았다. 휴식 시간 이후에 바로 루시 차례다.

루시는 자리에 앉아서 연주할 곡을 머릿속으로 되새기며 기다리고 있었다. 우승에 관심은 없었지만, 자주 연주를 들으러 온다는 체코의 수상을 포함해 많은 사람들 앞에서 당황하는 모습을 보이고 싶지 않았다.

나는 루시 벡-모로다. 잘할 거다.

"루시."

아빠의 목소리에 루시는 연주 생각에 푹 빠져 있다가 화들짝 깨어났다. 응원을 하려고 내려온 거라 생각했다.

"아빠."

아빠는 루시 앞으로 몸을 숙였다.

"할 말이 있어. 왜냐하면…… 말해 줘야 할 것 같아. 할아버지는 모든 게 끝날 때까지 기다리라고 했지만, 그래서는 안 될 것 같아. 네가 나를 원망할 것 같구나."

"할머니에 대한 거군요."

"그게…… 패혈증이라고, 폐렴이 악화되었어. 상황이 좋지 않아."

아빠가 한 손을 루시의 무릎에 놓았다.

"우리가 비행기를 타고 오는 동안 벌어진 일이야. 할머니는 산소 호흡기를 다셨어. 그래서 통화를 할 수 없었던 거야. 지금은 중환자 실에 계셔."

루시는 들리는 말들을 이해하려고 애썼다.

"괜찮아지시겠죠?"

"신장이 거의 기능을 멈췄어. 간도 그렇게 될 거고. 그다음엔 심장 이겠지."

사람들이 자리로 돌아오기 시작했다. 그들은 웃으면서, 가벼운 대 화를 나누고 있었다.

"돌아가시겠네요."

루시가 말했다. 왜냐하면 아빠가 말을 잇지 못했기 때문이었다. 아빠가 루시를 안아 주려는 듯 가까이 다가왔다. 하지만 루시는 아 빠를 밀쳤다.

"하지 마세요."

"오늘 너한테 말해 주려고 했어. 콩쿠르가 끝나면 바로."

"왜 마음을 바꾸신 거예요?"

'왜 이제 와서 마음을 바꾸셨냐고요.'

충격이 공포로 바뀌면서, 루시는 떨리는 목소리로 중얼거렸다.

"이제 무대 위로 올라가야 한다고요! 어젯밤에 왜 말 안 하셨어 요? 오늘 아침은요? 이제 저더러 어쩌라고요!"

"연주는 안 해도 상관없어."

'왜 이제 와서 그런 말을 하는 거예요.'

루시는 생각했다.

'이렇게 오래 시간이 지난 뒤에, 이제 와서 안 해도 상관없다고 하시는군요.'

그때 할아버지가 화가 난 얼굴로 나타났다.

"왜 상관이 없어! 연주해야 해, 루시. 할머니도 네가 연주하길 바라실 게다."

휴식 시간 직전에 연주했던, 그다지 잘하지 못했던 아이가 두 줄 떨어진 자리에 앉아, 아닌 척하면서 귀를 쫑긋하고 있었다. 다른 사람들도 곧 눈치를 챌 거다. 벡-모로 가족이 모여서 분명 무언가 안 좋은 일에 대해 얘기를 나눈다는걸.

"장인어른."

아빠가 말했다.

"그냥……."

"아빠, 너무 늦었어요. 전 그럴 수가…… 올라가야 해요."

"착하구나."

할아버지가 말했다.

착하구나. 루시는 그 말을 들었지만 조명이 꺼져서, 할아버지의 얼굴은 보지 못했다. 할아버지는 다 알고 있으면서 오늘 아침에 아무 문제가 없다고 했다. 그리고 그 전날 밤에도 아무 문제가 없다고 했다.

무대 한쪽에 진행자가 나타나 관객에게 조용히 해 줄 것을 부탁하며 휴대폰은 끄고 사진이나 비디오 촬영은 금지라고 설명했다. 체코어로 한 번, 영어로 한 번, 또 프랑스어, 그리고 독일어로 말했다.

그러고는 루시를 소개했다.

박수 소리가 들렸다.

루시는 자리에서 일어섰다. 엄마와 함께 고른 짙은 파란색 드레스는 너무 불편한 데다 어려 보이기까지 해서 다른 것을 입을걸, 하고 후회했다.

루시의 몸에 가속도가 붙었다.

무대 계단을 오른다. 피아노에 다가간다. 의자에 앉아서 페달을 조정한다. 네 이름이 프로그램에 있으니까.

가속도.

루시를 참가시킨다고 결정했고 연주회는 1년 전에 미리 계획되었다.

"가고 싶지 않아요."

루시는 할머니에게 말했었다.

"가야 해."

엄마가 말했다.

루시는 항상 사람들이 자신에게 바라는 대로 해 왔다. 훌륭하게 연주했고 최고가 되어서 기대에 부응했다.

관객들이 조용해졌다. 몇 명은 기침조차 조심스레 했고 프로그램을 손에 꼭 쥐고 있었다.

루시는 무릎에 손을 내려놓고 깊이 숨을 들이쉬었다. 루시가 해야 할 일은 지금까지 했던 것처럼 연주하는 거다. 그냥 해치우자. 그러면 루시가 다음 단계에 진출하든 못 하든, 집안에 닥친 일을 이유로 남은 경연에 대해서는 신경 쓰지 않고 우아하게 손을 흔들며 집으로 가면 된다. 사람들은 루시를 가엽게 여기면서 지금까지 해 온 일을 칭찬할 거다.

루시는 관객 앞에서 연주할 때 보통 앞만 보고 연주했지만 이번에는 고개를 들고 시선을 돌려 할아버지를 보았다. 할아버지는 늘 그렇듯 루시의 손을 잘 볼 수 있는 자리를 차지하고 있었다. 할아버지가 고개를 끄덕였다. '얼마나 차가운 심장을 가졌기에 저기 앉아 있을 수 있을까. 울지도 않고.'

루시의 생각은 계속 이어졌다.

'그런데 나는 이 사람들 앞에서 무얼 하고 있는 거지?'

가속도.

할아버지의 삼촌인 크리스토프는 피아노를 구입했고 전쟁 중에 돌아가셨다.

루시는 할머니께 마지막 인사도 못했다.

루시는 건반에 놓인 자신의 손을 내려다보았다. 더 이상 자신의 손 같지 않았다. 피아노를 치고 있는 루시의 손은 루시의 것이 아니다. 오랫동안 그랬다. 자신이 가족, 관객이나 이 세상, 심지어 자기 자신과도 아무 상관이 없는 것 같은 느낌이 들었다. 이미 그래 왔다. 언제부터였을까? 이번 연주회 여행 이전에, 기억하지도 못할 정도로 한참 전부터 그랬다.

루시는 팔을 내렸다. 이 상황을 무시하고 연주를 끝낸 뒤, 앞으로

20분 뒤에 생각해도 된다. 소란을 일으키지 않고.

혹은.

소란을 일으킬 수도 있다. 엄청나게 큰.

관객들이 조금씩 수군대기 시작했다.

그때 루시가 자리에서 일어나며 피아노 의자를 뒤로 뺐다. 고개를 돌려 잠시 할아버지와 아빠를 바라봄으로써 자신이 흥분한 게 아니라 결심하고 행동하는 것이라는 걸 보여 주었다. 공포를 느껴서가 아니다. 무대 공포증과는 다르다. 또한 할머니의 죽음에 대해 충격을 받은 것도 아니다. 그 어떤 것보다 루시 자신의 결정, 의지가 무대 뒤로 루시를 끌어당겼다. 콩쿠르 관계자들은 루시가 지나가도록 비켜 주었다. 그중 한 명이 물었다.

"벡-모로 양, 괜찮아요?"

"네."

루시는 문을 찾아 어디가 나올지도 모르면서 무작정 열었다.

그 문은 바로 길 쪽으로 나 있었다. 하늘은 맑았고 거리에는 외국 특유의 냄새가 났다. 루시는 골목을 따라 쭉 걸어 나가서 대로변이 나오자 또 계속 걸었다. 사람들은, 드레스를 입고 스프레이로 머리를 고정시킨 채 마치 파티에서 도망친 차림으로 무얼 하려는지 궁금한 듯 루시를 쳐다보았다.

몇 블록을 걷다가 루시는 울음을 터트렸다. 할머니를 위해서, 그리고 자기 자신을 위해서.

그러고 나서 루시는 주변을 둘러보았다. 돌과 아치, 첨탑과 물이 멋지게 어우러진 도시였다. 루시는 자신이 다녔던 전 세계의, 실제로는 제대로 구경하지도 못했던 도시의 아름다움에 대해 생각했다. 다시는 돌아갈 수 없다. 루시는 생각했다. '무엇을 잃어버린 걸까? 도시의 아름다움 말고, 학교 말고, 할머니의 죽음 말고도 뭐가 있을까? 무엇일까?'

돈이 한 푼도 없었고 어디로 가야할지도 몰랐다. 완전히 길을 잃었으며 꽉 끼는 구두 때문에 발이 너무 아팠다. 결국 택시를 잡아서 호텔로 돌아갔다. 호텔 안내원이 대신 요금을 내줬다. 루시가 누구인지 알고 있었기 때문이다.

아빠가 안도하며 루시를 안아 주었고 걱정을 끼친 것에 대해 한바탕 잔소리를 했다. 루시는 할아버지를 바라보았다. 할아버지는 무표정한 얼굴로 말했다.

"이걸 네 마지막 결정이라고 생각하겠다. 내일 아침에 와서 마음을 바꾸었다는 소리 따윈 하지 말거라."

그걸로 끝이었다.

가속도는 0이 되었다.

7a

월 선생님은 거스가 있는 아래층으로 내려가고 루시는 어둠 속에
서 침대에 누워 선생님이 돌아갈 때까지 기다렸다. 루시는 깍지 낀
손을 배 위에 올려 두고 자신의 숨소리를 들었다.

'치고 싶은 적 없었니? 한 번도?'

선생님의 질문이 루시를 불안하게 만들었다.

마치 일요일 밤에 "이제 네 차례야."라고 말해 루시를 도망치게 만
들었던 때와 같았다.

왜냐하면 모든 사람 앞에서 이름을 불려 깜짝 놀랐던 것보다, 할
아버지로 하여금 자신이 프라하에서 내린 결정을 후회하는 것처럼
보이지 않겠다는 루시의 결심보다, 부추김을 당해 화가 났던 마음보
다……

루시는 하고 싶었다.

여덟 달 만에 처음으로 루시는 피아노 앞에 앉아서 피아노를 치
고 싶었다.

8

수요일에 루시는 거의 지각할 **뻔했다.** 다행히 종이 울리기 직전에 교실로 뛰어들어 갔다. 제일 마지막으로 도착했다. 선생님이 루시를 보며 웃었다.

"아슬아슬했는데. 다음에는 내가 호박빵을 사지."

앞줄에 앉은 마리 아우어바흐가 가방에서 짐을 꺼내다 말고 루시를 잠시 쳐다보더니 특유의 표정을 지었다.

'학교에서 돌아가는 일은 하나도 **빠짐없이** 다 아는데, 이건 뭐지?' 하는 표정이었다.

루시는 가볍게 무시했다. 교실 한가운데 자신의 자리로 가서 자신의 일에만 신경 썼다.

영어 수업. 학교. 레이나. 찰스 선생님의 애제자 되기.

일주일 전만 해도 이것만으로 충분했다. 루시는 피아노를 치지 않게 된 뒤로 집안의 관심에서 벗어났고 그걸로 만족했다. 원하지 않는 것을 좋아하는 척하며 사는 것보다는 실망스러운 존재가 되는 게 더 나았다.

하지만 자신이 원한다면 얘기는 달라진다.

"루시?"

찰스 선생님이 루시의 책상 앞으로 다가왔다.

"뭔가 말하고 싶은 표정인데."

"제가요?"

몇몇 아이들이 웃었다.

"어떤 거요?"

루시가 물었다.

선생님이 『오셀로』를 들어 보였다.

"아, 죄송합니다."

"5분 뒤에 다시 시킬 거야, 알았니?"

"알겠어요."

루시는 책으로 눈을 돌렸지만 상상 속의 악보가 책장을 떠돌아다녔다.

♪

점심 무렵 루시는 평정을 찾았다. 루시는 2교시 내내 자신이 어떤 기분인지는 전혀 중요하지 않다는 사실과 그 이유를 스스로에게 납득시켰다. 거스처럼 루시가 다시 학스피엘 피아노 앞에 앉는 건 불가능하다. 할아버지가 그 모습을 두고 보실 리가 없다.

그리고 루시 역시 그걸 원하지 않는다. 그냥 추억에 잠기는 것뿐이다. 이제서야 자유를 누리게 되었는데 다시 철창에 갇히는 건 꿈도 꾸지 말아야 한다.

칼슨이 루시와 레이나가 있는 2층으로 찾아왔다.

"난 정상적인 애들하고 어울릴 필요가 있어."

칼슨이 바닥에 가방을 내려놓으며 말했다.

"그래서 우리를 고른 거란 말이야?"

루시가 물었다.

"내 친구들은 헤일로에 대해 끊임없이 떠들어 대고 순이는 나를 쫓아다닌다고."

"뭐? 순이를 따라다닌 건 너 아냐?"

레이나가 물었다.

"그래, 그랬던 적이 있지. 근데 순이랑 얘기를 한번 해 보니 치즈랑 통밀이랑 토마토랑 땅콩이랑 돼지고기랑 설탕이랑 기타 등등 엄청나게 많은 걸 못 먹는다는 사실을 알았어. 나한테는 그걸 어떻게 해 줄 시간 따위는 없거든."

루시는 통밀빵에 땅콩 크림을 바른 샌드위치와 오렌지를 꺼냈다.

"모든 사람은 단점이 있어."

"틀렸어. 줄스 사나한은 완벽해. 하지만 걘 학교에서 점심도 안 먹고 같이 듣는 수업조차 하나도 없어."

"그러니까 줄스가 너한테 완벽해 보이는 거야. 너는 다가갈 수 있는 여자아이를 무서워하는 것 같아."

루시가 대꾸했다.

칼슨이 레이나와 루시에게 몸짓을 했다.

"이봐요. 제가 당신들을 무서워하는 것 같아요?"

"우리는 빼고. 아무튼, 네가 솔로라는 걸 다행으로 생각해. 사랑이란 지옥 같은 거고 결국 전쟁으로 끝나는 거야."

레이나가 말했다. 그러고는 따끈따끈한 이혼 소식을 전했다. 엄마의 변호사가 2주간 이탈리아로 휴가를 가는 바람에 모든 게 제자리걸음이다.

"난 단지 이 모든 게 끝나기만 바랄 뿐이야."

루시는 반은 듣고 반은 흘려들으며 오렌지 껍질을 벗기느라 애를 썼다. 레이나는 아빠가 갑자기 다 같이 무슨 사원 같은 곳에 가서 '자신의 감정'을 레이나와 레이나 동생에게 털어놓는, 가족 치료 같은 걸 받자고 했다고 말했다.

"이제 와서 우리가 어떤지를 묻는 거야. 너무 늦었다는 걸 모르시나 봐."

"대박."

칼슨이 내뱉었다.

"난 심각하다고."

"알았어, 미안. 이혼 소식은 유감이야. 이제 장난 안 칠게."

"오늘은 여기까지야."

레이나가 말했다.

칼슨이 루시에게 고개를 돌렸다.

"너는 요새 어때?"

루시가 오렌지 껍질을 벗겼다.

"이거 먹어."

"고마워."

"루시가 템니코바 선생님이 돌아가신 얘기 안 했니?"

레이나가 물었다.

"누구?"

"내 동생 피아노 선생님."

"루시가 인공호흡까지 했대."

"운이 좋으셨네."

칼슨이 대답했다.

"돌아가신 것만 빼면."

"벌써 다른 선생님을 구했어."

루시가 말했다.

레이나가 눈썹을 찡긋했다.

"대단하시다. 총알이네."

"선생님이 좀……."

루시가 어깨를 으쓱했다.

"젊어."

"잘생겼니?"

루시가 휴대폰을 꺼내서 월 선생님의 얼굴이 나온 인터넷 페이지
를 찾았다. 레이나가 휴대폰을 받아 들고 말했다.

"그렇게 어리지는 않네. 잘생기지도 않았고."

레이나가 휴대폰을 칼슨에게 전했다.

"아무 생각 없음."

칼슨이 말했다.

"딱 적당하게 잘생겼지, 뭐."

루시가 휴대폰을 다시 받았다. 루시가 잘생겼다고 하는 기준은, 루시가 아는 또래와는 다르다. 학교에서 엄청 인기 있는 남학생을 보고도 루시는 잘생긴 걸 못 느꼈고 스피어 고등학교에서 찰스 선생님이 매력 있다고 생각하는 건 루시뿐이었다. 루시에게 매력이란 친절함과 똑똑함, 그리고 유머 감각의 조합이다. 여기에는 눈도 포함된다. 눈 속에 담긴 무언가. 이 모든 게 얼굴 부분 부분을 합친 것보다 매력을 좌우했다. 윌 선생님도 그렇다. 루시는 선생님을 아직 잘 모르지만 선생님은 잃어버린 게 무엇이든 위안을 주는 그런 사람이라고 믿었다.

"아무튼, 이번 주말에 날씨 좋대. 우리 어디든 가자."

레이나가 말했다.

칼슨이 휴대폰을 엄지로 만지작거렸다.

"그 '우리'라는 게 나도 포함이 된 거니, 아니면 평소처럼 너랑 루시만이니? 내 말은, 나도 귀를 기울여야 하는지, 등 돌리고 상처받지 않은 척해야 하냐는 거야."

"첫 번째 거."

세 사람은 루시가 치과 진료를 마친 뒤 레이나의 차로 칼슨을 데리고 하프문베이*에 가는 계획을 세웠다. 레이나의 차는 아직 레이나가 가지고 있지만, 소유주가 아빠라서 이혼 과정의 또 다른 골칫거리 중 하나다.

집에서 벗어나면 좋을 거다. 집 말고 다른 곳에 더 많은 인생이 있다는 걸 생각하면.

♪

루시는 학교를 마치고 집으로 돌아오는 길에 언덕을 올라오느라 땀에 흠뻑 젖은 채 뒷문으로 들어왔다. 마틴 아저씨가 노트와 찻잔을 앞에 두고 주방 의자에 앉아 있었다. 마틴 아저씨는 옛날부터 여기서 일했다. 루시가 아기일 때 할머니가 고용했으며, 그때 마틴 아저씨는 막 마흔이 되었다고 했다.

"왔니?"

마틴 아저씨가 웃음 지으며 루시를 보았다.

"사야 할 식료품 목록을 작성 중인데, 필요한 거 있니?"

루시가 가방을 탁자에 내려놓고 과자를 보관하는 곳을 살폈다.

"피스타치오 좀 사다 주실래요? 그리고 핫초코도요. 향이 첨가된 걸로요."

마틴 아저씨가 만년필로 글자를 써 내려갔다. 아저씨는 볼펜이나 중성펜, 특히 옛날 스타일의 볼펜을 절대 쓰지 않는다. 향신료를 넣어 둔 선반 한쪽에는 아저씨가 쓰는 잉크가 있다. 주로 파란색이나

*하프문베이 샌프란시스코에서 40분가량 떨어진 작은 도시로 해변이 반달 모양이라 붙여진 이름.

보라색이다. 루시가 어릴 때, 한번은 잉크병을 방에 가져가서 놀다가 손가락을 온통 물들이고 책가방을 엉망으로 만든 적이 있었다. 손가락에 물든 잉크는 며칠 동안 지워지지 않았지만, 아저씨는 그 사실을 부모님에게 말하지 않았고 이후로 루시는 마틴 아저씨를 사랑하게 되었다.

"너희 엄마가 못 보시게 견과류는 숨겨야겠어. 그것 때문에 살찐다고 생각하신대."

"제가 살이 쪘다고 그러셨어요?"

루시가 오븐의 위 칸에 붙은 문에 자신을 비추어 보았다. 평소와 다름없다. 마르지도 않고 뚱뚱하지도 않다.

"아니, 너 말고. 너희 엄마 말이야."

마틴 아저씨가 만년필을 내려놓고 옆으로 치우더니 회색 머리카락이 듬성듬성한 머리를 손으로 쓸었다.

"그나저나 새 선생님에 대해 어떻게 생각하니?"

루시는 오븐의 문 쪽에서 몸을 돌렸다.

"글쎄요. 뭐, 거스가 좋아하잖아요. 그래서 기뻐요."

"음."

"아저씨는 어떻게 생각하세요?"

마틴 아저씨가 팔짱을 끼어 식탁에 기댔다.

"템니코바 선생님은 특별한 분이었지. 너는 모르겠지만, 그분과 나는 이 집의 고용인으로 서로 통하는 게 있었어."

"아무도 아저씨를 '고용인'이라고 생각하지 않아요."

아저씨가 웃었다.

"그래. 내 말은 내가 그분을 존경했다는 거야. 그분이 돌아가셔서 슬프구나. 매년 크리스마스마다 내게 주시던 보드카가 그리울 거야."

아저씨가 몸을 일으키고는 공책에서 식료품 목록을 찢었다.

"그렇긴 하지만, 월 선생님이야말로 거스에게 딱 필요한 사람이야. 그리고 실은 말이지, 네 할머니라면 분명 월 선생님을 무척 좋아했을 거야."

"어떻게 아세요?"

루시가 물었다. 그 말이 믿기지 않았다.

"겨우 두 번 만났을 뿐이잖아요."

"그냥 알아. 두 분은 아마도 통하는 게 많았을 듯해."

9

이번 주 내내 루시는 월 선생님을 피하는 데 온 힘을 다했다. 선생님한테서 어떤 질문도 받고 싶지 않았고 피아노를 치자고 권유받는 것도, 루시가 그만둔 게 얼마나 안타까운지 얘길 듣는 것도 원치 않았다. 루시는 매일 학교가 끝나면 CC's에 들러 커피를 사 들고 찰스 선생님 교실에 가서 선생님이 일을 하는 동안 숙제를 했다. 루시는 선생님과 있으면 안심이 되고 편안하게 느껴졌다.

토요일이 되자, 레이나의 아빠인 닥터 보우먼을 만날 생각에 마음이 불편했다. 비도덕적인 이혼 사건이 드러난 뒤 처음으로 만나는 거다. 어떤 사람이 자신에 대해 내가 몰랐으면 하는 것까지 내가 이미 알고 있고, 그도 그 사실을 안다면 나는 그를 어떻게 쳐다봐야 하는 걸까?

"이거 이제 그만할까 봐요."

루시가 식탁에 앉아 시리얼을 삼키면서, 건너편에서 노트북을 보고 있던 엄마에게 말했다. 거스와 아빠는 부자 간의 모임을 위해 나

105

갔다. 짐작하건대 도넛을 먹는 일인 것 같았지만 두 사람은 한 번도 인정하지 않았다.

"뭘 그만둬?"

"교정요."

엄마가 고개를 들었다.

"교정을 지금 끝낼 수는 없어. 그건 40킬로미터 지점에서 마라톤을 포기하는 것과 같아."

똑같은 걸 생각하듯이 두 사람의 눈이 마주쳤다. 처음 있는 일은 아니었다.

루시가 모른 체했다.

"의사를 바꿀까 봐요."

"나도 알아. 불편하긴 하지."

엄마는 루시의 머리카락 쪽으로 눈길을 돌렸다. 엄마가 준 실크 베개 커버를 쓰지 않은 탓에 머리카락이 사방으로 뻗었다.

"전에는 보우먼 선생님을 보는 게 기다려졌어요."

루시가 말했다. 루시는 원래 닥터 보우먼을 무척 좋아했다. 루시가 아는 아빠들 중에, 닥터 보우먼이 가장 잘생기고 친절했다. 까만 머리에, 레이나가 물려받은 청색 눈동자를 가졌고 재미있고 매력적이다. 그래서 엄마들도 좋아한다.

루시는 그저 불편한 정도가 아니라는 사실을 엄마가 알아줬으면 했다. 무언가 잃어버린 듯한 느낌이 들었다. 하지만, 엄마는 다시 노트북으로 시선을 돌렸다.

"그분을 역할 모델로 생각하지 않으면 돼. 그냥 진료만 받아."

"하지만, 정말……."

'슬프다.'

"신경 쓰지 마세요."

루시는 엄마에게, 거의 모든 일에 대해 위로를 기대하지 말아야 한다.

레이나네 집은 걷기에는 좀 멀다. 일고여덟 블록 밖에 안 되지만 마지막 두 블록이 언덕이기 때문이다. 사무실 문 앞에 선 루시는 예약을 취소하고 레이나 방으로 곧장 가 버릴까도 생각했다. 하지만 그래봤자 언젠가 다시 와야 하고 루시만 번거로울 뿐이다.

새로운 접수 직원은 남자였다. 이혼이 마무리되지 않은 상황이니 부적절한 소문을 잠재우기 위한 방안이다.

"안녕하세요. 10시에 예약했어요."

"편히 앉아 기다리세요. 선생님께서 곧 나오실 거예요."

루시가 절대로 편할 수 없는 의자에 앉아서 레이나에게 문자를 보내는데 닥터 보우먼이 웃으면서 진료실에서 나왔다.

"루시, 점점 예뻐지는구나."

닥터 보우먼은 루시를 볼 때마다 그렇게 말을 한다. 심지어 루시 얼굴이 최악의 상태일 때조차 거짓말인 게 뻔하지만 그렇게 인사를 했다. 예전에는 친절한 인사말이라고 생각했다. 하지만 이제는 닥터 보우먼이 안아 줄 때조차 무례하게 보이지 않으려고 애쓰면서 최대한 몸을 움츠렸다.

"고맙습니다."

"들어가자."

닥터 보우먼이 어깨 너머로 진료실 쪽을 가리켰다.

이번에 하는 건 항상 해 온 정기 검진이지만 닥터 보우먼이 루시의 입술을 만지는 방식이나 라텍스 장갑의 냄새, 그리고 차트를 보느라 루시의 다리를 살짝 건드린 것, 또 루시의 입안을 보면서 내는 흠흠하는 소리 등 일상적인 모든 게 갑자기 루시가 알고 있는 사실 때문에 어색하게 느껴졌다. 예전의 접수 직원. 순이의 엄마. 그 외에 다른 사람도 마찬가지였다.

닥터 보우먼이 장갑을 벗은 순간, 루시는 몸을 돌려 안도했다. 너무 티가 났다. 루시는 붉은 잇몸이 드러난 가지런한 치아 사진 12개를 타일처럼 붙인 포스터를 보는 척했다.

닥터 보우먼은 의자를 책상 쪽으로 끌고 가더니 장갑을 벗고 차트에 뭐라고 적었다.

"아침에 일어났을 때 두통이 있다거나 아픈 데는 없니?"

"없어요."

"잘 지내니?"

"네."

"거스도 잘 지내고?"

"잘 지내요."

루시는 청바지 무릎 쪽에 튀어나온 실밥을 손가락으로 만지작거렸다.

루시는 닥터 보우먼이 자신의 치아에 대해, 이제 교정기를 어떻게 할지, 교정기를 더 끼고 있어야 하는지 빼도 되는지를 얘기할 거라고 생각했다.

"루시. 네가 아홉 살 때 내 차에 토한 적이 있지. 나는 네가 기르던 기니피그의 장례식에 갔었어. 네 연주회에도 갔고."

상처 입고 지친 목소리였다.

"그 사람이 바로 나야."

루시는 고개를 들어 닥터 보우먼의 얼굴을 쳐다보고는 끄덕였다.

"네가 생각하는 것보다 복잡한 상황이란다."

닥터 보우먼이 말을 이었다.

"네가 크면 이해할 거야."

루시는 그러고 싶지 않았다.

"좋아. 금방 끝날 거야. 그러고 나면 다음번에 보자."

닥터 보우먼이 슬픈 듯이 미소 짓자 마음이 쓰였다.

"레이나를 보러 가겠구나. 안부 전해다오."

♪

레이나는 옷장에 있는 옷을 여러 더미로 나누어 놓았다. 그중에서 작은 더미를 가리켰다.

"이건 너 입어 보라고 둔 거야. 대부분 짧을 거야. 네 다리가 나보다 훨씬 기니까. 그래도 치마가 두어 벌 있어. 그렇게 요란하지 않은 걸로."

"고마워."

루시는 침대 끝에 걸터앉아 닥터 보우먼의 인사를 전해야 할지 말지 고민했다. 레이나의 기분은 조금…… 변덕스러웠다. 레이나가 옷걸이에서 화려한 원피스를 휙 빼더니 들어 보였다.

"아빠가 박물관 기금 모임에 갈 때 사 준 거야. 좀 야하지 않니?"

"그런 데 갈 때 입는 옷으로 보여."

레이나는 원피스를 제일 가까운 옷 더미에 던졌다.

"버리는 것."

루시가 원피스를 집어 들었다. 예쁘기도 했고, 빨간색이 레이나의 하얀 피부에 근사하게 어울릴 것 같았다.

"이건 놔두는 게 좋겠어. '나중에 처리할 것' 더미에 두는 게 어떨까?"

레이나가 잠시 서서 원피스를 응시하더니 이내 고개를 젓고 옷장으로 가서 옷걸이를 한쪽으로 휙 밀었다.

"미안, 근데 지금 아빠가 너무 미워. 그리고 아빠를 생각나게 만드는 건 모두 다."

레이나가 고개를 돌려 루시를 보았다.

"옷 말이야. 하나 입어 봐 줘. 기분이 좋아질 거야."

레이나가 아끼는 상의가 몇 개 있는데, 몇 달 전에 산 소매에 체크 무늬가 있는 버버리 폴로 셔츠가 그중 하나였다. 루시는 레이나의 기분을 풀어 주기 위해 걸쳤다. 가슴께가 꽉 끼었다. 그때 레이나가 까치발을 하고 옷장 위 칸에 있는 신발 상자를 꺼내려는 걸 보았다.

"내가 해 줄게."

루시가 상자를 내려서 레이나에게 주었다. 레이나는 얼굴이 일그러진 채 상자를 손으로 꽉 쥐었다.

루시는 상자를 다시 받아서 바닥에 내려놓고 레이나의 어깨를 감싸 안았다.

"어떡하면 좋지, 루시. 정말 끔찍해. 넌 모를 거야."

"유감이야."

레이나는 터져 나오는 울음을 꾹 참는 듯이 어깨가 들썩거렸다.

"우린 정말 행복한 가족이었어. 나는 그런 줄 알았어."

"그래. 나도 그렇게 생각했어."

레이나는 결국 울음을 터트리고 말았다. 루시가 침대 옆 탁자에서 휴지 상자를 건네주었다. 레이나가 한 장을 뽑아 코를 풀었다.

"더 끔찍한 건 에비에게 이 상황을 설명하지 않고 알리는 거야. 엄마랑 나는 엄청 말을 조심하고 있거든. '아빠가 거짓말쟁이고, 나쁜 인간이야.' 이렇게 말할 순 없잖아?"

"그래."

"난 남자가 싫어. 정말 싫어."

레이나가 휴지를 바닥에 던지더니 다시 한 장 뽑아서 코를 한 번 더 풀고는 그제야 버버리 폴로 셔츠를 입은 루시를 제대로 보았다. 레이나가 울면서 웃었다.

"그건 못 입겠다. 가슴이 어쩜 그렇게 커졌니? 근사해."

"내가 보관할게. 원피스도. 괜찮지? 다른 것들도 같이. 언젠가 네가 다시 필요하게 될 때를 대비해서 우리 집에 내 짐이랑 같이 둘게."

레이나가 고개를 끄덕이더니 루시를 가볍게 안았다.

"넌 정말 좋은 친구야. 최고야."

"너도 마찬가지야."

루시는 폴로 셔츠를 얼른 벗어 버리고 자신의 옷을 다시 입었다.

"이제 나가자. 여기는 나중에 치우고."

♪

두 사람은 칼슨을 레이나의 미니에 태우고 1번 고속도로를 달렸
다. 루시가 앞좌석에 앉고 칼슨은 좁은 뒷좌석에 몸을 웅크리고 앉
았다. 오른쪽으로 태평양이 파랗게 빛나고 한낮의 햇볕이 험준한 절
벽 바위에 그림자를 드리웠다. 매혹적이고 멋졌다.

루시는 생각했다.

'아름답다. 아름답다. 아름답다.'

루시는 그런 감정을 느껴 본지 오래되었다. 자기 자신의 삶이 완
벽하지 않더라도, 이 세상에는 즐겁거나 좋은 것, 적어도 괜찮은 것
도 있다. 어쨌든 부모님, 레슨, 연습실에서 벗어나서 이 세상에 몸담
고 있다면.

"아름다움을 위해 건배."

월 선생님의 건배사가 입에서 나오는 느낌을 알기 위해 루시가 큰
소리로 말했다.

"뭐라고?"

레이나가 소리쳤다. 차 안은 어셔*의 노랫소리와, 조금 열어 둔 창문을 통해 들어오는 바람 소리 때문에 시끄러웠다.

"아무것도 아냐."

피아노와 상관없이 경이로움을 찾는 다른 방법이 얼마든지 있다. 자연에서 찾기 쉬울 거다. 아마도 지금처럼? 다른 사람을 돕거나 수단 같은 나라에 우물 파기 자원 봉사를 신청할 수도 있다.

"아니. 하나도 안 들려."

칼슨이 앞으로 휘청하면서 자동차 오디오에 연결된 레이나의 휴대폰 잭을 빼 버렸다.

"그런데."

칼슨이 말하면서 루시의 어깨를 톡톡 쳤다.

"뭐라고 했어?"

"창밖이 너무 멋지다고. 그렇게 말했어."

루시는 좌석에서 몸을 겨우 돌려서 칼슨이 평소처럼 휴대폰을 손에 쥐고 있는지 보았다. 역시 쥐고 있었다.

"네가 휴대폰에서 5분만 눈을 뗀다면 알 수 있을걸."

"아무렴, 이것 보라고. 난 다 알고 있고, 지금 여기가 얼마나 멋진지 내 팔로우에게 알리고 있는 중이라고."

칼슨이 자신의 휴대폰을 루시에게 흔들자 루시가 낚아챘다.

"네 팔로우라고? 네 팔로우에게 네가 2시간 동안 삶을 즐기기 위

---

*어셔 미국의 팝, R&B 가수.

해 잠시 사라지겠다고 말하겠노라."

"루시. 돌려줘!"

"너, 마치 내 여동생같이 군다? 칼슨 린."

레이나가 웃었다.

루시는 칼슨이 양손을 뻗어 어깨를 덮치는 걸 피해서 몸을 앞으로 숙여 칼슨의 휴대폰을 꺼 버린 뒤, 자신의 가방 제일 밑에 넣었다.

"됐어."

칼슨이 털썩 앉았다.

"와, 뭐라 할 말이 없네. 이거야말로 인권 침해라고."

"그냥 휴식이라고 쳐."

레이나가 말했다.

"휴대폰 없다고 죽지 않아. 이제 누가 어서 좀 다시 꽂아 줘."

"내가 선곡할 차례야."

루시가 자신의 휴대폰에 잭을 꽂고 화면을 스크롤해서 비발디를 찾아 틀었다.

음악이 차 안을 가득 채우자, 레이나가 앓는 소리를 냈다.

"네 인생에서 15년을 보낸 걸로 충분하지 않니?"

"듣기도 전에 판단하지 말고, 한번 들어 봐."

"나쁘지 않네."

칼슨이 동의했다.

"쉿."

〈겨울 협주곡〉의 빠른 알레그로가 시작되었다. 루시는 이 부분을 좋아했다. 굉장히 좋아했다.

루시는 볼륨을 높이고 창문을 완전히 내렸다. 찬바람이 세차게 불어서 아플 지경이었다. 바이올린이 1분 30초 동안 이어지다가 드디어 주제로 넘어갔다. 루시는 이 부분을 제일 좋아했다. 기대와 완전한 기쁨 사이의 그 짧은 순간.

기쁨.

환희.

루시는 눈을 감고 팔을 창밖으로 내밀어 바람을 느꼈다. 팔을 점점 더 뻗다가 마침내 소리를 질렀다. 처음에는 작게, 그러다가 점점 큰 소리로. 레이나와 칼슨이 웃는 걸 희미하게 느끼면서 루시는 손으로 차 문을 두드렸고, 눈을 떴다. 바람에 눈이 시려 눈물이 났지만 바다 때문에 눈이 부셨다.

세상은 아름다움으로 가득하다.

루시는 아름다움을 손으로 꽉 잡아서 마음속에 집어넣고 싶었다. 하지만 늘 잡을 수는 없다. 지금처럼 가끔 아주 조금씩. 찰나라 해도 이런 행복을 늘 기대할 수는 없다. 루시도 그건 안다.

하지만 가끔은, 기대해도 좋다. 가끔은, 5분 이상 지속되는 기쁨의 순간을 느낄 수 있어야 한다. 그건 욕심이 아니다. 이런 순간을 경험하는 것, 그리고 이런 순간을 움켜쥐고 만끽하는 것.

그 찰나의 순간을 넘어서 살아 있음을 느끼는 것.

10

루시는 발이 이끄는 대로 갔다. 도망치려고 노력했지만 적어도 백 바퀴는 돈 것 같았다. 몸은 비대하고 굼떴고 찰스 선생님이 코치 같아 보였지만 클립보드만 들여다보고 있다. 루시가 안 보이는 걸까? 그런 데다, 루시는 오줌이 마려웠다. 급했다. 공중화장실을 찾았지만 하나같이 변기가 더럽고 냄새가 났으며 문이 잠기는 것은 하나도 없었다. 루시는 오물 더미 위에 웅크리고 앉은 채 몸을 앞으로 내밀어서 문을 붙잡고 있어야 했다.

그때 누군가 들어오려고 문을 밀었고, 또다시 밀면서 루시를 불렀다.

'루시, 루시, 얼른 나와, 루시……'

"루시?"

루시가 눈을 떴다. 아빠가 겉옷을 입은 채 루시의 침대 옆에 서 있었다.

"아야."

루시는 배에 느껴지는 압박감 때문에 신음 소리를 냈다.

"몇 시예요?"

"나갈 시간."

"오늘이 무슨 요일이에요?"

"월요일이야. 어서 일어나. 알레*."

루시는 이불을 확 젖히고 화장실로 달렸다.

♪

"엄마는 못 기다리겠다고 거스만 데리고 갔어."

루시는 아빠 차에 탄 다음 리포트가 삐져나온 가방을 발밑에 두었다.

"이따 엄마한테 잔소리 좀 듣겠구나."

"그렇겠죠."

루시는 커피가 간절해서 아빠가 카페에 잠시 들렀으면 했지만 영어 수업에 지각하는 마당에 또다시 커피를 들고 갈 수는 없었다.

"괜찮은 거니?"

아빠가 손등으로 루시의 무릎을 툭 쳤다.

아빠는 그런 질문을 하면 '아니오'라고 대답하고 나서 어떻게 할지 생각할 여유가 없는 시점에 질문을 해서 루시가 항상, 지금처럼, '예'라고 대답하게 만드는 재주가 있다.

루시와 아빠는 요새 소원했다. 아빠는 거스의 매니저 노릇과 할

*알레 프랑스어로 가자는 뜻.

117

아버지의 신탁 몇 개를 책임지는 것 말고는 직업이라고 부를 만한 건 없지만 거의 집에 안 계셨다. 아무튼 루시가 어떻게 설명할 수 있을까? 자기 자신조차 이해되지 않는데. '만약 제가 피아노를 다시 치고 싶다면 어떻게 해야 하죠?' 이렇게 묻는 자신을 상상했다. 모든 식구를 통틀어 아빠야말로 이 말을 하기에 가장 적합하다.

"악몽을 꿨어요."

한 블록만 더 가면 학교다.

"아, 시험이라도 있니?"

루시는 고개를 저었다.

"사는 게 그렇네요."

"사는 거라."

아빠가 따라 말하며 정문 앞에 차를 세웠다.

"잘될 거야."

아빠가 몸을 숙여 루시의 볼에 입을 맞추었다. 얼굴이 까칠했다. 아빠의 숨결에서 커피 향을 맡으면서 루시는 한 가지 생각을 떠올렸다. 영어 수업이 끝나고 나서 CC's에 잠깐 들르면 되겠다.

"나중에 엄마한테 사과드려, 알았지? 늦은 거 말이야."

"아빠……."

"아빠 말대로 해 줘."

♪

루시가 교실에 들어섰을 때 찰스 선생님은 문을 등지고 교실 앞쪽에 서서 돌아보지도 않았다.

"루시니?"

선생님은 반 아이들에게 물었다. 선생님 목소리 때문에 루시는 문 가에서 안으로 들어가지 못하고 멈춰 섰다.

반 아이들이 그렇다고 했다. 마리의 표정은 분명 비웃고 있었다.

선생님은 여전히 몸을 돌리지 않은 채 손을 흔들었다.

"잘 가렴."

'네? 뭐라고요? 진심이신가?' 선생님은 적어도 고개는 돌려야 한 다. 몸을 돌려서 루시를 바라보고…….

이런 식으로 수업에서 쫓아낼 수는 없다.

"죄송…… 합니다……."

선생님이 다시 손을 들었다.

"됐어."

마리가 킥킥거렸다.

나쁜 계집애. 루시는 수치심과 분노로 가득 차서 발길을 돌려 문 을 밀고 복도로 나왔다. 늦은 것은 잘못이지만 반 아이들 앞에서 꼭 저렇게 해야 하나? 더구나 나에게. 누가 또 선생님에게 커피와 호박 빵을 사다 주고 선생님이 바라는 방식으로 선생님의 수업을 이해해 주겠는가? 아무도 없다. 바로 나뿐이다.

루시는 복도를 걸으며 당황스러워서 나오는 눈물을 닦았다. 도서 관이나 다른 곳에 가서 리포트를 쓰거나 숙제를 할 수도 있다. 하지 만 배는 꼬르륵거리고 카페인이 절실했으며 무엇보다도 학교를 벗어나고 싶었다.

아마 레이나가 2교시를 빼먹고 아침을 먹으러 가자고 할 거다. 하지만 레이나에게 문자를 쓰다가, 아무하고도 얘기하고 싶지 않은 기분이 들었다.

루시는 학교를 떠났다. 혼자서.

♪

10시 30분이니까 주방을 통해 몰래 들어가면 아무도 모를 거라 생각했다. 마틴 아저씨가 휴가를 가지 않는 이상 엄마가 주방에 있는 경우는 거의 없다. 하지만 엄마는 마틴 아저씨와 한창 얘기를 나누다가 루시가 들어오는 것을 보고 말을 딱 멈췄다.

"아프다는 핑계 댈 생각하지 마. 아빠는 네가 괜찮다고 했어."

"아까는…… 그랬어요. 그런데 지금은 몸이 안 좋아요."

사실이다. 학교에서 집에 오는 길에 식당에 들러서 커피, 달걀 요리, 베이컨을 먹었지만 찰스 선생님을 떠올릴 때마다 위가 뒤틀렸다.

엄마가 눈을 가늘게 떴다. 루시는 뭔가 추가로 증상을 꾸며 댈 준비를 했다. 하지만 엄마는 가까이 다가와 루시의 왼쪽 귀 뒤로 머리카락을 넘겼다.

"비르기트 할머니가 오늘 아침에 돌아가셨어. 막 전화를 받았단다."

"아."

비르기트 할머니는 할머니의 언니로 독일에서 계속 사셨다. 루시도 몇 년 전에 투어를 갔을 때 딱 한 번 만난 적이 있다.

"어떻게 된 일이에요?"

"아흔일곱이셨으니까."

엄마와 눈이 마주쳤을 때 루시는 엄마의 눈가가 촉촉한 것, 슬픔에 가득한 것을 보고 그게 왜 놀라운지 모르지만 놀랐다.

"유감이에요."

루시가 엄마를 안았다. 좀 어색하게 느껴졌다. 그래도 몇 초 동안 더 안고 있었다.

엄마가 한 걸음 물러서더니 코로 짧고 깊게 숨을 쉬었다.

"할아버지하고 같이 장례식에 참석하러 드레스덴에 갈 거야. 할아버지가 고향에 가 보신 지도 꽤 되네. 할머니 유골도 뿌려야 하고."

루시가 마틴 아저씨를 바라보자 아저씨가 눈을 내리깔았다. 할머니의 유골에 대해선 지난 몇 개월 동안 결정된 게 없었다. 처음에는 납골당의 좋은 자리에 모시거나 바다에 뿌리는 방안을 놓고 의논했다. 하지만 할아버지는 유골에 대해 이야기하길 꺼리면서 자신의 방에 보관했기 때문에 루시는 거기에 계속 둘 줄 알았다.

"여기는 왜 안 돼요?"

루시가 물었다. 루시는 할머니가 멀리 떠나는 것 같아 마음에 들지 않았다.

"거기는 할머니가 태어난 곳이야. 할머니하고 할아버지가 만나신 곳이기도 하고. 통일이 된 후엔 항상 돌아가고 싶어 하셨어."

'할머니도 그걸 바라는지 모르겠어요.'

"할아버지는 집에 계세요?"

"서재에 계실 거야. 왜?"

엄마가 수상하다는 듯 물었다.

"왜겠어요? 얘기를 하고 싶어서요."

"할아버지는 피곤하셔."

"같이 조깅하러 가자고 여쭈려는 게 아니에요."

루시는 유골을 보고 싶었다. 거기 갈 수 없더라도 무언가 의식이라도 치룰 방법이 있을 거다. 할머니께 마지막 인사를 할 기회조차 빼앗은 할아버지는 루시에게 빚이 있다.

"일단 가서 잠을 좀 자렴. 왜냐하면 넌 학교에서 조퇴할 만큼 아픈 아이니까."

♪

서재는 한때 루시에게 신비한 마법의 공간이었다. 벽에는 음반과 오디오, CD, 카세트테이프가 줄지어 있다. 대부분 LP로 커버에 싸여 있고 긴 해설이 들어 있다. LP에서는 특유의 냄새가 난다. 먼지와 남성용 샤넬 향수가 뒤섞인 냄새 같았다. 할아버지는 루시에게 오디오 사용법을 가르쳐 주었다. 인색하거나 엄하게 굴지 않았다. 단지 루시가 자신만큼 수집품을 잘 알기를 바랐다. 한때는 그랬다.

할아버지는 그곳에 없었다. 아마 낮잠을 주무시는 것 같았다. 다행이었다. 왜냐하면 루시가 방 안으로 한 걸음 들어선 순간 할머니에 대해 따질 용기를 잃었기 때문이다. 어쨌든 문을 발로 살짝 밀고 들어섰다.

방은 어두웠다. 할아버지가 소장품을 햇빛과 열기로부터 보호하려고 항상 커튼을 쳐 두기 때문이다. 루시는 책상으로 가서 전기스탠드를 켰다. 희미한 불빛이 방 안을 밝혔다. 할아버지의 책상에 있는 물건은 변함이 없다. 바로 메모장, 색인 카드 한 묶음, 펜 세트와 꽂이, 할머니의 사진이다. 루시는 책상 앞에 앉아서 모든 것을 만져 보고 색인 카드를 정리했다.

그건 할아버지의 카탈로그다.

그 방에 있는 음반은 모두 색인 카드가 있고 거기에는 할아버지가 총평을 적어 두었다. 루시가 보기에 그건 '어떤 사람보다 내가 잘 안다'는 듯한 글이었다.

어떤 경우에는 할아버지가 정성껏 쓴 글이 카드를 가득 채웠다. 어떤 때는 작품이나 앨범, 혹은 지휘자나 연주자에 대해 이렇게 몇 자만 적기도 했다.

'실망스럽다.'

'첫 부분은 멋지나 전체적으로 엉망이다.'

'스케르초*에서는 힘이 넘치고 아다지오*는 슬픔이 적절히 느껴진다. 라이브 녹음인데도 매우 멋지다. 그 자리에 있었으면 좋았겠다.'

'평범함을 내세우는군. 이 사람은 왜 아직도 연주를 하지?'

---

*스케르초 교향곡, 현악사중주곡의 제3악장에 쓰이며, 템포가 빠른 3박자, 격렬한 리듬 등이 특징이다.

*아다지오 천천히, 매우 느리게.

루시는 선반을 뒤져 있어야 하는 곳에서 정확히, 초기 낭만파인 슈베르트, 슈만, 베를리오즈, 베르디 옆에서 원하는 것을 찾았다. 초기 낭만파의 잘 알려지지 않은 작곡가의 LP 앨범으로, 몇 년 전 루시가 할아버지가 아는 모든 것을 알고 싶은 열정으로 가득하던 시절에 발견했다.

물론 거기에도 색인 카드가 빠짐없이 있다. 루시는 앨범을 꺼내 오디오에 넣고 재생시켰다. 그리고 소리가 새어 나가지 않게 헤드폰을 끼고, 이미 내용을 거의 외우고 있는 색인 카드를 읽었다.

'아름다운 곡이며 연주 또한 만족스럽다. 카덴차란 이런 것이다, 라고 할 만큼 빈틈이 없다. 생기 있고 근사하다. 한나를 떠올리게 한다. 들을 때마다 우리가 결혼한 첫해 가을, 맨발로 나뭇잎을 밟던 기억이 난다. 한나는 긴 머리를 등 뒤로 풀었다. 머리카락을 만지고 싶은 마음이 들었지만 그렇게 했는지는 이제 생각나지 않는다.'

'시간이란 우리를 배신한다.'

루시는 가끔 할아버지가 그렇게까지 개인적인 내용을 어째서 루시가 볼 수 있는 곳에 적었는지 궁금했다. 소장품 곳곳에 그런 개인적인 기록이나 추억이 있긴 하지만 이것만큼은 아니다. 이건 할아버지가 자신을 표현하는 방법이 아닌가 싶었다. 유일한 방법 말이다.

그 사실을 몰랐다면, 루시는 카드를 몰래 가져갔을 거다.

음악은 이제 루시의 귀와 가슴으로 퍼졌다. 할아버지와 할머니가 맨발로 나뭇잎을 밟는 걸 상상했다. 바스락거리는 소리가 들린다. 루시에게는 곱슬거리는 회색 머리로 기억되는 할머니의 머리는 까맣고

등 뒤로 찰랑거린다. 그리고 할아버지는 머리카락을 만지려고 손을 뻗다가 이내 마음을 바꾼다.

루시는 마지막 글귀가 무엇을 의미하는지, 할아버지가 할머니에게 이 음악이 어떤 느낌을 주는지에 대해 얘기한 적이 있는지 궁금해졌다.

그것이 음악의 역할이다. 음악은 느끼게 한다. 할아버지 같은 사람도 느낄 수 있게 허락한다. 음악을 듣고 할아버지의 글을 읽으며 루시는 할아버지의 추억을 그려 보았고, 자신의 아내가 죽어 가는 순간에 관객석에 앉아 있는 얼음보다 차가운 심장을 떠올렸다.

음악은, 할아버지의 말에 따르면 언어다. 특별한 언어이자 천사가 주는 선물. 모든 사람이 이해할 수 있는 능력을 지니고 태어나지만 극히 몇 명만 온전히 이해하고 표현할 수 있다.

루시는 이해할 수 있다고 할아버지가 말했다.

감상하는 것과 연주하는 것은 다르다. 둘은 각각 다른 방법으로 이해한다. 루시는 이제 감상을 통해 이해한다.

나뭇잎. 맨발. 늘어뜨린 머리카락. 할아버지가 뻗친 손.

그렇다. 세상은 아름답다.

하지만 음악은 그 아름다움을 개인적인 경험으로 만든다.

다른 것들은 그럴 수 없다. 다른 그 어떤 것도.

11

그날 오후 루시는 거스가 레슨을 받는 시간에 몰래 아래층으로 내려가서 피아노실 밖 복도에 숨었다. 끊임없이 이어지는 바흐의 리듬이 들렸다. 루시가 좋아하는 곡은 아니었다. 콩쿠르 때문에 딱 한 번 연주한 적 있는 리체르카레*다.

그때 거스가 연주를 멈췄고 윌 선생님이 말하기 시작했다.

"좋아. 이제 어떻게 표현할지 생각해 보자. 소리가 작아지는 일곱 번째 화음이 독특한 걸 강조해 봐, 알겠니?"

다시 연주를 했다. 확실히 이전과 다르고 더 나았다.

"좋아. 너도 느꼈지?"

"네."

거스의 목소리는 마치 대단한 발견이라도 한 것처럼 신나 있었다.

한 번 더 연주했다.

---

*리체르카레 16~17세기 기악곡 형태 중 하나.

루시는 벽에 기대어, 거스의 연주를 따라 기억나는 대로 마음속으로 손가락을 움직였다.

"여기 두 음계와 여기를 이어 보면."

윌 선생님이 거스의 연주를 다시 중단시켰다.

"어떻게 생각하니?"

"음……."

"잠깐만, 거스. 그 부분 보고 있어."

피아노실의 문이 열리고 윌 선생님이 나왔다. 청바지에 남색 긴팔 셔츠를 입은 모습이 근사했다.

"아, 너구나. 누군가 있는 느낌이 들어서 말이야. 네 어머니나 할아버지라고 생각했어. 알지? 감시당하는 느낌 말이야."

루시는 몸을 바로 세웠다.

"죄송해요."

문 안쪽을 슬쩍 들여다보자, 거스가 집중해서 연주하는 모습이 보였다.

"괜찮아. 만나서 반갑다. 지난주에 얘기한 후로 집에서는 통 안 보이더구나."

"바빴어요."

"들어…… 올래?"

루시는 고개를 저었지만 움직이지는 않았다. 선생님은 문을 거의 닫았다.

"괜찮니?"

"오늘 학교에서 조퇴했어요. 하지만 아픈 건 아니에요."

선생님이 루시를 쳐다보는 방식이 있다. 계단에서나 처음 만난 날처럼 루시가 무슨 말을 하든지 선생님은 모두 들을 준비가 되었다고 느끼게 만든다.

"할아버지 서재에 있었어요. 음악을 들으면서요. 그리고……."

루시는 머리를 만지고 얼굴을 만졌다. 어깨너머로 아무도 오지 않는 걸 확인했다. 거스가 열심히 연주하고 있는 것도 확인했다.

"저한테 물으신 거 기억하세요? 한 번이라도 치고 싶었는지 말이에요."

선생님이 고개를 끄덕였다.

"제가 칠 수 있을 거라 생각하세요?"

"칠 수 있는지 아닌지?"

선생님이 이해할 수 없다는 표정을 지었다.

"물론. 8개월은 짧지 않지만 길지도 않아. 너처럼 재능 있는 아이에게는 긴 시간이 아니지."

"아뇨. 쳐도 될지 하는……."

설명하기 너무 어렵다.

"아니에요. 신경 쓰지 마세요."

루시는 몸을 돌리려 했다.

"치는 걸 허락받을 수 있을지, 그런 뜻이니?"

선생님이 목소리를 낮추었다.

"그렇게 그만둔 뒤에 말이지."

두 사람의 눈이 마주쳤다. 루시는 대답을 기다렸다.

선생님이 살짝 미소를 지었다.

"아무도 널 잡아먹지는 않을 거야."

루시가 벽을 짚자 울퉁불퉁한 감촉이 느껴졌다.

"알아요."

선생님이 어떻게 말할지, 자신이 뭘 기대했는지 알 수 없었다.

"죄송해요. 바쁘신데."

"괜찮아. 바쁘긴 하지. 하지만, 네가 어떤 결정을 하든지, 부탁 하나만 하마. 이런 문제에 대해 얘기하고 싶으면, 어떤 조언이나 의견을 구하거나 그냥 들어 줄 상대라도 필요하면 나를 친구로 생각하고 얘기해 줄래?"

루시가 팔을 아래로 떨어뜨렸다.

"진심이세요?"

선생님이 고개를 끄덕였다.

"진심이야."

"알았어요."

"좋아. 이제 들어가 봐야겠어. 어쨌든 다시 연주하면 어떨지 한번 상상해 보렴. 어머니나 할아버지가 아니라 네 자신을 위해서, 경쟁 같은 건 다 잊고 너만 생각해."

선생님이 루시를 가리켰다.

"너만 말이야. 그리고 음악이랑."

♪

그날 밤 루시는 생각했다.

잠을 이루지 못한 채, 윌 선생님이 말한 걸 그려 보았다. 자신과 음악만. 그걸 떠올리는 데는 많은 노력이 필요했지만 루시는 생각해 냈고 느꼈다.

그러자 아픔이 느껴졌다. 그건 불가능해 보였기 때문이다.

루시가 기웃거린다면 할아버지는 알아챌 거다.

'이걸 네 마지막 결정이라고 생각하겠다, 루시.'

묻지도 않았다. 게다가 그게 마지막 결정인지 아닌지에 대해 설명할 기회도 없었다.

확실한지 생각해 볼 기회조차 없었다.

인터메조

프라하에서 돌아와 장례식을 치르기 전, 루시는 할머니의 시신을 볼 수도 있었다. 아빠와 할아버지, 엄마, 마틴 아저씨까지도 갔다. 하지만 거스는 가고 싶어 하지 않아서 루시도 거스와 함께 집에 남기로 했다.

둘은 텔레비전을 켜 좋아하는 채널로 맞췄지만 소리는 없앤 채로 두었다.

"병원에서 할머니를 봤었어. 입원하시고 바로."

거스가 루시에게 말했다.

"할머니가 너한테 마지막으로 뭐라고 말씀하셨니?"

루시가 물었다.

"기억 안 나."

루시가 벌떡 일어났다.

"기억이 안 난다는 게 무슨 말이야?"

"소리 지르지 마. 기억 안 나. 할머니는 말을 제대로 하지 못하셨어. 의식이 거의 없으셨으니까."

루시가 다시 등을 기대어 앉았다.

"알았어."

둘은 소리가 나지 않는 텔레비전을 응시했다. 그때 거스가 입을 열었다.

"정말 무대에서 뛰쳐나왔어?"

"응."

"혹시……."

거스가 손가락을 관자놀이 근처에서 빙그르 돌렸다.

"살짝 미친 거였어? 무슨 짓을 저지르는지 몰랐어?"

"아니. 알고 있었어."

"그럼 무슨……."

"거스, 그 얘기는 하고 싶지 않아."

루시는 일어나서 텔레비전 소리를 키우고는 방을 나왔다.

루시는 그랜드 피아노 앞에 멈춰 섰다. 그리고 의자에 앉았다. 밝은 적갈색의 피아노가 연주해 달라고 부탁했지만 루시는 거절했다.

피아노에 닿지 않으려고 조심하면서 프라하로 떠나기 전에 연습하던 악보들을 치웠다. 거스의 물건은 따로 있고, 루시의 물건은 서랍에 보관한다. 루시는 악보들을 다시는 보고 싶지 않았다.

방을 한 번 더 훑으면서 빠뜨린 게 없나 확인했다. 그러고는 루시가 오랫동안 연습할 때 쓰는 독특하게 생긴 쿠션과 안락의자 옆에 있는 테이블에 둔 손톱 다듬는 줄, CD 몇 장을 챙겼다.

자신의 흔적을 모두 없앴다는 확신이 들고 나서야 루시는 밖으로 나가 등 뒤로 문을 닫았다.

12

화요일 아침, 차 안에서 루시가 말했다.

"어제 바흐 연주하는 거 들었어, 거스. 잘하던데."

"템니코바 선생님이 계실 때부터 시작했어. 한 달 전쯤에."

"빨리 배우네."

순간 엄마의 눈빛이 룸미러를 통해 루시 쪽으로 반짝였다. 그러고
는 엄마가 거스를 보면서 말을 꺼냈다.

"페스티벌 때 연주할 거니? 네가 좀 더 오래 연습한 곡을 해야 하
는 거 아닐까? 월 선생님과 얘기해 보마."

차가 신호에 걸려 멈추자, 엄마가 휴대폰에 메모했다.

거스를 내려준 뒤 엄마가 루시에게 물었다.

"바흐를 연주하는 게 괜찮은 것 같니? 좀 복잡하잖니. 기억하지,
예전에 네가……."

"네, 기억해요."

언젠가 루시는 콩쿠르에서 그 곡을 연주하다가 중간 부분에서 헷

갈린 적이 있다. 주제부가 계속 반복되니, 헷갈리기 십상이었다.

"걱정되는 건…… 곡이 좀 단조롭잖니. 기술적으로도 어렵지 않아? 이번엔 페스티벌이야. 자선기금 행사라고. 콩쿠르가 아니고. 사람들은 경쾌한 곡을 원해."

루시는 창문으로 시선을 돌렸다.

너만, 그리고 음악이랑.

윌 선생님에겐 쉬운 말이다.

"그 중요한 '사람들'을 실망시키면 안 되죠."

엄마가 크게 한숨을 쉬면서 말했다.

"무슨 뜻인지 알잖니, 루시."

"네, 엄마 말이 맞아요. 모든 게 완벽하지 않다면, 절대로 연주해서는 안 되죠. 저도 늘 그렇게 말해요."

엄마가 마지막으로 뭐라고 하려 했는지는 모르지만 더 이상 아무말도 하지 않았다. 학교에 가는 내내, 루시는 찰스 선생님이 자신을 진짜로 미워하지 않기만을 바라면서 차에서 내려 문을 쾅 소리 나게 닫을 때까지 입을 다물고 있었다.

♪

루시는 일찍 도착했다. 교실에는 마리와 찰스 선생님만 웃으면서 얘기를 하고 있었다. 루시는 앞만 보고 자신의 자리로 곧장 가서 물건들을 꺼냈다. 두 사람은 계속 얘기를 나눴다. 루시는 찰스 선생님이 빌려준 책을 들고 다가가 대화를 방해했다.

"책 잘 봤습니다. 선생님이 특히 아끼시는 책이니 돌려 드릴까요? 아니면……."

마리가 눈동자를 굴리더니 자기 자리로 돌아갔다. 다른 학생들 몇몇이 도착했다.

"나중에. 필요한 만큼 계속 가지고 있어도 돼."

"또 지각해서 죄송해요."

루시가 책을 가슴에 안고 웅얼거렸다.

"더 노력하겠다고 약속한 뒤에요."

"그렇게 말해 줘서 고맙구나."

루시는 다른 말을 기다렸다.

여전히 친구란다 혹은 네가 더 잘하리라 믿는다, 같은.

그러나 선생님은 루시가 거기 왜 서 있는지를 묻듯이 눈썹을 찡 긋 올렸다.

"리포트에 대해 질문이 있어요."

루시가 손가락 끝으로 책상을 두드리면서 백만 년 전에 자신이 쪽지와 호박빵을 넣어 둔 서랍을 보았다.

"간단한 거라면."

종이 울리기 직전이라 교실이 꽉 찼다.

"그게……."

선생님의 셔츠 자락 위로 가슴 털이 보였다. 그 순간 루시는 자신 이 리포트에 대해 더 이상 신경 쓰지 않는다는 것과 선생님을 감동 시키는 데 관심이 없다는 사실을 깨달았다. 어떻게 영문학 리포트

따위가 루시가 평생 해 온 음악과 같다고 생각할 수 있었을까?

"뭘 물어볼지 잊어버렸어요."

"수업 후라도 생각나면 언제든지 얘기하렴."

"네, 그럴게요."

루시는 그러지 않을 거라 짐작하면서 대답했다.

♪

점심 때 루시는 레이나에게 학교가 끝나고 시간을 함께 보내자고 했다.

"언덕 쪽으로 산책 가자. 한 달 동안 스트레스로 너무 먹었어."

둘은 라이언가에 있는 계단에 도전하기로 했다. 그곳에는 계단이 삼백 개 정도 있는데 꼭대기에서 보는 경치가 끝내준다. 날씨가 좋은 날 어마어마하게 비싼 대저택 위로 파란 하늘에 하얀 구름이 뭉개뭉개 피어나는 모습은 엽서에 나올 만큼 멋진 곳이라 관광객이 많다. 계단을 두 차례 오르내린 뒤 레이나는 스텔라에 가서 케이크 하나를 사서 나눠 먹자고 했다.

"그럼 운동한 효과가 있겠어?"

루시가 말했다.

"없지. 그래도 케이크가 먹고 싶은걸."

두 사람은 야외 테이블에 앉았다.

"할머니가 자주 여기에 데려와 주셨는데. 할머니는 늘 슈크림을 드셨어."

"아직도 보고 싶어?"

레이나가 물었다.

"당연하지."

루시는 더 말하고 싶었지만 그랬다간 울음이 터질 것 같았다.

레이나는 안쓰러운 표정을 짓더니 포크로 케이크를 잔뜩 떠서 루시에게 권했다.

"먹어. 위로가 될 거야."

루시가 입을 크게 벌리자 레이나가 케이크를 넣었다.

"완전 끝내줘."

루시가 말하면서 웃었다.

"그런데 수업 끝나면 늘 찰스 선생님을 쫓아다니더니 오늘은 웬일로 나한테 놀자고 한 거야?"

"왜냐하면 네가 그리웠으니까, 정말로."

루시는 포크를 들어 케이크를 한입 더 먹었다.

"그리고 이제 선생님한테 싫증난 것 같아."

루시는 항상 레이나에게 자신의 독특한 취향에 대해 우스갯소리를 했다. 포틀랜드 뮤직 페스티벌에서 조슈아 벨*이라는 바이올리니스트를 좋아한 적도 있었고, 과외 선생님인 베넷 오빠는 심지어 게이가 분명한데도 쫓아다녔다.

"마법이 풀린 거야?"

---

*조슈아 벨 미국의 바이올리니스트. 섬세하고 사려 깊은 연주를 통해 세계적인 명성을 얻었다.

레이나가 물었다.

루시가 어깨를 으쓱했다.

"그런 셈이지."

짝사랑하는 마음이 갑자기 사라지자 루시는 상실감을 좀 더 많이 느꼈다. 어떻게 그렇게 되는지 이해할 수 없었다. 마치 자신의 무의식에 감정을 켜고 끄는 스위치나 그 비슷한 것이 있는 게 아닌가 싶었다. 아마 어제 선생님의 태도 때문에 그랬던 것 같기도 하다.

"이건 어떨까? 서른 살 이하의 남자로 학교에서 고르는 거야."

"힘들걸."

학교에는 관심 가는 사람이 한 명도 없다. 루시의 마지막 남자 친구이자 키스 상대는 중학교 2학년 때 있었다. 학교 친구는 아니었고 크리스티안 런드버그라는 스웨덴 출신 피아니스트로 눈동자 색이 연하고 입술은 부드러웠다. 둘은 버클리에서 자선 행사 이벤트로 24시간 동안 피아노를 쳐서 누가 어떤 곡을 더 많이 아는지 겨루는 대회에 참가했다. 엄마가 원했기 때문이다. 루시와 크리스티안은 새벽 2시쯤 휴식 시간에 어울리면서, 잠도 못 자고 당분을 너무 많이 섭취한 얼떨떨한 상태에서 밖을 돌아다녔다. 그때 크리스티안이 루시에게 여자 친구가 되어 달라고 했다. 크리스티안은 그냥 이렇게 물었다.

"내 여자 친구가 되어 줄래?"

루시가 그러자고 했다.

"좋아."

둘은 그날 밤 손을 잡고 다녔고 전화번호를 교환했다. 그리고 엄청나게 바쁜 중학교 2학년이 할 수 있을 정도의 관계가 이어졌다. 문자 메시지가 대부분이고 몇 번의 통화를 했으며 실제로 만난 건 딱 한 번 영화를 보러 갔을 때였다. 거기가 크리스티안이 루시에게 키스한 곳이다. 광고나 엔딩 크레디트 부분이 아니라 이야기가 한창 진행되는 딱 중간, 루시가 영화에 몰입하고 있을 때였다. 그래서 루시는 화가 났고 사실 키스도 그다지 근사하지 않았다.

"우리 학교 애들은 널 무서워해."

레이나가 말했다.

그 얘기는 예전에도 한 적이 있다.

"왜 내가 나를 무서워하는 사람과 데이트를 해야 하는지 다시 설명해 줄래?"

레이나가 포크를 내려놓았다.

"좋아. 아마 무서워하는 건 아니겠지. 좀 더 정확히는 태도나 뭐 그런 것 때문일 거야. 작년에 네가 학교로 다시 돌아왔을 때, 너는 마치 '도서관에서 허구한 날 커피만 마시는 여학생' 같았고, 넌 선생님이나 나랑 칼슨 말고는 아무하고도 말도 안 해. 게다가 점심은 우리끼리만 먹는 데다 특별 활동도 전혀 안 하잖아."

"내 인생 전부가 특별 활동이었어. 지쳤다고."

"알아, 하지만 네가 피아노를 관두기 전에는, 학생회나 모의 국제회의나 테니스 팀이나 심지어 파티 같은 걸 하는 평범한 삶을 살고 싶다고 투덜댔잖아. 근데 지금은 아무것도 안 해. 그러니까 애들을 모르는 거고, 애들은 널 모르고. 남자애들은 널 무서워하거나 아님 재수 없다고 생각하는 거지."

"너랑 적십자 수업 들었잖아. 그것도 학교와 관련 있는 활동이야."

"얼마나 효과가 있었는지 좀 보라고."

"나 아직도 적응 중인 것 같아. 내 자유와 모든 것에 대해서."

레이나가 장난으로 위협하듯 손가락질을 했다.

"얼른 적응하시라고. 곧 3학년이 돼."

그러고는 눈짓을 했다. 루시는 몸을 돌려 레이나가 가리키는 쪽을 보았다. 할머니가 다가오고 있었다. 눈에 띄게 날씬하고 흰머리는 뒤로 넘겨서 모자를 쓰고 분홍색 립스틱을 칠했다. 낯이 익지만 어디에서 만났는지 기억나지 않았다.

"실례해요."

할머니가 손을 루시의 어깨에 내려놓으며 말했다.

"지난달에 동생이 연주하는 걸 라디오로 들었어요. 아주 잘했다고 전해 줄래요?"

루시가 미소 지었다.

"네, 그럴게요. 고맙습니다."

"계속 연주해야 할 텐데."

"그럴 거예요."

"그리고 내년 개막 행사에 아가씨들이 자원 봉사를 해 주면 좋겠어요."

할머니는 두 사람에게 말하고 빵집으로 들어갔다. 그래서 낯이 익었던 것이다. 바로 그 교향악 행사는 할아버지가 매년 엄청나게 많은 돈을 기부하는 곳이다. 저 할머니가 주최한다.

"계속 연주해야 할 텐데."

레이나가 할머니를 흉내 내면서 중얼거렸다.

"누군가처럼 그만두지 않고."

"그렇게 말한 거나 다름없어, 그렇지?"

레이나가 고개를 끄덕이면서 잠시 루시를 보더니 마지막 케이크 조각을 입에 넣었다.

"왜?"

루시가 물었다.

"아무것도 아냐."

"뭐야, 레이나. 뭔데?"

"한번도…… 그러니까, 거스가 이렇게 대접받는 걸 보면 괜히 관뒀다고 후회된 적 없니? 안 그랬으면 네 몫이었을 텐데 말이야."

레이나가 앞으로 몸을 기울였다.

"내 말은, 네가 완벽한 누나고 모든 면에서 그렇다는 건 잘 알아. 하지만 아주 가끔은, 질투 난 적 없어?"

"저런 관심 말이니? 그래. 어쩌면, 가끔은."

루시는 포크로 생크림을 저었다.

"하지만 거스는 연주하는 걸 여전히 좋아한다는 게 중요하지."

그리고 윌 선생님 같은 선생님과 함께하는 것도. 그레이스 선생님도 친절하고 좋았지만, 윌 선생님은…….

레이나가 고개를 갸웃거렸다.

"다시 칠 수 있을 것 같아?"

"모르겠어."

"하지만, 나라면 그런 관심이 그리울 거야."

레이나가 일어나 머리 위로 팔을 쭉 뻗었다.

"하지만 네가 돌아간다면 또 너를 그리워할 거야. 학교에 같이 다녀서 얼마나 좋은데. 다시는 날 두고 떠나지 마."

"알았어."

루시가 약속했다.

13

이모할머니의 추모식은 추수 감사절이 지나고 돌아오는 월요일로
잡혔다. 루시의 엄마와 할아버지는 그 전주 수요일에 가서 추모식 준
비를 돕고 유산에 관련된 문제를 처리한 다음, 먼 친척을 만나고 돌
아올 예정이다. 아빠는 루시, 거스와 집에 남기로 했다.

"마틴 아저씨한테 평소처럼 준비해 달라고 말해 둘게."

엄마는 저녁 식사가 차려진 식탁에 휴대폰과 노트북을 올려 둔
채 말했다. 메뉴는 토요일 저녁답게 닭고기가 들어간 샐러드, 몇 가
지 치즈와 바게트였다. 할아버지는 독서용 안경을 코끝에 걸치고 가
죽으로 된 작은 수첩을 들여다보고 있었다. 루시의 기억이 맞다면
할아버지가 오랫동안 사용하면서 속지만 바꿔 쓰는 것이다.

엄마가 말하는 '평소처럼'이란, 사과와 소시지로 속을 채운 요리
와 콘 수플레*, 초콜릿 피칸파이다. 하지만 할머니가 돌아가시고 처

---

*콘 수플레 거품 낸 달걀흰자에 달걀노른자, 화이트소스, 생선살, 치즈 등을 넣어 구운 요리.

음 맞는 추수 감사절이다. 그리고 매년 손님으로 오던 템니코바 선생님도 빠지는 최초의 추수 감사절이다. 또한, 이제는 엄마와 할아버지까지 없는 추수 감사절이 된다.

루시는 접시 가장자리로 샐러드를 밀어내고 아빠를 쳐다보았다.

"레이나하고 에비 초대해도 돼요?"

아빠가 입을 열기도 전에 엄마가 말했다.

"자기 가족이랑 보내지 않을까?"

"이혼 문제 때문에 상황이 복잡한 것 같아서요."

루시가 아빠에게 다시 물었다.

"초대해도 돼요?"

"물론 괜찮지."

아빠는 와인을 조금 더 따르면서 바게트를 한쪽 잘랐다.

"네가 원하면 누구든 환영이야."

"윌 선생님 부부도요?"

거스가 물었다.

"좋은 생각이네."

루시가 맞장구쳤다. 루시는 그 주 내내 거스의 레슨 시간이 되면 피아노실 복도에서 벽에 등을 기댄 채 앉아 있었다. 상상하고, 생각하고, 듣기도 하면서 루시가 거기 있다는 걸 거스는 눈치채지 못하고 윌 선생님만 가끔 알아챘다. 목요일 오후에 선생님이 돌아가기 전, 루시는 주방에서 토르티아칩*을 먹고 있었다.

"여기 있었네."

선생님이 말했다.

루시가 토르티아칩 봉지를 내밀었다.

"안녕하세요."

"고마워."

선생님이 몇 조각을 집어 들더니 그 자리에 선 채로 먹었다.

"이걸 보니까 생각났는데."

선생님이 말을 꺼내려다 말고 입을 다물었다. 루시는 먹는 걸 멈추고 선생님이 심오하고, 대단한 말을 할 거라 생각하고 기다렸다.

"난 끝내주는 구아카몰*을 만들 줄 알아."

두 사람이 함께 웃음을 터트렸다.

"마틴 아저씨한테는 대적도 안 될 텐데요."

루시가 농담을 했다.

"그래, 요즘 어떻게 지내니?"

선생님의 물음에 루시는 어깨를 으쓱하면서 과자 봉지 윗부분을 돌돌 말았다.

"좀 혼란스러운 것 같아요."

그러자 선생님이 마틴 아저씨가 냉장고에 붙인 자석에 딸린 작은 메모장을 한 장 찢더니 무언가 휘갈겨 루시에게 건넸다. 선생님의 전화번호였다.

"얘기할 상대가 필요하다면. 왜냐하면, 친구는 친구에게 전화를

***토르티아칩** 옥수수가루나 밀가루로 만든 얇은 반죽을 구운 음식.

***구아카몰** 으깬 아보카도에 양파, 토마토, 고추 등을 섞어 만든 멕시코 요리.

걸잖니."

루시가 쪽지를 보며 미소 지었다.

"친구가 친구에게 문자 메시지도 보내나요?"

"그럼. 운전 중이 아니라면."

"저 혼란스러워요."

루시가 농담을 했다.

"죽을 만큼은 아니고요."

아직까지 전화를 걸거나 문자 메시지를 보내지 않았다. 그럴 생각이 들지 않아서가 아니라 뭐라고 말할지 몰라서였다.

할아버지는 보던 부분을 표시하기 위해 안경을 벗어서 수첩 사이에 끼워 두고 입을 열었다.

"초대하는 걸 결정하기 전에, 데비 선생에 대해 어떻게 생각하는지 얘기를 좀 하자."

"선생님이 뭐라고 부르랬어요."

"그래, 알았다. 거스, 우리가 제대로 결정했다고 생각하니?"

할아버지가 천천히, 그리고 낮은 목소리로 말하는 걸 보니 탐탁지 않아 하는 것처럼 보였다. 반대로, 할아버지가 거스의 의견을 물은 건 긍정적인 신호라서, 루시는 할아버지가 거스의 대답을 중요하게 생각한다는 걸 깨달았다.

거스가 분명한 어조로 대답했다.

"네."

"윌 선생 평판이 대단해요."

아빠가 말했다.

"인터넷 기사를 보니 피터 블레이클리가 윌 선생을 '마법의 손'이라고 했다던데요."

아빠가 거스에게 윙크했다.

"네가 마법의 손이 필요하다는 건 아니다만."

"피터 블레이클리는 허풍쟁이야."

할아버지가 받아쳤다.

"게다가 아첨꾼이기도 하고."

"아첨꾼이 뭐예요?"

거스가 물었다.

"다른 사람 뒤꽁무니만 따라 다니면서 얻어먹는 사람이야."

"그 사람은 유명한 기자야. 할아버지가 싫어하는 부류의 사람이지."

아빠가 다시 거스에게 설명했다.

루시는 그 분야에서 일하는 사람치고 할아버지가 진짜로 좋아하는 사람은 아무도 없다는 생각이 들었다. 할아버지에게는 실제로든 상상으로든, 곳곳에 적이 있다.

그때 엄마가 루시 쪽으로 관심을 돌렸다.

"루시가 지난번에 윌 선생이 레슨하는 소리를 들었는데 괜찮았다고 했어요."

할아버지와 아빠 모두 루시를 보았다.

"그래?"

할아버지가 물었다.

"어떻게 생각하는지 얘기 좀 해다오."

할아버지가 팔짱을 끼고 기대에 찬 듯 루시를 바라보았다. 이것은 도발이다. 루시가 뭐라고 말을 하든 의미 없는 얘기로 일축해 버릴 것이다. 왜냐하면 루시가 그만두었기 때문이다. 단순히 그만둔 게 아니라, 루시는 패배자이기 때문이다.

루시는 꼬리를 내리지 않기로 마음먹었다.

"선생님은 열정이 대단한 것 같아요, 그걸 음악성이라고 해야 하나. 뎀니코바 선생님은 그렇지가 않았어요. 선생님은 기교가 대단했지……."

"최고였어."

할아버지가 감정 없는 눈빛으로 말했다.

"네, 그럼요. 하지만 뭐랄까, 차가웠어요."

루시는 자신이 말하고자 하는 뜻을 생각해 보았다.

"기교라는 게 다른 모든 것과는 동떨어진 듯했어요. 왜 하느냐보다는 무엇을 하느냐에 초점을 맞추고……."

"그래서 어떻게 해야 하는지를 네가 더 잘 안다고?"

"아버지."

엄마가 입을 열었다.

"루시의 이야기를 끝까지 들어 봐요."

"루시가 이제 전문가라니 참으로 재미있구나."

할아버지가 말했다.

루시는 할아버지의 눈을 바라보았다. 더 이상 무표정하지 않았다. 얼굴이 벌겋게 달아올랐다. 루시는 한때 할아버지가 이 모든 일에 대해 더 이상 화가 나지 않고 루시에 대해 느끼는 감정은 실망과 무관심뿐일 거라고 생각했다. 하지만 틀렸다. 할아버지의 분노는 프라하에서 루시가 무대에서 뛰쳐나갔다가 호텔로 돌아온 그때만큼이나 끓어오르고 있었다.

버르장머리 없는 것. 은혜를 모르는 것. 경솔한 것. 네가 한 일이 할머니의 인생에 도움이라도 되는 줄 아니? 할머니의 이름에 먹칠을 했어.

"거스가 템니코바 선생님과 레슨하는 걸 매일 들었어요."

루시가 말을 이었다.

"시간이 될 때마다 연주회에 빠짐없이 갔고요. 할아버지가 아시는 만큼은 저도 알아요."

루시가 허리를 곧게 세우자 나무로 된 식당 의자의 촉감이 등으로 전해졌다. 전에 그레이스 선생님이 적어 준 것을 보고 자신과 할아버지가 마음에 들어 했던 블라디미르 호로비츠*의 명언을 떠올려 보려고 했지만 입안에서 맴돌았다.

할아버지가 웃음을 터트렸다.

"아, 그래. 그렇겠지. 만약 템니코바 선생이 그렇게 형편없다면 네 동생이 저렇게 성공한 건 어떻게 설명하겠니?"

*블라디미르 호로비츠 러시아 출신의 피아니스트. 미국에서 활동하면서 세계적으로 알려진 이후 미국으로 귀화하였다. 그는 대담하고 강렬한 연주로 큰 감동을 주었다.

"그렇게 말한 적 없어요."

"왜 그러세요, 장인어른. 이제 그만하시죠."

"거스는 또래 중에 최고예요. 그렇다고 해서 거스의 가능성이 모두 드러난 건 아니잖아요."

그때 그 명언이 떠올랐다.

"머리, 가슴, 그리고 기술. '심장이 없다면, 기계일 뿐이다.' 윌 선생님에게는 가슴이 있어요. 그리 오래 알고 지낸 건 아니지만 선생님을 만나면 1분 만에 알 수 있어요. 그리고 선생님이 거스를 가르칠 때 제가 들은 거예요."

거스가 거들었다.

"맞아요."

루시는 할아버지의 시선을 피하지 않고 프라하에서의 대화를 말없이 이어 갔다.

"이렇게 볼 수 있어요."

엄마가 이야기 주제를 바꾸고 싶을 때 하는, 크고 명랑한 어조로 말을 시작했다.

"윌 선생이 우리 집에 온다는 이야기가 퍼졌는데 아직 선생에 대해 나쁜 의견은 하나도 못 들었어요. 이쪽 사람들에 대해선 소문이 얼마나 무성한지 잘 알잖아요."

'네, 물론이죠.' 하고 루시는 생각했다.

"더 지켜보지."

할아버지가 테이블에서 일어섰다. 균형을 잡느라 잠시 의자에 기됐지만, 걱정하거나 부축하려고 하지 않는 게 낫다는 걸 모두 안다.

"안녕히 주무세요, 할아버지."

거스가 인사했다.

루시는 할아버지가 나가는 걸 바라보았다.

머리, 가슴, 기술. 할아버지는 그중 두 가지만 가졌다. 할머니가 돌아가셨을 때 하나를 잃어버렸기 때문이다. 그리고 루시는 자신도 그랬을까 봐 두려웠다.

14

루시는 월요일까지도 할아버지와의 신경전으로 힘들었다.

일요일 내내 할아버지는 아무 일 없었다는 듯, 아무것도 달라진 게 없었다. 하지만 루시에게는 변화가 있었다. 오랫동안 할아버지의 무언의 지시가 옳다고 믿었기 때문에 루시는 입을 다물고 있었다. 루시가 포기했기 때문에 음악에 대한 어떤 의견도 무시당할 만하다고 생각했었다.

네가 더 이상 음악에 관여한다는 사실은 받아들일 수 없다.

이제 루시는 그게 말도 안 되는 소리라는 걸 안다.

음악은 루시에게 중요한 것이다. 한순간도 음악이 중요하지 않은 적이 없다.

"할아버지가 안 계신다고 상상해 봐."

월 선생님이 말했었다.

불가능하다. 피아노에 대한 거라면, 루시는 할아버지와 담판을 지어야 한다. 언젠가 한번은 할아버지에게 맞서서 다시 피아노를 칠 수 있는지 알게 될 것이다. 하지만 얼마나 오랜 시간이 걸릴까?

자신을 이해하는 누군가의 도움이 필요했다.

루시는 학교 가는 길에 엄마 차의 뒷좌석에서 윌 선생님에게 처음으로 메시지를 보냈다.

친구 대 친구로 얘기를 하고 싶어요.

쉬는 시간마다 답이 왔는지 확인했다. 시간이 지날수록 루시는 스스로에게 점점 많은 질문을 했다.

'정말? 가족들이 뭐라 하든지 간에 신경 쓰지 않고 다시 피아노를 칠 수 있겠어?'

그리고 질문은 질문을 낳았다.

'가족들에 대해 그만 생각해. 네 자신만 생각해. 그리고 음악을. 아니면 레이나가 궁금해했듯이 주목받는 걸 그리워하는지를.'

점심시간에 레이나가 칼슨에게 추수 감사절에 루시네 집에 간다는 얘기를 하고 있을 때 문자 메시지가 왔다. 루시는 휴대폰을 꺼내 윌 선생님의 답문을 보고 미소 지었다.

내일 너희 집에 갈 거야. 그때까지 기다려 줄래?

루시는 얼른 '네.'라고 답을 보내고 휴대폰을 내려놓았다.

"엄청 잽싼데. 거기, 아가씨."

칼슨이 말했다.

"그러게."

레이나가 거들었다.

"누구야? 네 친구들은 다 여기 있는데."

루시는 친구들을 바라보면서 사실을 털어놓을까 말까 망설였다.

"윌 선생님."

둘이 동시에 물었다.

"누구라고?"

"동생의 새로운 피아노 선생님."

"그 잘생겼지만 잘생기지 않은 사람?"

칼슨이 물었다.

"목요일에 만날 거야."

루시가 레이나에게 말했다.

"거스가 선생님 부부도 초대했거든."

"그래서?"

칼슨이 턱을 문지르며 말했다.

"좀 바보 같은 질문인가. 왜 두 사람이 문자 메시지를 주고받아?"

루시가 어깨를 으쓱했다.

"얘기할 시간 약속을 잡은 것뿐이야."

"무슨 얘기?"

레이나가 물었다.

"내가……."

월 선생님이 루시의 이야기를 들어 주는 것 말곤 아직 정해진 건 아무것도 없다. 그러고 나서, 루시가 피아노에 대해 어떤 결정을 할지 누가 알겠는가? 루시는 스스로에게조차 확신이 없다는 사실을 설명할 자신이 없었다.

"거스에게 깜짝 선물을 주려고."

레이나는 더 이상 묻지 않았지만 학교가 끝나고 CC's로 커피를 마시러 운전하며 가는 도중에 다시 얘기를 꺼냈다.

"그래서, 그 잘생기고 젊은 피아노 선생님이 너한테 문자 메시지를 보냈다는 거지? 자세히 얘기해 줘."

레이나가 슬며시 말을 꺼냈다.

"전에는 잘생기지도 않고 젊지도 않다며."

"네 기준으로 젊다는 거지. 결혼은 했니?"

"레이나. 난……."

"이런. 주차할 자리가 없네. 뛰어갔다 와. 주변을 돌고 있을게."

루시는 커피 두 잔을 사서 레이나를 기다리며 길에 서 있었다. 생각보다 쌀쌀했다. 이번 주가 추수 감사절이다. 그리고 크리스마스다. 또 1월과 2월의 긴 방학이 있다. 루시는 그때 즈음이면 자신의 삶이 어떻게 될지 궁금했다.

루시가 차에 타자마자 레이나가 말했다.

"지금 막 기억났는데, 파커데이 고등학교에서 어떤 교사가 학생하고 문자 메시지를 주고받다가 해고당했어."

"딱 하나 보냈어."

"……우리 엄마 변호사가 찾은 아빠의 문자 메시지를 봤어야 해."

"알았어, 그만해. 진짜로. 첫째, 내 선생님도 아니고. 둘째, 징그러워. 셋째, 다른 이야기 좀 하면 안 될까?"

"대신 조심하겠다고 약속해."

"레이나!"

"꼭이야, 알았지?"

레이나가 루시를 쳐다보았다.

"내가 널 모르겠니. 자, 이제 네가 하고 싶은 다른 얘기를 해 봐."

루시는 다른 화제를 생각해 보았다. 윌 선생님에 대한 얘기를 아직은 하지 말걸, 하고 후회했다. 결국 루시는 레이나에게 엄마와 할아버지가 연휴에 안 계시는 게 좋으면서도, 자기도 독일에 가서 추모식에 참석하고 할머니의 유골을 뿌리고 싶다고 털어놓았다.

"음."

레이나가 좌회전을 하느라 루시에게 커피를 맡기면서 말했다.

"유골이 조금 사라진다면 할아버지가 눈치채실까? 그러니까 잘은 모르지만 반 컵 정도?"

루시는 레이나 쪽으로 몸을 돌렸다.

"글쎄…… 모르겠는데?"

"내가 할아버지라면, 난 눈치 못 챌걸."

레이나가 커피를 다시 받아 갔다.

"아니면 여쭤 봐. 어쩌면 조금 주실지도 모르지."

"아니. 엄청나게 화를 내고 기분 나빠 하시면서 그런 생각을 한

156

나를 정신병자 취급할 거야."

어쩌면 할아버지 역시 할머니의 시신을 그렇게 조그맣게 만든 걸 생각하면 마음이 아플지도 모르겠다. 원래도 자그마하시긴 했지만.

"게다가 할머니가 돌아가신 일에 대해 직접적으로 얘기해야 하잖아. 우리 집에서 환영받는 주제는 아니야."

"그럼 훔쳐야겠네."

집에 도착했을 때 레이나가 물었다.

"추수 감사절에 우리가 가도 진짜 괜찮아?"

"물론이지."

"사랑해, 루시. 네가 없었다면 이 끔찍한 이혼 과정을 어떻게 이겨 냈을지 모르겠어."

둘은 서로를 안아 주었다. 그러고 나서 레이나가 물었다.

"이제 우리 어떻게 하지? 유골 말이야."

"우리라고?"

루시가 웃었다.

"당연하지. 원래 내 아이디어인걸!"

"모르겠어. 실락*이나 어딘가 뿌리든지."

매년 루시의 생일에 할머니는 루시와 함께 오래된 클리프 하우스*

＊실락 샌프란시스코의 북쪽에 있는 바위로 이루어진 작은 섬. 바다표범(seal)이 서식해서 붙여진 이름이다.

＊클리프 하우스 샌프란시스코의 서쪽에 위치한 리치몬드에 있는 유명한 식당. 태평양을 내려다보는 절벽 위에 있다.

에서 저녁을 먹은 뒤에 절벽에 서서 파도를 보고, 파도 소리를 들었다.

"그래도 조금은 간직하고 싶은 건지도 모르겠어."

"그럼 기회가 왔을 때 잡아. 듬뿍 떠서 담으라고."

♪

마틴 아저씨는 식기 세척기 앞에 서서 접시를 꺼내 물기를 닦은 뒤, 제자리에 정리하고 있었다.

"안녕, 공주님."

루시가 탁자 위에 가방을 올렸다.

"그 브라우니 남은 거 있어요?"

마틴 아저씨가 냉장고 위에 있는 플라스틱 통을 가리켰다. 루시는 통을 열어 두 개를 꺼낸 뒤 다시 제자리에 넣어 두었다.

"완전 채식주의자용 브라우니는 우유 대신 뭐랑 먹어야 하죠?"

"생각만으로도 끔찍한데."

루시는 우유를 한 잔 따르고 식탁에 앉았다.

"비밀 하나 말씀드릴까요?"

마틴 아저씨라면 할머니의 유골에 대해 충분히 이해할 것이다. 루시만큼이나 할머니를 사랑했으니까.

"나중에 내가 곤란한 상황에 빠지게 될지도 모르는 일만 아니면."

마틴 아저씨가 식기 세척기를 닫고 싱크대를 닦더니 음식물 분쇄기를 돌렸다.

칼날이 멈추자 루시가 대답했다.

"아녜요. 못 하게 하기에는 너무 늦은 시점이 되면 얘기할게요."

"고맙구나. 내가 퇴근하기 전에 더 필요한 거 있니?"

루시는 고개를 저었고, 마틴 아저씨가 소매를 내리고 시계를 찬 뒤에 까만 앞치마를 벗어서 선반 고리에 거는 모습을 지켜보았다. 두 사람은 인사를 나누었다. 루시는 입속에 브라우니의 단맛을 느끼면서 손에는 차가운 우유 잔을 들고 계속 주방에 있고 싶었다.

이런 소소한 것들도 아름다움의 일종이다.

루시는 그것을 꼭 쥐었다.

15

월 선생님과 얘기하기 위해 화요일 오후까지 기다리는 건 정말 힘들었다. 루시는 월요일 밤에 당장 얘기할 수 있느냐고 문자를 보낼 뻔했지만 레이나와 칼슨이 그런 자신을 보고 지을 표정을 상상하면서 겨우 참았다.

집에 도착하자마자 재빨리 피아노실로 곧장 갔다. 월 선생님과 거스가 수업 중이었다. 루시는 잠시 멈춰 서서 귀 기울였다.

"······이상하게 반복되는 음이 들리지?"

월 선생님이 물었다.

"주제와는 맞지 않아, 그렇지?"

"어쩔 때는 잘 안 들려요."

거스가 솔직하게 말했다.

방해할 수가 없었다.

"그건 네가 너무 기교에만 집착해서 그래. 기술은 잠시 잊어버리고 큰 그림을 그려 봐. 머릿속에 큰 지도를 펼쳐 두되 세세한 건 생각하지 말고."

더 이상 기다릴 수가 없어서 루시는 방으로 불쑥 들어갔다.

"방해해서 죄송해요."

거스가 연주를 멈추었다. 월 선생님이 피아노에 기대선 채 웃음을 지었다.

"언제든 환영이야."

선생님은 어두운 청바지에 운동화를 신고 모자가 달린 초콜릿 색 스웨터를 입고 있었다. 선생님은 스타일이 좋다. 편안하면서도 세련돼 보였다.

거스가 피아노 의자에서 내려와 루시에게 다가오면서 가짜로 주먹을 날리는 시늉을 했다.

"위 게임해요. 가요."

루시는 허공에 주먹을 날리는 거스의 이마에 손을 얹었다. 루시는 월 선생님을 쳐다보았고 둘은 마주 보고 웃었다.

"선생님이랑 잠시 얘기를 나누고 싶어."

거스가 팔을 내렸다.

"왜?"

"그냥."

"가서 게임을 하거나 아님 한 바퀴 뛰는 게 어떠니."

선생님이 거스에게 말했다.

"쉬는 시간이 다 됐네, 어쨌든."

거스는 마지못해하며 나갔다. 루시는 갑자기 부끄러운 생각이 들어서 어디에 서야 할지 몰랐다. 루시는 할아버지의 팔걸이의자 뒤쪽을 선택했다. 선생님은 피아노 의자에 앉아서 다리 위에 손을 올려놓았다.

"아, 며칠 전 할아버지 앞에서 내 편을 들어주었다면서. 고맙구나. 난 이 일을 좋아하거든. 그런데 여기서는 마치 수습생처럼 느껴져."

"거스가 얘기했어요?"

선생님이 고개를 끄덕였다.

"선생님이 아직 모르실까 봐 말씀드리는데요, 할아버지는 결과에 대해 약간 집착하세요."

"그래, 알고 있어. 너희 어머니도 그러시지."

"엄마는 원래 안 그러셨어요. 단지……."

단지 뭐? 옛날에 할아버지를 실망시킨 걸 만회하려고? 할아버지가 무서워서? 할아버지 편이 되어서 할아버지 유산을 받으려고? 아니다. 엄마는 그렇게 욕심이 많지 않다. 그리고 엄마는 할머니에게 받은 유산도 있다.

"엄마는 다른 방법을 잘 모르는 것 같아요, 제 생각엔 그래요."

월 선생님이 고개를 끄덕였다.

"저 좀 대들었어요."

루시가 말했다.

"할아버지한테요."

"아, 잘됐구나!"

선생님의 호주머니에서 소리가 났다. 선생님이 휴대폰을 꺼냈다.

"미안. 잠깐만."

선생님은 엄지손가락으로 버튼을 눌러 전화를 끊었다.

"계속해."

"그래서, 우리가 얘기했던 거 말이에요……."

루시가 얘기를 멈추었다.

"기억나세요?"

"그럼. 우리가 나눈 이야기 말이지. 계단에서, 복도에서 했던 것 말이야. 듣고 있어."

선생님은 손을 무릎에 올려 두고 몸을 앞으로 약간 기울였다. 루시는 그때 문득 자기가 왜 윌 선생님을 믿어야 하는지 의문이 생겼다. 선생님은 할아버지의 고용인이다. 선생님을 알게 된 지는 고작 2주밖에 되지 않는다. 그리고 이 집에서는 거스의 선생님이다.

"비밀로 했으면 해요. 아시죠? 아무한테도 얘기하지 않는 게 좋겠어요."

루시는 의자의 등받이를 꽉 쥐었다.

"맞아요, 제 생각에는 아녜요. 이건 마치……."

"너 은행이라도 털었니?"

루시가 웃었다.

"아뇨."

"그런 종류의 이야기만 아니라면, 법에 따라 내가 신고해야 하는 것만 아니면 얘기해 봐. 비밀을 지켜 줄 테니."

"제 생각에…… 제 생각에는 그 대답은 예인 것 같아요."

선생님이 웃었다. 루시는 등받이를 쥔 손에서 힘을 풀었지만 가슴은 벅차올랐다.

"저에게는 어려운 일이에요. 왜냐하면 선생님이 말한 그대로거든요. 전 할 수 없어요. 안 돼요. 할아버지가 못 하게 할 거예요. 그리고 이상하게도 할아버지가 옳은 것 같아요. 하지만 피아노를 치는 건 할아버지한테 지는 것 같고, 이상하게 들리지만 피아노를 치지 않는 게 지는 것 같기도 하고……."

"루시."

선생님이 한 손을 들어올렸다.

"할아버지에 대해서는 그만 생각해."

"그럴 수가 없어요."

감정이 북받쳐 눈물이 나오는 바람에 루시는 손으로 얼른 눈물을 닦았다.

선생님이 고개를 끄덕였다.

"괜찮아."

선생님이 일어나더니 반대편 테이블에 있는 휴지 상자를 가져와 팔걸이의자 뒤에 선 루시에게 건네주었다.

"힘든 거 알아."

루시는 코를 풀었다.

"그만두었을 때 전 그만둘 생각이 아니었어요. 그러니깐 그럴 생각이긴 했어요. 그럴 생각이었죠. 하지만 영원히 그만둘 줄은 몰랐어요."

"당연히 아니겠지. 어떤 결정도 영원한 건 없어."

"하지만 할아버지는 '영원히'라고 하셨어요."

"아."

"선생님은 진실이 뭔지 잘 모르시잖아요. 블로그나 그런 것들이 말하는 것만 알죠."

"프라하 무대에서 뛰쳐나가 다시는 돌아오지 않은 것 말이지."

선생님이 휴지를 한 장 더 건네주었다.

"뭔가 있을 거라고 예상은 했지."

루시는 반쯤은 웃고 반쯤은 울면서 코를 풀었다.

"네."

선생님이 몇 발자국 물러나더니 피아노 의자에 걸터앉았다.

"왜 그랬는지 무척 궁금했어. 한동안 그 이야기를 찾아보면서 네가 말해 주기를 기다렸는데 원하지 않는 것 같더구나."

루시는 상상해 보았다. 8개월 전에, 선생님이 자신에 대한 글을 온라인을 통해 읽고 지금도 알 수 없는 대답을 기다리는 모습을.

"그때 사람들이 뭐라고 했어요? 전 찾아보지도 않았어요."

"보자, 제일 설득력 있는 주장은 긴장감, 무대 공포증, 한계에 부딪쳤다는 거야. 이 분야 사람들은 모두 중압감에 대해 아니까."

"그게 다예요?"

엄마의 말처럼 사람들은 소문을 좋아한다. 그리고 남들이 스스로의 얼굴에 먹칠하는 걸 구경하길 좋아한다.

"말해 주세요. 분명히 그것보다 심한 얘기가 있었을 거예요. 마약에 중독됐다거나 아니면 임신했거나 정신 병원에 갇혔다고 하던가 요?"

선생님이 팔짱을 낀 채 고개를 저었다.

"아니야. 그저 인터넷에서 떠도는 얘기일 뿐이고 루시 벡-모로에 대한 애정에서 나온 말들밖에 없어."

선생님이 웃었다.

루시도 웃으면서 말했다.

"아아."

"지금은 하고 싶니? 네 마음이?"

"시간이 얼마나 있으세요?"

선생님은 시간을 확인하는 척했다.

"글쎄……."

루시는 몸을 돌려서 등받이 의자에 앉았다.

"제가 말하고자 하는 요지는 다시 연주하고 싶다는 거예요. 하지만 어떻게 해야 할지 모르겠어요. 제가 아는 건 제가 그리워한다는 거예요. 어떤 부분에서는요."

"그래."

"아마 제 자신을 위해서 쳐야 할 것 같아요. 저는 완벽해지고 싶지 않아요. 그리고 저는……."

"완벽해질 필요는 없어."

"할아버지에게 그렇게 말씀드려 보세요."

"왜 또 할아버지 얘기를 꺼내니?"

"아."

루시는 숨을 크게 쉬었다.

"저는…… 아마 선생님이 도와주실 거라고 생각했어요. 선생님이 거스를 도와주는 것과는 다르게요. 선생님으로서가 아니라, 저는 그런 건 필요 없거든요. 죄송해요…… 어제야 겨우 이런 생각이 들었어요. 너무 섣부른 것 같죠."

"나한테는 간단한데."

"그래요?"

"너한테 나를 친구로 생각하라고 한 건 내가 내 말만 하는 걸 좋아해서가 아니야. 너는 친구가 필요해. 너를 지지해 줄 친구 말이야."

루시는 윌 선생님의 얼굴을 바라보았다. 믿음직스럽고 정직해 보였다.

복도에서 거스의 발소리가 들렸다. 선생님이 문을 바라보았다.

"잘 들어. 비밀 유지는 우리 둘 다에게 해당돼. 알다시피 너희 가족과 문제가 생길 수도 있거든. 내가 너를 돕는 걸 알게 되면, 이게 너를 돕는 거라고 한다면 말이야."

루시는 재빨리 고개를 끄덕였고 곧바로 거스가 방 안으로 뛰어들어왔다.

"한 바퀴 뛰고 왔어."

"잘했네."

루시가 선 채로 대답했다.

"무슨 얘기했어요?"

"루시가 은행을 털었다는구나. 법률적인 조언이 필요하대."

"네?"

거스가 희미하게 웃으며 물었다.

"농담이야, 거스."

루시가 말했다.

"나는 이제 내 숙제의 동굴로 사라질게."

♪

할아버지는 아래층에서 책을 읽고 부모님이 거스를 데리고 페스티벌에서 입을 새 의상을 사러 나간 사이에 루시는 주방 서랍을 뒤져서 뚜껑이 꽉 닫히는 작은 유리병을 찾아냈다.

루시는 할아버지의 침실로 몰래 숨어들었다. 유골함은 서랍장 위에 할머니가 나무를 보호하느라 깔아둔 레이스 스카프 위에 있었다. 루시는 안쪽을 슬쩍 보았다. 유골은 유골함 속 비닐봉지에 들어 있었는데 생각지도 못한 작은 테이프가 여러 개 붙어 있었다. 루시는 봉지가 찢어지지 않게 천천히 열었다.

유골이란 단어는 적합하지 않은 것 같았다. 하얗고 뽀얀 조개껍데기를 간 것처럼 보였다. 루시는 가루를 만져 보았다. 할머니의 몸 전체가 불에 타서 이렇게 되었다.

봉투는 생각보다 무거웠다. 루시는 양이 줄었다는 걸 눈치채지 못할 만큼만 조심해서 병에 부었다. 스카프에 조금 흘렸지만 깨끗이 털고 봉지를 붙인 다음 유골함에 다시 넣고 방으로 돌아갔다.

침대에 누워 유리병을 배 위에 올려둔 채 레이나에게 문자를 보냈다.

유골 회수 완료. 아무 문제없었음.

잠시 후 답이 왔다.

똑똑한 내 친구.

루시는 주소록을 열어서 윌 선생님의 번호를 찾았다.
잠시 망설인 뒤에 짧게 문자를 보내기로 했다.

얘기 들어줘서 고마워요.

선생님이 바로 답을 했다.

언제라도 좋아, 루시.

16

연휴 전날인 수요일은 오전 수업만 **했고** 영어 시간에는 대체 교사가 수업을 **했다.** 루시가 집에 돌아왔을 때 엄마는 짐을 싸느라 정신이 없어 보였는데 메모지를 들고 귀에 휴대폰을 댄 채 계단을 오르내리고 있었다. 여행을 위해 편하지만 세련된 구두를 신고 무릎길이의 까만 치마를 입었다. 루시는 엄마가 오가는 데 방해가 되지 않도록 현관으로 비켜서서 도움을 요청하면 언제든 달려갈 수 있게 가까이에 머물렀다. 긴 의자에 털썩 앉았다가 할아버지가 건너편에 앉아 있는 걸 보고 깜짝 놀랐다. 할아버지도 루시만큼이나 놀라서 물었다.

"이제 집에 온 게냐?"

본능적으로 루시가 등을 꼿꼿이 세웠다.

"네. 저는……."

루시는 가게의 쇼윈도를 구경하면서 천천히 집으로 걸어왔다. 그런 게 '버르장머리 없는' 아이가 엄마는 여행 짐을 싸고 있는 걸 알면서 할 만한 일인 걸까?

"숙제를 했어요. 도서관에서요."

할아버지가 알겠다는 듯 고개를 끄덕였다.

"네가 요즈음 수업이 끝나고 뭘 하는지 궁금했단다."

궁금했다고? 언제부터? 그렇게 궁금했으면 물어보지 않았을 리가 없을 텐데.

토요일의 신경전 이후에 두 사람은 거의 대화를 나누지 않았다. 싸움이 끝나지 않은 것 같았고, 루시는 늘 준비 태세였다. 하지만 할아버지는 다 잊어버렸거나 잊은 척하는 데 선수인 거다.

"제일 좋아하는 과목이 영어니?"

세상에, 어쩜 가족 두 사람이 나누는 대화가 이렇게까지 불편할수 있을까?

"네."

루시는 열심히 고개를 끄덕였다.

"잘하고 있는 거지?"

할아버지가 책을 여전히 무릎 위에 펼쳐 두고 약간 몸을 앞으로 내밀면서 갑자기 관심을 보였다. 할아버지가 무슨 생각을 하는지 뻔하다. 그건 바로 아이비리그, 문학 석사 학위, 뉴욕, 퓰리처, 세계 정상이다.

"그럭저럭요."

"스스로 잘한다고 말하는 건 부끄러운 게 아니야."

할아버지가 독서용 안경을 벗어서 접더니 가슴 쪽 호주머니에 넣었다.

"연휴 전날에 도서관에서 과제를 하는 학생이 얼마나 될까."

"많이들 해요. 많이들요."

할아버지는 듣는 척도 안 했다.

"네가 열심히 공부하는 거 안다. 매일 밤늦게까지 하더구나. 성적도 좋고. 물론 좀 더 노력해야 할 부분이 있지만."

"책이 좋을 뿐이에요. 이제야 책을 읽을 시간이 나니까요."

그때 엄마가 독일어로 통화를 하면서 들어왔다.

"여기요, 아버지."

엄마가 할아버지에게 휴대폰을 건넸다.

"드레스덴에서 렌터카를 예약하려는데 제 말을 도통 못 알아듣네요."

할아버지가 휴대폰을 들고 방을 나가자 루시도 일어나 자신의 물건을 챙겨서 도망치려 했다.

"세상 사람들이 다 영어를 쓰는 줄 알았어요."

루시가 말했다.

"나도 그랬지."

엄마가 대답했다.

"루시, 기다려 봐. 가기 전에 얘기 좀 하자."

루시는 그 자리에서 꼼짝도 하지 않았다.

"좀 앉을래, 얘야."

루시는 긴 의자에 다시 앉았고 엄마는 할아버지가 앉았던 의자에 앉았다. 이거야말로 악몽이다. 작은 방에 갇혀서 할아버지와 엄마를 연달아 상대하다니.

"뭔데요?"

"우리가 집을 비운 동안, 거스의 연습이 옆으로 샐까 봐 좀 걱정이 되는구나."

"엄마, 거스 알잖아요. 게으른 애가 아니에요."

"그래, 아니지. 거스는 아니지."

"게다가 닷새잖아요."

"그 정도면 중요한 공연에서 감각을 잃을 수도 있을 만큼 긴 시간이잖니. 너도 알듯이."

루시는 엄마에 대해 윌 선생님에게 했던 말을 떠올렸다. 엄마는 다른 방법을 모른다는.

"선생님이 알아서 하시겠죠."

루시는 방에서 나가고 싶었다. 루시가 자리에서 일어나자, 엄마는 다시 앉으라는 몸짓을 했다.

"우리는 윌 선생에게 좋은 대우를 해 주고 있어. 거스가 아주 좋아하기 때문이지. 하지만 여전히 교육 방식에 확신이 들지 않아. 거스는 예전보다 연습을 덜 하는 것 같고."

엄마는 복도 쪽으로 눈을 돌려서 할아버지가 아직 통화 중인지 확인했다.

"곧 페스티벌이야."

엄마가 목소리를 낮추었다.

"그러고 나면 스와녀고. 스케줄이 줄줄이라고."

엄마가 분홍색 손톱 끝을 씹었다.

"내년에는 학교를 그만두게 할까 싶지만, 어쨌든 그건 다른 얘기고."

'뭘 어쩌라는 거지? 확신을 갖게 해 달라는 걸까?'

"거스는 잘할 거예요."

"그랬으면 좋겠구나. 보니까 요즘 네가 거스한테 관심이 많은 것 같아서, 이런 생각이 들었는데."

엄마가 마치 할 말을 다했다는 듯이 입을 다물었다.

"무슨 생각요?"

"네가 좀 살펴보렴. 거스가 스케줄을 지키고 있는지 확인해 줘. 만약 윌 선생님에게 조금이라도 부족한 점이 있으면 적어 두고."

"선생님을 감시하는 건 안 해요. 거스에 대해서도요."

루시는 일어나서 가방을 멨다. 밖으로 나가려면 실제로도 엄마의 발을 넘어가야 한다.

엄마가 루시의 팔을 잡았다.

"넌 누나잖니."

"그렇죠. 그리고 아빠도 거스의 아빠예요. 스파이 노릇은 아빠한테 하라고 하세요."

루시는 팔을 빼 버렸다.

엄마가 갑자기 벌떡 일어서서 바람이 느껴질 정도였다.

"너는 한 번도 고마워할 줄을 모르는구나."

바로 그 말이었다. 이제야 입 밖에 낸 거다.

두 사람은 이제 복도에 있었다. 통화를 끝낸 할아버지는 옆에 서서 예의 주시했다. 루시는 더 극적인 상황으로 치닫는 걸 막기 위해 혀를 거의 깨물었다. 이거야말로 오래된 앙금이다. 아무것도 바뀌지 않았다. 루시 스스로가 어떻게 해도, 윌 선생님이나 혹은 다른 누군가와 무엇을 한다 해도 이 상황을 바꿀 순 없다.

하지만 그때, 둘 사이가 영영 멀어지기 직전에 루시는 늘 묻고 싶던 질문을 했다.

"엄마는 그랬어요?"

왜냐하면 엄마도 고등학교 시절에 루시와 똑같은 처지였기 때문이다. 할아버지를 행복하게 하기 위해 피아노를 치고, 콩쿠르에 나가고, 여행을 하고, 연주를 해서 특별한 사람이 되었다. 그리고 루시와 마찬가지로 엄마도 그만두었다.

할아버지가 그렇게 표현한 적은 없다. 단지 루시의 엄마가 루시나 거스처럼 재능이 넘치지 않았다고만 했다. 가능성을 보고 계속하려고 결심할 만한 재능이 없었다고. 대단한 재능을 가지지도 않았는데 계속할 이유가 없으니까. 하지만 엄마는 피아노를 하지 않았을 뿐 여전히 할아버지의 완벽한 딸이 되고자 노력 중이다.

엄마는 팔짱을 끼고 방어적으로 나왔다.

"나는 최선을 다했어."

"저도요."

루시가 대답했다.

할아버지가 가까이 다가왔다. 두 사람이 루시를 둘러싸고 있어 계단으로 가려면 한 명을 밀 수밖에 없는 상황이었다.

"연주해야 했어."

할아버지 눈이 분노로 이글거렸다.

"거기서 우승할 수도 있었어. 프라하 말이다. 그리고 그 뒤 모든 것에서도."

루시는 토요일 저녁 식사 시간처럼 할아버지를 바라보았다.

"제대로 살고 있지 못한다면 우승이 무슨 의미가 있어요? 끔찍하게 느껴진다면요? 사랑하는 사람한테 어떤 일이 있는지 알지도 못한다면요?"

"끔찍하지 않았어."

할아버지는 할머니에 대한 말은 무시했다.

루시는 웃음을 터트렸다. 할아버지는 진짜로 그렇게 믿었다. 루시의 기분을 루시보다 자신이 더 잘 안다고 생각했다.

"전 단지 거스한테는 그렇게 하지 않기를 바랄 뿐이에요. 거스는 여전히 피아노를 좋아해요. 하지만 영원하지 않을 수도 있어요."

할아버지가 미간을 찌푸렸다.

"거스가 무슨 말이라도 한 거냐?"

"아니요. 하지만……."

루시는 포기해 버렸다. 할아버지는 절대 바뀌지 않는다. 절대 알지 못한다.

"내가 부탁한 거 생각해 보렴."

엄마가 옆으로 비키면서 말했다.

"생각할 필요도 없어요. 싫다고 했잖아요."

루시가 계단을 올라갈 때 엄마의 목소리가 뒤따라왔다.

"공항에서 전화할 테니 얘기 좀 하자!"

"마음대로 하세요."

전화는 안 받으면 되고 거의 일주일 동안 두 사람을 안 봐도 된다. 그리고 지금 생각으로는 두 번 다시 두 사람을 보지 못한다 해도 상관없을 것 같았다.

2악장. 프리 카덴차

Free Cadenza 연주자의 기교를 보여 주기 위해 곡의 끝 부분에 넣는 화려한 독주

17

루시와 거스가 주방 식탁에서 식사를 하는 동안 마틴 아저씨는
설거지를 했다. 추수 감사절을 하루 앞두고 스파게티를 만들었는데
병에 든 소스를 사용하고 캔에 든 파마산 치즈와 가게에서 사 온 마
늘빵을 곁들였다.

"지금까지 먹어 본 것 중 최고예요."

거스가 가게에서 사 온 아이스크림 샌드위치를 디저트로 먹으면
서 말했다.

"세상에, 고맙기도 하지."

마틴 아저씨가 농담을 했다.

"내가 왜 내일 먹을 음식을 준비하느라 이틀 동안 다지고 썰고 이
고생을 했는지. 병 소스면 저렇게 만족하는데."

아빠는 엄마와 할아버지를 공항에 데려다주러 가서 아직 돌아오
지 않았다. 엄마와 할아버지가 떠나기 전 아빠가 루시 방에 왔다. 루
시는 침대에 누워서 이어폰을 끼고 호주 가수 케이시 챔버스의 음악

을 크게 듣고 있었다. 여전히 화가 나 있었고 아빠가 노크하는 소리를 듣지 못했다.

아빠가 침대 옆에 서서 이어폰을 빼라는 시늉을 했다. 하지만 루시가 시키는 대로 하지 않자 코드를 뽑아 버렸다.

"왜 그래요?"

루시가 물었다.

"내려가서 엄마와 할아버지께 잘 다녀오시라고 인사해."

"하고 싶지 않아요."

"상관없어. 가서 해."

루시는 고개를 돌려 버렸다. 루시가 프라하에서 일어난 일에 대해선 아빠를 용서했을지 몰라도 이 엉망진창인 상황에는 아빠의 책임도 있다.

"나중에 엄마한테 전화할게요."

루시가 벽에 대고 웅얼거렸다. 아빠가 힘으로 루시를 방에서 끌어내지 않는 한, 어쩔 수 없다.

"알았다."

아빠는 말하더니 방을 나갔다.

루시는 그대로 누워서 한 10분 정도를 씩씩댔지만 결국 후회와 걱정이 밀려왔다. 자신이 너무한 것 같았다. 그때 루시는 월 선생님과의 대화를 떠올렸고, 선생님이 돕겠다고 한 약속을 기억하고는 안도했다. 루시는 자신의 인생에 대한 결정을 했다. 바로 자신의 인생 말이다. 게다가 더 이상 외톨이도 아니다.

주방에 있자니 엄청난 행복이 밀려왔다. 할아버지의 비난과 엄마의 간섭, 두려움에서 닷새나 벗어난다. 상상했던 일을 이룰 기회다. 앞으로의 계획을 세울 기회이기도 하다.

"오늘 누나 방에서 자도 돼?"

거스가 물었다.

"음."

루시가 생각해 보는 척했다.

"아니."

"왜 안 돼?"

"나만의 계획이 있으니까."

마틴 아저씨가 칠면조 안에 무언가를 넣다가 루시를 힐끗 보았다.

"누가 자러 오기로 했니? 내가 고자질하게 만들지 말아 줘."

"글쎄요."

루시는 사실 아무 계획도 없지만, 이 완전한 자유 시간을 위해 왠지 계획을 세워야 할 것 같은 생각이 들었다.

"내일 밤에, 거스. 알았지?"

거스의 입술이 부루퉁했다.

"내일은 내가 자러 가고 싶지 않을지도 몰라."

"그럴지도 모를 위험은 감수할게."

루시가 거스의 볼에 오랫동안 뽀뽀를 퍼붓자 거스가 몸을 피했다. 하지만 거스가 좋아한다는 걸 루시는 안다.

♪

"오늘 밤 유골을 가지고 나가면 될 것 같아."

루시는 귀에 휴대폰을 댄 채 옷장을 살폈다. 밤새도록 방에 앉아 엄마와 다툰 일을 떠올릴 생각은 없다.

"성가신 엄마는 집을 떠났고 아빠는 현재 행방이 묘연하고, 할아버지도 안 계셔. 마틴 아저씨가 내일 새벽부터 칠면조 요리를 하실 거라 오늘 밤 우리 집에서 주무시니까 거스를 돌보지 않아도 되고. 그러니까 오늘이 나의 휴가지."

"완벽한데."

레이나가 대답했다.

"10분 뒤에 만날까? 벤치에서."

레이나의 옷 더미 한쪽에 빨간 원피스가 걸려 있는 게 눈에 들어왔다.

"멋지게 차려입고 와. 근사하게."

"그게 가능하리라고 생각하나 보네."

"안 돼?"

"되지. 하지만 근사하게 차려 입으려면 10분은 부족해. 20분 정도?"

"그때 보자."

원피스를 입는 과정은 험난했다. 지퍼를 딱 가운데까지 올렸을 때 손이 닿지 않아 힘들었지만 간신히 올렸다. 루시는 자신의 모습을 옷장 거울에 비춰 보고 웃음을 터트렸다. 정말 루시답지 않다. 꽉 끼고, 짧고, 반짝거리는 빨간색. 한편으로는 이런 생각도 들었다. 뭐 어때서? 루시다운 것일 수도 있다. 어쨌든 오늘 밤은.

♪

루시네 집 건너편에 있는 스테어 공원 꼭대기에 위치한 벤치는 어린 시절부터 둘이 만나던 장소다. 처음에는 루시 혼자서 가도 된다고 부모님이 허락한 곳이 거기까지였기 때문이었지만 중학생이 되어서는 전통으로 자리 잡았다. 루시는 거기서 레이나를 만난 게 언제가 마지막이었는지 기억나지 않았다.

해가 지면서 거스의 방이 있는 3층까지 햇볕이 드리웠다. 거스는 방에서 책을 읽고 있거나 페스티벌 혹은 내일 먹을 음식에 대해 생각하고 있을 거다. 그림을 그리고 있을지도 모른다. 루시는 그림이었으면 했다. 다른 것들은 '재미'와는 거리가 좀 멀기 때문이다.

레이나의 실루엣이 종종거리며 계단을 올라왔다. 머리는 헝클어지고 팔로 몸을 감싸고 있었다.

"추워!"

레이나가 반쯤 올라오다가 루시에게 소리쳤다.

"차에 타자!"

"일단 여기로 올라와."

루시는 유골이 든 병을 무릎에 올려두고 차갑게 언 손가락으로 가장자리를 쓰다듬었다. 손끝에 남은 가루의 감촉을 떠올렸다. '할머니를 바람에 날려 보내 드릴까?'

"이게 그거야?"

레이나가 꼭대기에 도착해서 숨을 헐떡이면서 물었다.

"내 몫이지."

"괜찮아?"

레이나가 루시 옆에 앉아서 팔로 루시의 어깨를 감쌌다.

"정말 준비됐어?"

"그런 것 같아. 언제까지나 내 침대 밑에 둘 수는 없잖아."

레이나가 루시의 코트를 살짝 들췄다.

"세상에. 뭘 입은 거니?"

루시가 일어나서 코트를 활짝 열어 보였다.

"뭔지 알겠지?"

"당근이지."

"괜찮아? 난……."

루시는 어떻게 말을 끝맺을지 몰라서 어깨를 으쓱했다. 원피스는 너무 꽉 끼어서 불편했다. 하지만 왜인지는 설명할 수 없어도 이 옷을 입어야겠다는 느낌이 들었다.

"괜찮지, 그럼. 근데……."

레이나가 웃었다.

"너 다리 죽인다. 아무튼 나도 제대로 입었는지 모르겠네."

레이나도 일어나더니 몸을 빙글 돌려서 딱 붙는 까만 치마 안에 물방울무늬 블라우스를 넣어 입고 두꺼운 벨트를 한 모습을 보여주었다. 굽이 엄청 높은 구두를 신었는데 전체적으로 40년대 달력 사진에 나오는 소녀 분위기였다.

"멋져. 진짜 장례식에는 이런 차림이 어울릴지는 모르겠지만."

"너네 할머니는 좋아하실 거야."

"사진 찍자."

루시가 말했다. 휴대폰을 주머니에서 꺼내서 얼굴은 가까이 붙이고 눈을 크게 떴다. 플래시가 터졌지만 눈을 깜박이지 않았다.

"칼슨이 지금 우릴 봐야 하는데 말이야."

레이나가 차에 타서 말했다. 목적지 없이 돌아다닐 뿐 어디로 갈지 정하질 못했다.

"집에 있는지 문자 보내 보자."

레이나의 말대로 루시가 칼슨과 문자를 몇 번 주고받았다.

"집에 있대……."

루시가 레이나에게 말했다.

"게다가 탈출하고 싶어 미칠 지경이래. 할머니가 성적에 대해 연설 중이시라네."

"데리고 가자. 괜찮아?"

"그럼."

칼슨은 엠바카데로* 근처에 산다. 칼슨의 아버지가 80년대 후반에 온 가족이 모은 돈으로 낡아 빠진 창고나 다름없는 빌딩을 샀는데 지금은 수백만 달러에 육박할 정도로 값이 올랐다고 했다.

---

*엠바카데로 소프트웨어와 관련된 다양한 제품을 개발하고 서비스를 제공하는 회사.

주차할 곳이 마땅치 않아서 레이나는 칼슨이 나올 때까지 주변을 빙글빙글 돌았다. 칼슨이 오자 루시가 차에서 내렸다. 레이나가 히터를 세게 틀어 놓아서 루시는 코트를 벗고 있었다. 칼슨은 빨간 드레스를 입은 루시를 보고 한동안 말을 잇지 못했다.

"음. 안녕."

칼슨은 레이나 쪽으로 머리를 들이밀곤 물었다.

"올라가서 옷 갈아입고 올까?"

"어서 타기나 하셔."

루시와 레이나는 무슨 일인지, 어떻게 할 건지를 설명했다.

"그거 합법적인 거야?"

칼슨이 물었다.

"허락 없이 유골을 아무 데나 뿌려도 되는 거냐고?"

"음."

루시는 그 부분은 생각 못했다.

"인터넷을 찾아보자."

루시가 말을 끝내기도 전에 칼슨이 휴대폰을 꺼냈다.

"이제야 네가 나한테 뭘 부탁할 게 생겼구나. 나로 말할 것 같으면 그레이터베이*의 검색의 달인이니 고마워하라고."

"그런 게 있기나 하니?"

레이나가 물었다.

---

*그레이터베이 샌프란시스코의 시내 중심가로 인구가 밀접한 지역.

"아니. 하지만 있어야 한다고. 좋아, 7초만 기다려."

"루시, 우리 어디로 갈까? 실락으로 갈까?"

"응. 하지만 아직은 아니고. 뭔가 장례식 같지 않은 걸 하자."

해변을 장식한 불빛은 화려하고 예뻤다.

"아, 그래! 39번 부두로 가자! 열두 살 이후로 못 가 봤어."

레이나가 끙 하고 소리를 냈다.

"이 연휴에? 관광객으로 미어터질 텐데."

"유골에 대해서는 말이야. 캘리포니아주 법에 따르면 엄격한 규정
이 있어. 하지만 그렇게 강압적인 것은 아니라 이렇게도 설명하고 있
어. 상식 내에서 본인의 도덕적 잣대, 또는 판단에 따르도록 한다."

레이나가 고개를 끄덕였다.

"내가 항상 하는 말 같네."

"치."

칼슨이 코웃음을 쳤다.

"그렇게 말한 적 없거든?"

"그렇게 말했었어."

"일반 상식 내에서? 그거 우리말 맞니?"

두 사람이 아웅다웅하고 있을 때 루시가 물었다.

"그래서 39번 부두로 가는 거 괜찮지?"

"이런 신발을 신고 걷는 건 무리야."

레이나의 말에 칼슨이 끼어들었다.

"문제없어. 내가 업어 줄게."

"오래 있지 않을 거야. 내 신발도 만만치 않거든."

루시는 레이나에게 약속했고 칼슨은 다시 너스레를 떨었다.

"둘 다 업어 줄게."

15분 정도 달리자 축제 현장의 한가운데에 도착했다. 레이나가 옳았다. 추운 날씨에도 불구하고 관광객과 선원, 대학생 들이 득실거렸고 가게와 식당을 들락거리거나 서서 길거리 공연을 보고 있었다.

"내가 저글링하는 사람이 되겠다고 하면 우리 할머니가 뭐라 하실까?"

한 무더기의 사람을 지나치면서 칼슨이 물었다.

"그러니까, 내 직업으로 말이야."

"조부모에 대한 죄책감에 대처하는 내 새로운 기술을 가르쳐 줄까?"

루시가 말했다.

"무시하기 그리고 거절하기."

레이나가 웃었다.

"언제부터 그럴 건데?"

"지금부터."

할아버지는 비행기 안에 있으니 말하기 쉬웠다.

"이민이 문제야."

칼슨이 말을 받았다.

"도대체 몇 세대가 지나야 그 모든 희생에 대해 보답해야 한다는 의무감에서 벗어나는 걸까?"

"따지고 보면, 우리 할아버지는 희생한 적이 없어. 할아버지 가족은 옛날부터 돈이 많았거든."

할아버지는 어릴 때 부모님을 따라 미국으로 왔고, 사람들이 거의 눈치도 못 챌 만큼 약간의 억양만 남았다.

"너네 아빠처럼 열심히 일할 필요도 없었어. 그리고 가족 전체를 책임져야 하는 부담 같은 것도 없었고. 상황이 다르지."

"백인이 아니라는 점도 잊지 말아 줘."

"그래도 중국 사람은 샌프란시스코에서는 백인이나 마찬가지야."

레이나가 대답했다.

칼슨이 팔을 레이나에게 둘렀다.

"사랑해. 하지만 그거야말로 내가 들어 본 얘기 중 가장 바보 같은 소리야, 내 귀여운 백인 친구야. 그리고 난 대만 사람이란 걸 잊지 말아 줄래?"

레이나가 칼슨의 팔 무게 때문에 비틀거렸다.

"여기 신나기는 한데, 보도 블럭이 아주 무시무시하다. 이러다가 발목 부러지겠어."

"초콜릿 사 먹자."

루시가 벌써 크리스마스 장식을 한 창가에 진열된 초콜릿을 가리켰다. 가게 밖 테이블에 앉아 있던 가족이 일어났다.

"자리 잡아."

루시가 레이나와 칼슨에게 말했다. 가게로 들어가서 뭘 살지 고민했다. 딱딱한 얼음사탕, 작은 화이트 초코바, 그리고 피칸과 초콜릿

189

으로 만든 거북이. 모두 할머니가 좋아하던 거다. 가게 안은 붐벼서 후끈했기 때문에 루시는 코트 단추를 풀었다.

루시는 길게 줄을 선 사람들 쪽으로 가서 해군 제복을 입은 두 남자 뒤에 섰다. 두 사람이 루시 쪽을 돌아봤는데 템니코바 선생님 때문에 왔던 구급대원이 지었던 표정과 같았다. 이번에는 별로 신경 쓰지 않았다.

"안녕하세요."

그중 한 명이 인사했다. 어려 보이는 얼굴이 불그스레하고 반질반질했다.

"안녕하세요."

루시가 미소 지었다.

"멋진 곳이죠?"

"그러네요."

"저도 참 좋아하거든요."

해군이 미소 짓자 벌어진 앞니 사이의 틈이 보였다.

줄이 줄었다. 키가 크고 얼굴이 검게 그을린 해군이 말했다.

"얘 이름은 스캇이에요."

스캇은 얼굴이 더 빨개져서 손을 내밀었다. 루시는 가볍게 악수를 했다.

"루시예요."

"스캇의 여자 친구가 막 헤어지자고 했어요."

이런 식으로 스캇을 놀리고 있는 게 뻔했다. 아마도 기회가 있을 때마다 스캇을 고의로 당황하게 만드는 듯싶었다.

"그분 실수하셨는데요."

루시는 친절하게, 스캇의 기분을 띄워 주려고 말했다.

"고마워요."

스캇이 대답했다.

그때 가게의 라디오에서 U2의 노래가 흘러나왔다. 스캇이 꽤 가까이 있었기 때문에 볼의 보송보송한 솜털이 보였다. 음악이 느껴지자 루시에게 모든 것이 또렷해졌다. 주변은 진한 설탕과 코코아 냄새로 가득했고, 샌프란시스코 풋볼 팀인 49ers의 모자를 쓴 남자는 초록색 리본을 묶은 어린 딸에게 빙그레 웃었다. 계산원은, 뚱뚱하고 여드름이 좀 났지만, 손님 하나하나에게 농담을 해서 웃게 만들었다. 사람들이 들어오고 나갈 때마다 문이 열리면서 차가운 바람이 따뜻한 가게 안으로 밀려 들어왔다.

삶은…… 멋지다. 그리고 아름답다.

루시는 마음속으로 아름다움을 느꼈다.

"더 좋은 사람을 만날 거예요."

루시가 스캇에게 말하고 별다른 생각 없이, 볼에 키스했다.

"와우, 지금 만난 것 같은데요."

친구가 말했다.

"입술에 해 주는 건 어때요?"

처음 든 생각은, 뭐 어때? 였다. 빨간 원피스의 효과였다.

하지만 평소의 루시로 돌아왔다. 그건 충동적이고 정신 나간 짓이다.

"다음은 그쪽이에요."

루시가 계산대를 가리켰다.

"제 말은 계산할 차례라고요."

두 사람은 주문과 계산을 끝냈다. 그러고는 스캇이 루시에게 돌아서서 말했다.

"혹시 한잔 할래요?"

"안 돼요. 저는……."

'열여섯 살인걸요.'

"친구들이랑 같이 왔어요."

"아, 오늘 밤 너무 많은 사람들 가슴을 아프게 하지 말아요."

스캇이 손으로 모자를 살짝 건드리면서 웃자 다시 앞니의 틈이 보였다.

"추수 감사절 잘 보내요."

"그쪽도요."

루시는 초콜릿을 사서 가게를 나왔다. 혼자 미소를 지으며 기분이 한껏 고조되어 볼에 느껴지는 차가운 바람마저 따갑지 않았고 몸에 끼는 원피스가 피부에 닿는 게 기분 좋게 느껴졌다. 비록 발은 점점 아팠지만, 거의 날듯이 테이블로 가서 레이나와 칼슨에게 초콜릿을 건넸다.

"안에서 새 친구를 사귀었나 보지?"

칼슨이 물었다. 반쯤은 웃고 있었지만, 예전에도 본 적 있는, 뭔가 기분 나쁘거나 당황한 듯한 표정을 지었다. 완벽하다고 장담한 역사 리포트에서 B마이너스를 받았을 때처럼 말이다.

창문으로 루시가 스캇에게 키스하는 걸 본 게 분명했다.

"이거 진짜 이상해."

레이나가 얼음사탕을 조심스레 혀로 핥았다.

"이걸 어떻게 먹어? 이가 부러질 것 같아."

레이나도 보았으면 분명 한마디 거들었을 거다.

루시가 자리에 앉았다.

"그래서 얼음사탕이라고 부르는 거야."

칼슨이 몸을 앞쪽으로 숙여 루시를 보면서 무언의 질문을 던지듯이 눈썹을 올렸다. 루시가 어깨를 으쓱했다. 칼슨은 거북이 모양 피칸을 씹더니 더 이상 아무 말도 하지 않았다.

"바다로 가 보자."

루시가 말을 꺼냈다.

"어쩌면 여기가 유골을 뿌리기에 적당한 곳일지도 몰라."

"차에 두고 왔잖아."

레이나가 절뚝거리면서 칼슨의 한쪽 팔을 붙잡았다.

모두들 난간으로 가서 아래에 있는 바다를 살폈다. 거대한 파도가 겹겹이 둘러싸고 가장자리에는 거품이 일었다.

"으스스한 땅 밑이라고는 할 수 없겠는걸."

루시가 말했다.

칼슨이 레이나의 팔을 풀더니 제일 아래쪽 난간에 올라서서 바다를 향해 침을 뱉었다.

"더러워!"

레이나가 소리쳤다.

"뭐 하는 거야?"

칼슨이 바다를 바라보았다.

"몰라."

"이상해."

루시는 구두에 신경 쓰면서 조심조심 옆에 있는 난간에 칼슨보다 한 칸 더 높은 곳에 올라섰다. 할 수 있는 만큼 몸을 멀리 뻗어서 루시도 침을 뱉고는, 이 모든 게 너무 우스꽝스럽게 느껴지는 바람에 웃어 댔다. 어떻게 지금껏 자기 말고 할아버지나 엄마나 다른 사람이 자신의 인생을 좌지우지할 수 있다고 생각했을까? 자기 자신이 스스로 모든 걸 결정할 수 있다.

레이나가 몸을 부르르 떨었다.

"루시, 너도 지금 침 뱉은 거니? 너네 제정신이 아니구나! 도대체 알 수가 없어. 난 너네한테서 멀어질 거야."

레이나는 5미터 정도 떨어진 곳에서 난간을 찾아 기댔다.

루시는 자신을 바라보는 칼슨의 시선을 느꼈다. 바람이 세게 불어와서 머리카락이 얼굴 위로 커튼처럼 드리워졌다. 팔을 들어 눈앞에 있는 머리카락을 치우려다 중심을 잃고 난간 앞으로 몸이 기울었다. 칼슨이 루시의 허리를 잡고 끌어내렸다.

"루시."

칼슨이 루시를 놓았다.

"어떻게 된 거야?"

칼슨은 난간 위에 올라선 걸 묻는 게 아니었다.

"군인에게 감사 인사를 한 것뿐이야. 게다가 추수 감사절이고."

"바다에 빠질 뻔한 걸 내가 구해 줬다는 사실을 기억하라고. 나한 테 감사하는 건 허락할게."

루시가 칼슨의 목에 팔을 둘렀다.

"볼 아니면 입술?"

루시가 계속 웃었다.

칼슨이 재미없다는 듯 루시의 팔을 풀어서 뒤로 살짝 밀었다.

"하지 마."

루시는 가만있었다.

"얘들아."

레이나가 불렀다.

"미안한데, 발이 아파."

♪

실락으로 가는 길은 꽤 멀었다. 가는 동안에 레이나는 발이 얼마 나 아픈지, 내일 자기와 동생 에비는 루시의 집에서 일찍 나와 다른 두 집에 들러 디저트를 먹어야 한다는 둥 끊임없이 이야기를 늘어놓 았다. 칼슨은 아무 말 없이 계속 휴대폰만 만지작거렸다.

밤은 깊어 가고 있었다. 39번 부두에서 루시가 살아 있음을 생생하게 느끼게 해 주던 차가운 바람이 이제 루시의 얼굴을 아프게 했다. 세 사람은 바다를 살피러 클리프 하우스의 계단을 내려갔다. 루시와 레이나는 구두를 벗어 던지고 조심조심 걸었다.

"동상에 걸렸나 봐."

레이나가 말했다.

"발가락이 칼로 베인 것 같아."

"이 정도 날씨에는 동상에 걸리지 않아."

칼슨이 대답했다.

"적어도 영하는 되어야 하는데, 지금은 아니야."

칼슨이 휴대폰을 만지작거렸다.

"지금은 5도 정도야. 안심해."

루시는 유골이 든 유리병을 가슴에 끌어안고 해변을 살폈다. 만조였다. 파도가 몰려오다가 요란한 소리를 내며 뒤로 물러났다가 다시 몰려왔다.

"물가로 내려갈래."

루시가 레이나와 칼슨에게 말했다.

"너네는 여기 있어."

루시는 마지막 계단을 내려가서 맨발로 모래의 감촉을 느꼈다. 까칠까칠하고 축축했다.

"조심해!"

레이나가 외쳤다.

발이 모래에 푹 덮이고 해초가 느껴졌을 때 루시는 걸음을 멈추었다. 그리고 유리병의 뚜껑을 열었다. 현기증이 나서 눈앞이 어질어 질해지면서 할머니가 가족 중 누군가 스트레스를 너무 많이 받을 때 면 항상 하던 말을 떠올렸다.

'우리 엄마가 나한테 하던 말이 있단다. 모든 게 다 잘될 거야.'

아마도 그게 맞을 거다.

루시는 유리병을 소중하게 품었다.

할머니는 이걸 마음에 들어 하실 거다. 몰아치는 바람, 파도. 할머니는 심지어 내가 해군에게 키스한 것도 마음에 들어 하실 거다.

그리고 윌 선생님도 좋아하실 거다. 루시는 그 점에 대해 마틴 아저씨의 말이 옳다고 생각했다.

파도가 발가락 주변에서 소용돌이쳤지만 루시는 아무것도 느끼지 못한 채 아무것도 보이지 않는 수평선을 응시했다. 숨을 들이마시자 무거운 공기가 루시의 몸을 가득 채웠다.

"모든 게 다 잘될 거야."

루시는 유골을 검푸른 바다에 뿌렸다.

18

루시는 잠에서 깨어 칠면조 요리의 냄새를 맡자 기분이 무척 좋아졌다. 연휴 중에서 추수 감사절은 좋아하는 편이다. 이번에는 특히 더 그렇다. 맛있는 음식을 먹고, 좋아하는 사람들인 레이나, 거스, 그리고 이제는 월 선생님까지 함께 시간을 보낼 거다.

루시는 눈을 감고 생각해 보았다.

루시가 좋아하는 사람들에 선생님을 넣기엔 좀 이르긴 하다. 선생님을 알게 된 지 얼마 되지 않았으니까. 하지만 그게 루시의 솔직한 마음이었다. 아무튼 선생님에 대해서는 수년간 알고 지낸 것 같은 유대감과, 방금 막 알게 되었기 때문에 느껴지는 설렘이 공존한다.

뒤척이다 눈을 뜨자 빨간 원피스가 구두, 코트와 같이 침대 옆에 놓인 게 보였다. 저걸 진짜로 입었단 말이야? 루시는 원피스를 옷장 안에 레이나의 다른 옷들 옆에 걸고 방을 정리했다. 샤워를 한 뒤 편안한 청바지와 헐렁한 스웨터를 걸치고 바닥에 미끄럼방지 처리가 된 털양말을 신었다.

빨간 원피스의 시간이 있다면 그 외의 시간도 있는 법이다.

♪

주방에서는 아빠가 식탁에 앉아 마틴 아저씨와 얘기를 나누며 커피를 마시고 있었다. 아빠는 루시와 거의 똑같은 차림이었다. 낡은 청바지에 스웨터를 입고 슬리퍼를 신었다. 루시가 팔로 아빠의 어깨를 감싸자 아빠가 루시의 손을 다독였다. 이어폰을 끼고 소리를 질러 댔던 일과 엄마한테 인사하러 가지 않은 것에 대해서는 잊었다.

"어제저녁은 즐거웠니?"

아빠가 묻자 루시가 팔을 풀었다.

"레이나랑 같이 있었어요."

아빠는 고개를 돌리더니 미소 지었다.

"쪽지를 봐서 알아. 즐거웠냐고 묻는 거야."

"네, 그럼요."

"좋아."

아빠가 손으로 루시의 턱을 잡더니 얼굴을 살폈다. 무언가 다른 점을 발견이라도 하듯이.

"왜요?"

루시가 물었다.

"아무것도 아냐."

"조~오 오아요."

루시가 커피 주전자에 손을 뻗었다.

"거스는 어디 있어요?"

"이미 위를 시작했겠지. 오늘은 맘껏 하라고 했어."

마틴 아저씨가 루시의 등을 툭 쳤다.

"달걀 요리를 해 줄까, 공주님?"

"아니, 잠깐만요."

아빠가 일어섰다.

"제가 하죠."

마틴 아저씨와 루시가 시선을 교환하면서 자신들이 제대로 들었는지 확인했다. 제대로 들은 게 맞았다. 아빠가 두 사람에게 손을 내젓더니 냉장고에서 달걀과 버터, 생크림을 꺼냈다.

"장소가 마땅치 않을 것 같은데……."

마틴 아저씨가 걱정된다는 듯이 말했다.

"무슨 장소요?

"우리 둘 다 주방을 쓰려면요."

루시가 자리를 비켜 주느라 커피를 식탁으로 가져왔다.

"농담하지 마요."

아빠가 대답했다.

"요리하는 데 5분, 우리 둘이 먹는 데 2분, 치우는 데 1분, 그러고 나면 우리는 사라질 거예요. 프랑스인이 오믈렛을 만들었다지요.*"

마틴 아저씨가 뒤로 물러났다.

---

*오랫동안 식사하는 프랑스 사람에 대해 반어적으로 표현한 것이다.

"두 손 다 들었어요. 난 사라질게요."

마틴 아저씨는 주방에서 나가고 루시는 아빠가 조리대에서 준비하는 걸 지켜보았다. 그릇에 달걀을 깨는데 처음에는 한 손으로 하다가 껍데기까지 들어가고 말았다. 아빠는 그릇에서 껍데기를 건지면서 루시에게 말을 걸었다.

"엄마한테 전화했니?"

"아뇨. 근데 엄마도 저한테 전화 안 하셨어요."

그렇게 으르고서는 엄마는 메시지 하나 남기지 않았다.

"루시, 네가 걸었으면 좋겠다."

루시가 한숨을 쉬었다. 아빠는 파프리카를 그릇에 넣었다.

"나한테 한숨 쉬지 마라, 오리양. 난 우리 가족이 화목했으면 해."

"아빠, 엄마는……."

"내 아내야. 거기다 아름답고 재능이 넘치는 두 아이의 엄마이기도 하고."

아빠가 달걀을 휘저을 때 루시는 엄마가 아빠의 사랑하는 대상이자, 동반자라는 것을 떠올렸다.

"마음이 아프구나."

아빠가 말을 이었다.

"두 사람 사이가 안 좋은 걸 보는 게 말이다. 나는 누구 편도 들고 싶지 않아."

"엄마를 무서워하니까 그렇죠. 엄마뿐만 아니라 할아버지도요."

"아니."

아빠가 달걀을 내려놓았다.

"나는 이 집안에서 음악과 관련 없는 유일한 사람이야, 루시. 내가 결혼한 이……."

아빠가 잠시 천장을 응시했다.

"이 놀랍도록 아름다운 재능과 예술의 세계는 아직까지 이해가 안 돼. 나한테는 마법과도 같아. 이런 세계에 속해서 뒷짐 지고 앉아서 보고, 듣고, 감탄할 수 있는 것만으로도 행운이지. 내 아이들 자체가 기적이야. 이게 어떻게 가능했을까?"

아빠가 달걀이 들어 있는 그릇 쪽으로 고갯짓했다.

"나는 오믈렛을 만들 줄 알아. 돈도 좀 굴릴 줄 알고. 스케줄을 세울 수는 있지만 네 엄마나, 너나 혹은 거스처럼 될 수는 없어. 나는…… 특별하지 않아. 이 마법에 어떤 역할을 하는지 모르겠어."

"반은 아빠 유전자예요."

"그렇구나. 고맙다."

루시는 한 번도, 단 한 번도 음악이나 다른 쪽으로 가족과 동떨어진 게 얼마나 외로울지 생각해 본 적이 없었다.

"어떻게 생각하셨어요? 제가 프라하에서 그렇게 나갔을 때요. 정말로 어떻게 생각하셨어요?"

아빠가 달걀을 휘저으며 생크림을 부었다. 그러고 나서 그릇 가장자리에 묻은 생크림을 닦아 냈다.

"얘기해 주세요."

루시가 다시 말했다.

202

"나는 말이다, 그날 네가 무대에 오르는 걸 막았어야 한다고 생각해. 할머니에 대해 알게 되자마자 너한테 얘기를 해 줬어야 했고, 또 네가 원하는 게 무엇인지 결정할 권리가 있다고 생각해. 연주를 중단한 거나 피아노를 그만둔거나 모두."

"정말요?"

루시는 처음 듣는 얘기다.

"그렇게 말씀해 주실 수 있었잖아요."

"했어. 엄마한테 얘기를 했어."

"저한테 말해 주셨으면 좋았잖아요."

"그랬으면 좋았을걸."

루시는 아빠가 팬을 꺼내는 걸 지켜보았다.

"엄마한테 부탁하는 건 딱 하나, 저도 잘 모르겠지만 이게 제 인생이라는 걸 알아주셨음 하는 것뿐이에요. 아빠가 방금 말씀하셨듯이 제게 결정할 권리가 있다는 거요."

아빠가 한숨을 쉬었다.

"그래. 네가 원한다면 그만둘 권리가 있다고 생각해. 하지만 그만두지 않았으면 해. 엄마도 네가 그만두지 않길 바랐어. 엄마도 이게 네 인생이라는 걸 알고 있지만 네 선택에 실망했지. 그건 엄마의 권리야. 할아버지도 그렇고."

아빠가 오믈렛을 만드는 내내 루시는 아무 말도 하지 않았다. 어쩌면 엄마나 할아버지의 관점에서 보려 하지 않은 건지도 모르겠다는 생각이 들었다. 그래도 사과하고 싶지는 않았다. 자신이 프라하에서 저지른 일에 대해 후회하지 않고, 사과한다고 해서 바뀌는 건 아무것도 없다는 걸 알기 때문이다.

하지만 아빠 말씀도 옳다.

루시와 아빠는 대화 없이 오믈렛을 먹었다. 오믈렛을 다 먹고 나자 아빠가 다시 한번 말을 꺼냈다.

"엄마한테 전화하렴."

"아직 비행기에서 내리지도 않았을 텐데요."

"그럼, 음성 메시지라도 남기거라."

♪

"엄마. 죄송해요. 가시는데 엄마하고 할아버지한테 인사 드리지 않아서요. 비행이 불편하진 않았나 모르겠네요. 음…… 음식 냄새가 끝내줘요. 추수 감사절 잘 보내세요. 그럼 이만 끊을게요."

♪

레이나와 에비가 정오쯤 도착했고, 거스는 위를 하자면서 바로 에비를 데리고 갔다.

"이렇게 아주 착하고 순진해 보이는데."

복도에 둘만 남자 레이나가 루시에게 말했다.

"칼슨이 그러더라. 초콜릿 가게에서 처음 보는 해군한테 키스했다며?"

"볼에다 했어."

"모르는 사람의 볼이지."

루시는 주방으로 가는 레이나의 뒤를 따라갔다.

"뭐야. 화났어?"

"아니."

"화났네. 왜 그래?"

레이나가 몸을 돌렸다.

"단지…… 아빠가 바람피운 일을 다 듣고 나니까. 어쩌면 그렇게 시작된 거일지도 모르잖아. 어떤 여자가 몸에 딱 붙는 빨간 원피스를 빼입고 나타난 걸 보면서 예쁘다고 생각하는데 볼에 키스를 하면, 그다음은 자기 아내를 속이고 바람을 피우는지도 모르지."

루시가 웃음을 터트렸다.

"그건…… 그날 여자 친구한테 차였다고 했어. 그 해군 말이야."

"그랬구나."

레이나가 한숨을 쉬었다.

"미안. 내가 너무 앞서갔지. 하지만 칼슨 생각도 좀 해 줘. 걔 정말로 널 좋아하니까 칼슨한테는 장난치지 마."

"어떻게 나를 좋아할 수 있지?"

루시가 당황해서 물었다.

"'어떻게'라고 생각하니?"

루시가 칼슨에게 팔을 둘렀을 때 칼슨의 얼굴을 떠올렸다.

"칼슨이 그렇게 말했어?"

"말할 필요도 없어. 나도 눈이 있거든."

"하지만 칼슨은 자기가 누구를 좋아하는지 항상 떠들어 대잖아. 내 이름은 한 번도 거론된 적 없고."

"그냥 알아……. 그런 여자만 되지 말아 줘. 그것만 말하고 싶어."

레이나가 루시의 손을 잡아끌었다.

"이제 잊어버려. 마틴 아저씨 보러 가자."

레이나는 주방으로 가 마틴 아저씨에게 다가갔다. 오븐에서 맛있는 냄새가 진동했다. 마틴 아저씨가 레이나의 머리를 쓰다듬었다.

"머리카락이 참 멋지구나."

마틴 아저씨는 루시와 레이나에게 접시와 그릇을 놓고 식탁을 차리는 일을 도와 달라고 했다. 루시는 지난밤에 어떤 기분이었는지 떠올렸다. 살아 있다는 느낌이 들었다. 칼슨이든 누구든 상처 줄 생각은 없었고 단지 표현하고 싶었을 뿐인데. 정확하게 행복은 아니었고 오히려 무언가 끓어오르는 느낌이었다. 마치 뭐라도 하지 않으면, 폭발할 것 같은 느낌. 하프문베이에서 드라이브를 할 때처럼 말이다.

루시는 피아노를 포기한 뒤에 그런 기분을 풀 만한 게 아무것도 없었다는 걸 깨달았다.

그건 루시가 그렇게 만든 것이었다.

♪

현관 벨이 울리자 거스가 게임방에서 나와 쏜살같이 계단을 내려왔다.

"제가 열게요!"

루시, 레이나와 마틴 아저씨가 주방에서 나왔을 때 거스는 세 사람 옆을 빠르게 지나가서 문을 열었다. 윌 선생님과 아루나 아줌마가 거스를 보고 활짝 웃었다. 아루나 아줌마는 꽃무늬 블라우스를 멋지게 입고 화분을 들었는데 루시가 아는 어떤 사람도 할머니처럼 보이지 않게 소화하기 힘든 옷이었다. 아루나 아줌마가 화분을 마틴 아저씨에게 건넸다.

"로즈마리예요."

"그렇군요."

마틴 아저씨가 냄새를 맡았다.

"고맙습니다."

두 사람이 집 안으로 들어왔다. 그때 루시는 갑자기 아루나 아줌마가 껴안는 바람에 화들짝 놀랐다. 아줌마는 향수를 살짝 뿌렸는데 너무 진하지 않고 딱 적당했다. 윌 선생님이 손을 흔들어 인사를 하고는 레이나에게 악수를 청했다.

"안녕. 윌이라고 해요."

"레이나예요."

루시가 레이나를 가리켰다.

"절친이에요."

"그리고 절친의 여동생이에요."

레이나가 쭈뼛쭈뼛 다가오는 에비를 소개했다.

"반가워요."

거스는 윌 선생님을 어디론가 데려갔고 아루나 아줌마는 마틴 아저씨를 따라 주방으로 들어갔다. 아빠는 와인을 가지러 갔다.

복도에 레이나와 루시만 남게 되자 레이나가 물었다.

"저분이 인터넷으로 본 그 사람이야?"

"윌 선생님? 응."

"실제로 보니 더 잘생겼네."

루시가 어깨를 으쓱하자 레이나가 고개를 저었다.

"몰랐다는 거야?"

♪

한 시간 뒤에 마틴 아저씨까지 포함해 모두 식탁에 둘러앉았다.
아빠가 와인 병을 땄다.

"보졸레 누보*예요."

아빠가 말하더니 루시를 보았다.

"너한테 한 잔 주지 않으면 와인에 대한 모욕일 것 같구나. 딱 한
모금, 맛만 보거라."

루시는 1초의 망설임도 없이 바로 잔을 내밀면서 마틴 아저씨에
게 괜찮냐는 시선을 보냈다. 아저씨가 뭐 어떠냐는 몸짓을 했다.

"추수 감사절이잖니."

"저도 마셔도 돼요?"

레이나가 물었다.

---

*보졸레 누보 프랑스 동부의 보졸레 지방에서 나온 그해 첫 와인. 11월 세 번째 목요일에 발매된다.

208

"엄마한테 전화해서 허락을 받는다면야."

"아니, 괜찮아요."

아빠가 루시의 잔에 와인을 따랐다. 한 모금 맛보는 이상으로 가득 채웠다.

"건배 제의하겠니, 오리양? 보졸레 누보도 받았는데."

루시를 따라 모두 잔을 들었다. 이번 식사 자리가 지난번에 윌 선생님 부부가 왔을 때와 비교해서 백만 배는 더 편안하게 느껴졌다. 엄마와 할아버지를 위해 건배를 해야 했는지 모르지만, 루시는 두 사람이 전혀 그립지 않았다.

"할머니를 위해서."

마틴 아저씨가 잔을 루시의 잔에 부딪혔다.

"여기, 여기."

모두 한 모금씩 맛본 뒤 아루나 아줌마가 물었다.

"할머니에 대해 얘기해 줘요, 루시."

"할머니는……."

할머니는 작년 추수 감사절에는 여기 계셨어요. 파란색 옷을 입으셨고요. 절 사랑하셨죠.

루시는 목이 메여 제대로 목소리가 나오지 않는 걸 누군가 눈치채기를 바라며 마틴 아저씨를 쳐다보았다.

"죄송해요."

목소리가 갈라졌고 루시는 자신이 윌 선생님을 응시하고 있다는 걸 깨달았다. 선생님은 걱정스러운 표정으로 물컵을 루시 쪽으로 아주 살짝 기울였다.

마틴 아저씨와 아빠가 할머니에 대해 얘기하는 동안 루시는 와인을 홀짝거렸다. 와인이 몸에 따뜻하게 퍼졌다. 마틴 아저씨가 루시는 들어 본 적 없는 이야기를 두어 가지 했다. 그때 에비가 꼼지락대기 시작하고 거스가 디저트를 달라고 했다. 아루나 아줌마는 식탁을 치우는 걸 돕겠다면서 나머지 사람은 앉아 있으라고 했다. 아빠가 루시의 잔을 채우더니 와인을 한 병 더 가져오겠다고 일어났다.

식탁에는 윌 선생님과 루시, 레이나, 거스와 에비가 남았다. 레이나는 좀 어색해했다. 선생님이 물었다.

"특기가 뭐니?"

레이나가 어깨를 으쓱했다.

"특별한 건 없어요."

에비가 사랑스러운 목소리로 크게 말했다.

"우리 언니는 한 번도 쉬지 않고 백부터 거꾸로 셀 수 있어요."

"그거 대단한데."

윌 선생님이 말했다.

"네, 뭐. 잘난 체하고 싶지 않아서요."

아빠는 와인 병을 가지고 돌아와 5분 정도 오프너를 찾느라 소란을 떨었다. 거스가 아빠의 셔츠 주머니를 가리켰다. 마틴 아저씨가 디저트를 내왔다. 초콜릿 피칸파이, 호박파이, 과일과 치즈, 그리고 아이스크림이었다. 세 번은 더 주방을 들락날락했다.

"이건 완전 채식주의자용이에요."

마틴 아저씨가 호박파이를 가리켰다.

"고맙습니다."

윌 선생님이 대답했다.

"맛있어 보이네요."

식탁에 디저트가 차려지는 동안 루시는 거스가 존경하는 눈빛으로 윌 선생님을 보는 걸 발견했다. 눈이 반짝거렸다. 어떤 노력이나 극적인 사건도 없이 윌 선생님이 이렇게까지 어울리는 건 벡-모로 집안에는 거의 기적 같은 일이다. 거스에게 선생님으로서 완벽하다. 루시에게는 친구로서 따뜻하다. 또한 마틴 아저씨를 고용인으로 대하지도 않는다. 아빠한테 아부를 떨지도 않는다. 와인이 루시의 입안에 기분 좋게 감돌자 감성적으로 변했다. 루시는 선생님이 호박파이를 먹으면서 에비에게 윙크하는 모습을 보았다.

정말 완벽한 사람이다.

♪

레이나와 에비는 일곱 시쯤에 떠났다.

"이제 우린 디저트를 두 번 더 먹어야 해."

레이나가 말했다.

"한 번은 아빠랑 고모 집에서, 또 한 번은 엄마랑 우리 집에서."

"아가씨들."

아빠는 눈이 풀려 있었다.

"오늘 와 줘서 무척 기쁘단다."

아빠는 유럽식으로 레이나와 에비의 양 볼에 키스를 했다. 보졸레 누보 덕에 프랑스식 인사가 나왔다.

루시도 몸이 노곤했다. 온몸에 와인이 돌아다니는 느낌이었다. 살짝 어지러웠지만 레이나를 한참 안고 있다 목에 진하게 키스했다.

"최고로 멋진 친구야."

루시가 중얼거렸다.

"그래, 나도 알아."

레이나가 살짝 루시를 밀었다.

"둘 다 반가웠어."

윌 선생님이 말했다.

레이나와 에비가 간 뒤 다들 어색하게 현관 쪽을 배회하다 자연스레 피아노실로 향했다. 사실, 루시가 이끌고 간 것이었다.

"마저 치워야겠어요."

마틴 아저씨가 주방으로 사라진 뒤, 거스는 갑자기 걸음을 멈췄다.

"피아노 치기 싫어요."

그동안 그런 말을 한 적이 없었다.

"가자."

루시가 거스의 어깨를 슬쩍 찔렀다가 이내 후회했다. 거스에게 피아노를 치라고 부추긴 것 역시 처음이었다.

"오늘은 쉬는 날이라고."

할아버지와 엄마가 집에 안 계시니 거스가 자신의 진짜 모습을 보인 것 같았다. 어쩌면 오랜 시간 자신의 진짜 모습을 숨기고 있었는지도 모른다.

'설마.'

루시는 생각했다.

'그랬다면 알았을 거야.'

루시는 윌 선생님을 바라보았다.

"그럼, 쉬는 날 맞지."

아빠는 이미 할아버지의 안락의자에 푹 파묻혀 있었다.

"원하는 대로 해, 거스."

"위 테니스 게임하면 안 돼요?"

거스가 윌 선생님에게 묻자 선생님이 끙 하면서 배를 두드렸다.

"도저히 못 하겠어. 움직일 필요 없는 다른 뭔가를 하는 거 어때,
체스 같은 거나……."

거스가 인상을 쓰는 걸 보고 루시는 미소 지었다. 아마 에비와 반
나절 동안 함께 있어서, 혹은 다른 이유인지는 모르지만 거스가 보
통의 열 살짜리처럼 멋대로 굴어서 루시는 그게 반가웠다. 거스가
아빠에게 물었다.

"텔레비전 봐도 돼요?"

"물론이지."

아루나 아줌마가 거스의 어깨에 손을 살짝 올렸다.

"그거 좋은 생각이네. 같이 갈까?"

거스가 함박웃음을 지으면서 나간 뒤 피아노실에는 루시와 아빠,
그리고 윌 선생님만 남게 되어 더 이상 그곳에 있을 이유가 없었다.

"할머니라면 선생님을 좋아하셨을 거예요."

루시가 털어놓았다.

"그렇죠? 아빠?"

"아, 그럼, 그렇고말고. 그리고 선생은."

아빠가 윌 선생님을 가리켰다.

"선생은 아마 장모님을 좋아하셨을 게요. 정말 매력적인 분이었
죠. 루시가 장모님의 매력을 물려받았어요."

루시가 몸을 살짝 돌려 아빠 쪽을 향했다.

"제가요?"

"제 생각엔 루시는 좀 앉아야 할 것 같네요."

윌 선생님이 말했다.

선생님 말이 맞았다.

루시가 어깨 너머로 보니 아빠는 와인 잔을 손에 꼭 쥔 채 고개를
푹 숙이고 있었다. 윌 선생님은 책꽂이로 가서 특별한 것이라도 찾
듯이 열심히 살펴보았다.

루시는 피아노 의자에 앉아서 건반을 건드려 보았다. 건반은 부드
러웠다. 마치 루시를 기다린 것 같았다.

루시는 눈을 감았다.

거스가 연습하던 바흐의 리체르카레의 한 부분으로 시작했다. 루
시는 더듬거렸다. 눈을 감고 다시 쳐 보았지만 거의 반은 틀렸다. 그
러다 점차 안정되어 갔다. 음악이 느껴졌다.

점점 더 나아졌다.

루시의 손가락이 부드러워지기 시작했지만 연주자의 솜씨라기에
는 모자랐다. 루시는 잘 칠 수 있을 거라고 기대하지는 않았다. 그렇
게 될 리가 없었다. 네 재능을 무시한다면, 그건 점점 사라지다 없어
질 거야. 네가 자격이 없기 때문이지. 한때 할아버지가 말씀하셨다.

연주를 하면서 루시는 깨달았다. 아무것도 사라지거나 없어지지
않았다. 잠시 쉬고 있었을 뿐이었다.

루시의 가슴은 여전히 음악이 시키는 것을 이해했다.

루시의 피는 와인과 따뜻한 삶으로 가득했다.

루시는 반쯤 연주하자 더 이상 생각이 나지 않아서 바흐를 포기
하고 생상스의 백조를 연주하기 시작했다. 이 곡은 좀 더 쉬워서 예
전처럼 루시의 몸이 박자에 맞추어 앞뒤로 움직였고 팔은 무용수처
럼 가볍게 움직였다.

이어서 루시는 미국의 재즈 연주자인 듀크 앨링턴*의 작품이지만
제목이 기억나지 않는 곡을 시작했다.

"……입맞춤으로 내 기억을 깨우네."

갑자기 아빠가 루시의 바로 뒤에서 노래를 시작했다. 순간 루시는
자신이 혼자가 아니었다는 걸 깨달았다.

좋은 꿈을 꾸고 있는데 마치 누군가 갑자기 환한 빛을 비춰 깨우
는 것 같았다.

루시는 피아노에서 손가락을 확 거두었다.

---

*듀크 앨링턴 미국의 유명한 재즈 피아니스트.

"아니, 아니야. 계속 연주해 주렴."

아빠가 루시에게 기대면서 말했다.

"부탁이야."

아빠가 루시의 손을 다시 건반 위에 올렸다. 건반 소리가 방 안에 퍼졌다.

"아빠, 하지 마세요."

루시가 갑자기 일어섰다. 방이 빙빙 돌면서 속이 안 좋았다. 루시는 다시 앉아서 피아노 뚜껑을 덮었다. 여기야말로 머리를 식히기에 적당하겠다고 루시는 생각했다. 그리고 정말로 머리를 대었더니 오래된 나무가 시원하게 느껴졌다.

내가 무슨 짓을 한 거지? 루시는 다시 연주하고 싶었지만 이렇게는 아니다. 이렇게 공개적으로는 아니다. 루시와 음악, 오직 둘만이 존재해야 한다.

다른 손 하나가 가볍게 루시의 어깨를 건드렸다.

"괜찮니?"

월 선생님이었다.

"바로 앉아 봐, 루시."

선생님이 어깨를 받쳐 주었다.

"좀 걸어 보자."

선생님의 목소리는 무척 부드러웠다.

"걷고 싶지 않아요. 어지러워요."

"나도 알아."

루시는 선생님의 부축을 받아 일어섰다. 몇 초간 멍하니 있다가 정신을 차리고 방 안을 걸었다. 선생님이 계속 옆에 있어 주었다.

"아빠는 어디 계세요?"

"화장실에. 잠시 거기 계실 것 같구나."

선생님이 루시의 팔을 잡았다.

"그래서 말인데, 비어 있는 화장실이 혹시 필요하니? 가끔은 그게 낫단다. 알지? 토하는 거 말이야."

루시는 고개를 저었다. 일어나 있는 게 도움이 되었다.

둘은 방 안을 한 바퀴 더 걸었고 루시는 마치 제인 오스틴의 소설 같다고 농담을 했다. 그때 월 선생님이 루시가 괜찮아 보인다면서 원한다면 얘기를 더 할 수 있다고 했다.

두 사람은 의자에 앉았다. 월 선생님이 안경을 벗어 머리 위에 올렸다. 안경이 없으니 선생님의 짝눈이 좀 더 대칭으로 보였다. 선생님이 웃었다.

"어쨌든 놀랍구나. 기분이 어때?"

루시는 그제야 웃었다.

"좋아요."

"그렇게 보여."

"그래요?"

월 선생님이 고개를 끄덕였다.

"물론 엉망이었지. 하지만 거의 1년을 쉰 사람치고는……."

"8개월이에요."

루시가 정정했다.

"누가 세고 있겠어?"

"세고 있던 건 아니에요."

"정말로 루시, 와, 생상스라……. 그 곡에게 오래된 친구라고 인사해도 되겠어."

'꼭 기억하세요.'

루시가 마음속으로 말했다.

찰스 선생님의 수업은 즐거웠지만 음악을 하면서 느껴지는 것에 비하면 단지 그림자에 불과했다.

그리웠다. 알고 있었다.

루시는 얼굴을 손으로 감쌌다. 감정이 북받쳤다.

"루시. 괜찮니?"

"네. 단지."

루시가 얼굴을 들었다.

"잊고 있었어요. 어떤 느낌인지를."

"이해해."

"아뇨. 내 자신이 되는 거 말이에요."

윌 선생님이 피아노 건반을 누르듯이 루시의 어깨를 살짝 건드렸다. 루시는 잠시 동안 선생님에게 기댔다. 선생님에게서 상쾌하고 좋은 냄새가 났다. 호박파이 냄새 같기도 했다. 몸을 일으키면서 루시가 말했다.

"아빠한테 이런 모습을 보이다니 믿을 수가 없어요."

"거의 기억 못 하실 거야."

"아녜요. 기억하실 거예요."

루시는 약간 어지러워서 눈을 감았다.

"이제 어쩌죠?"

"네가 쓰러질 것 같지 않을 때 얘기하자꾸나."

그때 거스와 아루나 아줌마의 목소리가 복도에서 들렸다. 월 선생님이 일어나서 문 쪽으로 아내를 맞으러 나갔다. 둘은 키스를 나누었고 아루나 아줌마가 말했다.

"조금 전에 당신 연주 들었어. 멋지던걸."

두 사람은 월 선생님이 연주한 거라고 생각했다. 그리고 선생님이 바로 맞장구쳤다.

"고마워. 심심풀이로 쳐 봤는데."

루시는 선생님의 뒷모습을 보면서 생각했다.

'선생님은 내 편이야.'

19

다음 날 잠에서 깨어나는 건 전혀 유쾌하지 않았다.

열이 나는 것처럼 눈 주변부터 두통이 밀려왔다. 침대에 누워 있는 것도 불편했고, 일어나 앉아도 불편했다. 화장실로 가려다 발에 무언가 걸려 넘어질 뻔했다. 거스였다.

"악!"

거스가 아침이라 갈라지는 목소리로 소리쳤다.

"내 다리 밟았잖아."

"그러니까, 네 다리가 여기서 뭘 하는 거니?"

루시가 거스의 다리를 살짝 찼다.

"누나 방에서 자도 된다고 했잖아."

"내가?"

"그래."

"흠."

루시는 화장실로 가서 케이스 안에 교정기가 없는 걸 발견했지만 어디다 두었는지 도통 기억이 나지 않았다. 고약한 냄새가 나는 입 안에는 없었다. 루시는 양치질을 하고 수건을 차가운 물에 적셨다. 거스에게 자기 방에서 자도 좋다고 한 부분은 기억이 나지 않았지만 다른 건 모두 기억났다. 피아노실, 월 선생님, 아빠가 창백한 얼굴을 하고 눈가가 젖은 채로 화장실에서 뛰어나와서 했던 말도.

"마음이 부서지는 것 같구나."

그러면서 아빠는 손으로 뭔가를 두 조각내는 시늉을 했다.

루시는 거스 옆에 팔다리를 쭉 뻗고 누워서 차가운 물수건을 눈 위에 올리고 꾹 눌렀다. 거스가 몸을 돌려 등을 바닥에 대느라 침낭 에서 쉭 소리가 났다.

"내 베개 같이 쓸래?"

루시는 거스 가까이로 몸을 움직였다. 거스의 머리와 부딪혔다. 잠시 동안 아무 말도 없다가 거스가 불쑥 입을 열었다.

"술꾼처럼 굴지 말아 줘."

'세상에, 내가 그렇게 끔찍했나?'

루시가 농담을 했다.

"다시는 말이니? 내 남은 인생 내내?"

"월 선생님은 안 그래. 누나도 안 그래도 돼. 모든 사람이 그럴 필 요는 없으니까."

"추수 감사절이었잖아."

"그래서?"

차가운 수건으로 눈을 덮은 채, 루시는 침낭을 더듬어 거스의 손을 잡았다.

"네 말이 맞아. 하지만 아빠가 그렇게 만들었어. 너도 봤잖아."

거스는 맞장구치지 않았다. 거스가 일어나서 앉는 게 느껴졌다. 루시는 수건을 떼고 거스를 바라보았다. 침낭이 허리춤에 돌돌 말려 있고 곱슬머리는 사방으로 뻗었다.

"아빠는 그렇게 만들 수 없어. 다른 어느 누구도 내가 뭘 하게 만들 수는 없다고 한 말 기억 안 나? 누나가 연주하게 만들 수 없다고 한 거 말이야."

루시가 했던 말을 빌어 공격하고 있긴 하지만, 루시는 6개월 전에 루시가 누나로서의 책임을 느끼고 피아노에 대해 스스로 선택할 권리가 있다고 말했던 걸 거스가 기억하고 있어서 기분이 좋았다.

"네 말이 맞아."

루시가 다시 말했다.

"내가 선택했어. 근데 지금의 상태를 보건데, 다시는 선택하지 않을 것 같아."

루시가 거스의 손을 꽉 쥐자, 거스가 침낭에서 손을 빼 루시의 손을 만졌다.

"미안, 거스. 용서해 줄래?"

"좋아."

거스가 물수건을 루시의 눈 위에 다시 올렸다.

♪

마틴 아저씨가 부엌을 물기 하나 없이 깨끗하게 정리해서 마치 추수 감사절은 없었던 일 같았다. 아저씨는 식탁에 앉아서 글을 쓰고 있었는데, 편지처럼 보였다. 루시가 들어오자 손을 들어 인사를 하더니 커피메이커를 켰다.

"아저씨가 종일 계시니까 좋아요."

루시가 머그잔을 가져왔다.

"그냥 이사 오시면 좋겠어요. 엄마랑 아빠는 아침에 커피를 절대 남겨 주지 않으시거든요."

"기분은 어떠니?"

"좋아요."

"정말?"

마틴 아저씨는 펜을 내려놓더니 커피에 크림을 붓는 루시를 바라보았다.

루시는 크림 병을 냉장고에 넣으려고 문을 열고는 말했다.

"진짜 대단해요."

어제저녁에 먹고 남은 것들이 네모난 유리그릇에 담긴 채 라벨까지 붙여져 차곡차곡 정리되어 있었다.

"이거 하시느라 밤 새우신 거 아녜요?"

"벌써 정오가 지났어. 그리고 말 돌리지 말고."

"다들 어디 갔어요?"

아침에 거스와 얘기를 나눈 뒤에 루시는 그대로 다시 잠들었다. 바닥에서 깨어 보니 물수건은 옆으로 떨어져서 베개가 젖어 있었고 거스는 보이지 않았다.

"괜찮아요. 머리는 약간 아프지만요. 근데 이 커피 정말 좋네요."

"모로 씨는 거스를 데리고 영화 보러 가셨어. 무슨 영웅이 등장하는 영화라더구나. 좀 앉아라. 칠면조 샌드위치라도 만들어 줄게."

듣던 중 반가운 소리였다. 루시는 다시 먹고 싶었고, 많이 먹고 싶었다.

"제가 할게요."

"내가 더 잘한단다. 게다가 어지르지도 않고."

커피를 마시는 루시 앞에서 마틴 아저씨는 샌드위치의 진수를 보여 주었다. 호밀빵 위에 칠면조 고기를 올리고 마요네즈를 바른 뒤, 소금과 후추를 치고 크랜베리 소스를 약간 뿌렸다.

"잘 먹겠습니다."

마틴 아저씨가 피칸파이를 한 조각 꺼내더니 커피를 조금 따르고 자리에 다시 앉았다. 그러고는 안경을 벗어서 글을 쓰던 노트 위에 올리고 루시를 바라보았다.

"왜요?"

루시는 불편했다.

"어젯밤 네가 치는 소리 들었어."

아저씨가 말했다.

"피아노 말이야."

"윌 선생님이었어요."

루시가 반사적으로 대답했다.

마틴 아저씨가 고개를 젓더니 웃었다.

"너였어, 루시. 네 연주를 못 알아챌 거라 생각하니? 네가 평생 동안 연주하는 걸 들어온 내가?"

루시는 샌드위치를 한입 베어 꿀꺽 삼키고는 한입 더 베어 물었지만 맛을 전혀 느낄 수 없었다.

"그냥…… 기분이 정말 좋았어요."

"그럼 딱 한 번 추수 감사절의 연주였고, 진짜 이걸로 마지막이라는 거니?"

루시는 마틴 아저씨가 냅킨으로 쓰라고 준 키친타월의 모퉁이를 접었다. 접고 또 접어서 아코디언처럼 만들었다.

"말하지 마세요."

루시가 입을 열었다.

"엄마나 할아버지한테요. 아무것도 바꾸고 싶지 않아요."

"바꾸고 싶지 않다고? 너는 이대로 만족하니?"

루시는 입맛을 잃었지만 빵을 조금 뜯어서 입속에 넣었다.

"아뇨. 그런 말이 아니에요."

"네 엄마는, 심지어 할아버지도 그들의 방식으로 네가 행복하길 바라셔."

"아뇨, 아니에요."

루시가 날카롭게 힘주어 말했다.

"루시."

"두 분은 제가 성공하거나 적어도 남들 앞에서 당황스럽게 만들지 않기만 바랄 뿐이에요. 제 행복 따위는 안중에도 없다고요."

루시는 일어나서 남은 샌드위치를 마틴 아저씨가 좋아하는 방식으로 포장하기 시작했다. 꽉 싸서 완전히 밀봉하는 거다.

"그렇게 느끼는 건 이해해. 하지만 내 말을 믿어. 너보다 내가 그분들을 더 오래 알아 왔어."

냉장고에는 먹다 남은 반쪽짜리 샌드위치가 들어갈 공간조차 없었다.

"아저씨는 그분들의 딸이 아니잖아요."

루시는 절망스러웠다.

"이거 어디다 둘까요?"

마틴 아저씨가 다가오더니 루시의 손에서 샌드위치를 받아서 문 수납함에 딱 들어맞는 자리를 만들었다.

"부탁이에요."

냉장고 문을 닫자마자 루시가 간청하면서 아저씨의 팔을 잡았다.

"어젯밤에 있었던 일은, 그러니까……."

루시는 적절한 말을 찾았다.

"비밀이에요."

"이해하기 어렵구나."

"제가 그만뒀을 때는 이해해 주셨잖아요."

"할머니와 관련된 일에 대해 네가 반항하는 걸 이해했지. 이렇게 오랜 시간 동안 고집을 부릴 줄은 생각도 못했어. 네가 무슨 말을 하는지 잘 안다. 하지만 계속 밀어붙일 필요는 없어."

"할아버지는……."

"나 참, 그 생각은 그만하렴. 그분은 신이 아니야, 본인은 그렇게 생각할지 몰라도. 너나 네 엄마의 삶을, 두 사람이 생각하는 것처럼 좌지우지할 수 없어."

루시가 마틴 아저씨의 팔을 놓아주었다.

"요리나 청소, 남은 음식을 정리하는 재주가 뛰어난 사람으로서 말하는데."

마틴 아저씨가 말을 이었다.

"그렇게 아름다운 음악을 연주할 수 있는 사람이 왜 그만두려 하는지 도대체 이해할 수 없구나."

루시는 그런 재능을 가진 게, 그걸 재능이나 재주나 뭐라고 부르던 간에, 아저씨가 생각하는 것과 다르다고 말하고 싶었다. 자신이 원하는지 아닌지도 알지 못한 채 기대에 부응해야 한다는 부담감 속에서 살았다는 걸.

하지만 그런 말은 해 봤자 소용없다는 걸 안다.

"피아노를 다시 칠까 생각 중이에요."

루시가 고백했다.

"아직은 단지 생각 중이에요. 어떻게 될지 잘 모르겠어요. 그러니까 비밀을 지켜 주세요. 거스한테도요. 네? 제가 마음의 준비를 할 때까지요."

마틴 아저씨의 얼굴에 미소가 번졌다.

"생각 중이라고요."

루시가 다시 강조했다.

"시간이 필요해요. 생각을 정리할 시간이요."

시간과 도움.

"좋아, 루시. 우리끼리의 비밀로 하자꾸나."

마틴은 루시의 어깨를 잡고 한 걸음 뒤로 물러나서 뿌듯한 표정을 지었다.

"할머니가 기뻐하실 거야."

♪

집에는 마틴 아저씨와 루시뿐이었다. 루시는 주방을 나왔다. 발이 제멋대로 피아노실로 이끌었다. 피아노 뚜껑은 어젯밤에 루시가 닫아 둔 그대로였다. 뚜껑을 열고 숨을 크게 들이쉬었다.

어제 연주할 때는 잠시 꿈을 꾸는 것 같았다. 맛있는 식사와 보졸레 누보, 그리고 할아버지가 지구 반대편에 있으니 자유라는 생각에 거의 제정신이 아니었다. 주변 소리도 들리지 않고 까마득하게 느껴져 그냥 벌어진 일이다.

이번에는 와인에 취하지도 않았다.

대신 루시를 자극하는 건 집이라는 익숙함이다.

그 익숙함 때문에 루시는 입가에 미소를 지었다.

이번이 진짜다.

루시의 손가락 아래 건반과 의자가 자신에게 저항하는 것처럼 느껴졌다. 루시는 온몸에 전율을 느끼면서 장애물을 뛰어넘는 자신을 상상했다.

좋아, 크리스토프. 한번 해 보자. 그레이스 선생님에 대한 기억이 있고, 템니코바 선생님의 영혼이 깃들어 있어서 모두 루시가 제대로 시작할 수 있게 도와주었다.

연습곡인 아르페지오로 시작했다. 손가락은 여전히 잘 움직였다. 루시는 잠시 쉬는 부분인 인터벌까지 머뭇거리지 않고 계속 쳤다. 몇 분간 집중하다 보니 손가락이 헤매는 것을 깨닫고 잠시 등을 펴고 쉬다가 다시 쳤다. 충분히 손가락을 풀었다고 생각되었을 때 루시는 거스의 악보를 뒤져서 별로 쳐 본 적 없는 쇼팽의 왈츠를 시도했다.

악보 보는 실력은 그대로였다. 두어 줄을 치고 나니 악보에서 눈으로 본 것이 머리에 바로 들어와서 손가락을 움직이는 데 문제없었다. 손가락이 금세 음악을 기억하고, 연주할수록 생각할 필요가 더 없어졌다.

생각할 필요도 없다는 건…… 근사하다. 이걸 잊고 있었다. 어떻게 머릿속에서 떠돌아다니는 모든 생각을 잠재우는지.

쇼팽 연주를 마치고 나서 루시는 목을 몇 번 돌려 풀어 준 다음 자리에서 일어났다. 거스와 아빠가 영화관에서 돌아오기 전에 피아노실에서 나갈 생각이었다. 루시는 피아노 뚜껑을 덮고 거스의 악보를 있던 곳에 다시 둔 뒤, 의자를 피아노 아래에 밀어 넣었다. 그리고 방에서 나와 등 뒤로 문을 닫았다.

♪

루시는 앨리스 먼로에 대한 리포트를 쓰려고 했지만 기분이 지나치게 들떠서 진정할 필요가 있었다. 레이나에게 문자를 보냈다.

두 번째랑 세 번째 디저트는 어땠어?

끔찍했지.

안됐다. 난 그놈의 와인 때문에 두통이 와서 죽을 맛이야. 우리 아빠 때문에 당황했다면 미안해.

한참 후에야 레이나가 답장을 보냈다.

완벽하지는 않지만, 너는 좋은 가족을 가졌어. 나중에 얘기하자.

레이나가 기분이 좋지 않다는 걸 루시는 눈치챘다. 레이나는 할 수 있지만 하고 싶지 않을 때에만 '나중에 얘기하자'라고 한다.

얘기하고 싶을 때 전화해.

레이나는 답문을 보내지 않았다. 하지만 루시는 혹시나 못 들을까 봐 걱정이 되어 휴대폰을 여러 번 확인하다가 결국 무음으로 바꿔 베개 밑에 넣고 리포트에 집중했다. 머리가 다시 아파 오는데 아침보다 훨씬 더 심했다. 아침의 두통이 '음식과 커피가 필요해'였다면 이번 건 '누워야 해'였다.

루시는 먼로에 대해 검색을 하고 몇 문장을 적었다. 오늘은 숙제의 날로 정했다. 토요일까지 리포트 초안을 완성하고, 일요일에는 역사책을 읽고, 미적분 공부는 가능한 뒤로 미룰 생각이다.

먼로 리포트를 덮은 뒤, 루시는 휴대폰을 확인하다가 먼지 묻은 교정기가 떨어져 있는 걸 발견했다. 교정기를 챙겨 두고 어질러진 침대 속에 들어가서 발을 따뜻하게 담요로 감싼 뒤, 윌 선생님에게 문자를 보냈다.

안녕하세요. 통화할 수 있어요? 아님 나중에 할까요?

답문이 오지 않았고, 오지 않았고, 아직도 오지 않았다. 오늘은 모두들 내 문자를 무시하는 날이람? 루시는 다시 뭔가 먹어야 할 시간이라 생각하고 휴대폰을 손에 든 채 몸을 일으켰다. 아래층으로 내려가는 중에 문자가 왔다. 엄마였다.

음성 메시지 확인했어. 비행은 끔찍했고 할 일이 태산이네.
할아버지가 지치셨어. 나중에 전화할게.

따지자면 '추수 감사절 너도 잘 보내' 같은 답은 아니었지만 그래도 의미는 있었다.

♪

　루시가 아까 먹다 남긴 샌드위치와 파이를 들고 주방에서 나오는데 때마침 거스와 아빠가 집에 들어왔다. 아침까지 누나의 눈 위에 차가운 물수건을 올려 주던 사려 깊은 남동생은 이제 열 살짜리 아이로 돌아왔다. 어젯밤만큼이나 짜증스러운 아이로 말이다. 거스는 영화에서 본 전투 장면을 따라하는 듯 루시의 옆구리를 향해 돌려차기를 하고 손으로 목을 내리치는 시늉을 했다.

　"하지 마!"

　루시는 거스를 밀쳤는데 생각보다 세게 밀었다.

　"파이 떨어뜨릴 뻔했잖아."

　아빠는 휴대폰을 귀에 대고 있었다. 음성 메시지를 확인하는 것 같았다. 거스는 여전히 루시 주변을 빙빙 돌면서 역시나 영화에서 본 것 같은 이상한 말을 중얼거렸다.

　"연습해야 하는 거 아냐, 거스?"

　루시가 계단을 올라가면서 말했다. 그저 거스를 좀 떼어 버리려고 한 말인데 루시 스스로 지레 움찔했다. 루시가 엄마한테 그만 좀 하라던 바로 그 말이다.

　"싫음 말고."

　루시가 말하며 돌아보니 거스가 아래쪽에서 난간을 잡고 올려다보고 있었다.

　"할 거야."

　거스가 발끈했다.

"아니야. 안 해도 돼."

"누나 말이 맞아."

아빠는 휴대폰을 주머니에 넣었다.

"한 시간 정도는 연습을 하렴. 알았지? 흐름을 잃지 않게. 페스티벌이……."

"3주 남았죠. 알아요."

"하루 더 쉰다고 세상이 끝나는 건 아니에요, 아빠."

루시가 말했다.

"연습을 너무 많이 하는 건 하지 않느니만 못해요."

"거스한테 방금 연습하라고 한 사람은 너잖니!"

거스가 아빠를 보고 다시 루시를 보더니 피아노실로 휙 들어가 버렸다.

루시는 아빠한테 약간 미안한 기분을 느끼며 난간에 기대서 있었다. 아빠 입장에서는, 잘나가는 음악가가 자신의 내면이 아니라 악보에 매달려 사는 기분을 알 수 없을 터다.

"아빠."

아빠가 올려다보았다.

"거스가 연습할 동안 옆에 계셔 주세요."

"그래야 하니?"

"거스를 감시하거나 뭐 그런 게 아니라요. 책을 가져가세요. 아니면 노트북이나 어떤 것이라도요. 그냥…… 함께 있어 주세요. 가끔은 굉장히 외롭거든요."

곡을 쉴 새 없이 반복해서 연습하면서 청중과 비평가를 떠올린다. 잘하고 있는 건지 알지 못한 채.

"제 말을 믿으세요."

아빠가 고개를 끄덕였다.

"믿으마."

♪

루시가 침대에 앉아 간식을 먹고 있는데 월 선생님에게 전화가 왔다. 전화벨이 두 번 울리고 다시 울리기 시작할 때 전화를 받았다.

"여보세요."

"안녕."

한 번도 통화를 한 적 없는 두 사람 사이에 어색한 침묵이 감돌았다. 그러고는 동시에 입을 열었다.

"잘 지냈니?"

"잘 지내셨어요?"

"네가 먼저 말해 봐. 기분이 어떠니?"

"아침에 일어났더니 머리가 깨질 것 같았어요. 그래서 늦잠을 잤고 거스한테 음주에 대해 설교를 들었죠. 지금은 좀 나아졌어요. 파이를 먹는 중이에요."

"하하, 어제 집으로 돌아오는 내내 마틴 씨의 요리 솜씨에 대해 이야기했단다. 하지만 내가 뭘 묻는지 알 텐데. 피로 시작해서 노로 끝나는 것 말이야."

"아, 그거요. 음…… 오늘 다시 쳤어요. 쇼팽이오. 거스하고 아빠가 외출한 동안에요."

"그래서?"

"근사했어요."

루시는 침대에 기대어 쿠션에 손을 올렸다.

"피아노를 치는 동안 다른 모든 게 사라지는 그 기분 아시죠?"

"알지. 이제는 잘 못 느끼지만."

"왜요?"

잠시 침묵이 흘렀다.

"모르겠어. 아마 나이가 들어서인 것도 같아. 그래서 나는 어린 연주자와 일하는 걸 좋아하지. 그렇게 보면 넌 아직도 한참 파릇파릇한 거야."

"그렇지 않았어요. 프라하에 가기 전 몇 년 동안은요. 저는 마치…… 피아노 좀비 같았거든요."

"아무도 눈치 못 챈 것 같던데."

"전 그랬어요. 근데 어젯밤과 오늘은 정말 다르게 느껴졌어요."

"그 말을 들으니 기쁘구나, 루시."

"저도요."

그렇게 말하니 루시는 무척 기분이 좋았다.

루시는 잠자코 선생님이 말하길 기다렸다.

"이제는 어쩔 거니?"

"선생님이 좀 알려 주세요."

"글쎄. 이제 앞으로 어떻게 할지 다른 사람이 정하도록 하지 않겠다는 거 아니었어?"

"아, 그렇죠."

"이렇게 해 봐. 나는 가끔 내가 뭘 원하는지 알 수 없을 때면, 내가 원하지 않는 걸 지운 다음 남는 게 뭔지 본단다."

듣고 보니 그럴싸했다. 루시는 침대에 똑바로 일어나 앉았다.

"경쟁하기 싫은 건 확실해요."

루시는 엄마가 연주를 들으면서 손톱을 물어뜯고 걱정 어린 질문을 퍼붓는 게 싫었다. 할아버지가 등수에 집착하면서 계속 연주하라고, 콩쿠르에 나가라고, 음반을 녹음하고 명성을 쌓으라고 떠미는 게 싫었다. 콩쿠르 심사위원이, 그들 대부분이 주름투성이 얼굴에 인상을 쓰면서 루시의 연주에 대해 흠만 잡으려 드는 게 싫었다.

"연주하는 건 어때?"

선생님이 물었다.

"잘 모르겠어요."

루시가 대답했다.

"어떻게 보면 그게 가장 중요하잖아, 그렇지? 네 열정을 나누는 것, 연주를 완성하는 것 말이야."

선생님의 목소리가 마치 흑인 영가인 쿰바야 같이 들렸지만 사실 할아버지가 작품을 해석하는 것과 다르지 않았다. 누구를 위해 곡을 해석하지? 네 자신만을 위해서? 아니. 모든 위대한 작곡가는 청중이 들으라고 곡을 만든단다. 음악가나 연주자는 작곡가의 머리와 청중의 귀 사이에 다리 역할을 하는 거야.

"네."

루시가 동의했다.

"음악 학교는 생각해 봤니?"

선생님이 물었다.

"대학 같은 거요? 음악 대학요?"

루시도 한때 그걸 고려한 적은 있다. 하지만 그건 아마추어가 하루아침에 프로가 되는 것과 같은 일이다.

"그래. 아니면 당장은 아카데미나."

"아, 벡-모로 집안사람은 아카데미에 안 가요. 할아버지 눈에 흙이 들어가지 않는 한 그래요. 할아버지가 정말 그렇게 말씀하신 적도 있어요."

"결국은 할아버지를 그만 원망하고 네가 원하는 걸 밀고 나가야 해. 할아버지의 허락은 절대 받을 수 없다는 걸 인정해."

선생님이 말했다.

"인생 선배인 내 말을 믿으렴. 나 역시 그런 싸움을 겪었고 패배했어. 그 싸움에서 물러나 버렸지."

그때 누군가 방문을 두드렸다.

"그만 끊어야겠어요. 제 말은…… 고맙습니다. 생각해 볼게요."

"남은 시간 잘 보내고. 월요일에 가니, 필요하면 그때 얘기하자."

"선생님은 요즘에 항상 여기 계시는 것 같아요."

루시가 불평할 일은 아니다.

"네 어머니가 추가 레슨을 부탁하셨어. 할아버지가 시키셨다고."

"이제 아시겠죠?"

선생님이 웃었다.

"그래, 그러네."

두 사람은 인사를 나누고 전화를 끊었다. 루시가 문을 열자 아빠가 계단 끝에 팔짱을 끼고 서 있었다. 루시는 잠시 자신이 무슨 잘못을 저질렀나 걱정을 했다. 그때 아빠가 말했다.

"엄마와 방금 통화했어. 네가 연락을 했다며. 고맙구나."

"엄마가 저랑은 말하기 싫다고 하세요?"

"거스를 바꿔 달라고도 안 했어. 거기 일이 골치가 아프대. 통화 상태도 좋지 않고."

루시는 어깨를 으쓱하곤 신경 쓰지 않으려 애썼다.

"이번 주말에 아빠랑 하고 싶은 거라도 있니? 거스는 나랑 영화를 보러 갔었고. 지금은 너한테 시간을 내줄 수 있는데, 꽥꽥아."

루시가 별명을 듣고 씩 웃었다.

"오리양이 훨씬 나은 거 아시죠."

늘 그렇듯이 아빠의 타이밍은 최악이다. 지금 루시가 하고 싶은 건 단지 가만히 앉아서 윌 선생님이 말한 걸 생각해 보는 거다.

"숙제가 엄청 많아요. 게다가 숙취도 있고요."

루시가 덧붙여 말하며 아빠의 어깨를 애교 부리듯 살짝 밀었다.

아빠가 항복한다는 듯이 손을 들었다.

"내 잘못인 거 인정해. 이제 나가마. 좋은 꿈꾸렴."

아빠가 한 발짝 다가와서 루시에게 입을 맞춰 인사하고 아래층으로 내려갔다.

루시는 앉아 있던 자리로 되돌아가 무릎에 베개를 올렸다. 선생님이 음악 학교나 아카데미를 언급한 게 자꾸 생각났다. 물론 당장 갈 수 있는 건 아니다. 하지만 학교에 대해 생각하는 것, 일말의 가능성이라도 생각해 보는 게 모든 것을 바꿀 수 있다.

음악 학교에서 네게 뭘 가르칠 수 있다는 거냐? 할아버지의 목소리가 들렸다. 자존심과 자만심, 다른 사람의 시선에 대한 걱정으로 가득 찬 목소리. 연주 경험과 음반 녹음 경험이 많다고 해서 루시가 음악 학교보다 수준이 높은 것은 아니지 않나? 그게 뒷걸음질 치는 걸까? 실패했다는 증거가 될까?

월 선생님이 그렇게 생각했다면, 얘기도 꺼내지 않았을 거다.

게다가 심포니 아카데미는 루시가 대학에 대해 최종 결정을 하기 전에 미리 경험을 해 본다는 의미에서 도움이 될 거다. 루시가 원하는 건 피아노를 연주하는 게 아닐지도 모른다. 어쩌면 작곡. 어쩌면 월 선생님처럼 가르치는 것일지도. 다른 악기를 익히거나 아니면 음악의 역사를 배우는 것일지도 모른다.

만약 루시가 심포니 아카데미에 가기로 결정한다면, 이 비밀을 오래 간직할 수는 없을 터다.

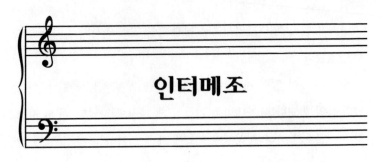

인터메조

여덟 살의 루시는 연주회 관람석에서 할머니와 할아버지 가운데 앉아 있었다.

레온 플라이셔라는 할아버지가 어릴 때 유명했던 피아니스트의 연주를 들으러 갔다. 플라이셔는 어린 시절부터 신동으로 일컬어져 그 당시 루시의 나이와 같은 여덟 살에 데뷔해 열여섯 살에는 뉴욕 필하모닉과 협연을 하고 전 세계를 누볐다.

날로 명성이 높아지던 어느 날, 오른손이 마비되어 움직이지 않게 되었다.

"그래도 계속 연주를 했단다."

연주를 기다리면서 할머니가 루시에게 이야기를 들려주었다.

"계속 음악을 했어. 지휘를 하고, 가르치고, 왼손만을 사용하는 곡을 만들면서 말이지."

할아버지는 아무 말 없이 계속 프로그램을 들여다보았다. 할머니가 할아버지 들으라는 듯이 몸을 앞으로 기울였다.

"네 할아버지는 플라이셔가 포기해야 된다고 했지. 그가 다시는 양손으로 연주할 수 없을 거라고 장담했거든. 노력해 봤자 소용없다고 생각한 거야."

"그렇게 말한 사람이 나밖에 없었다는 듯이 말하는구려."

할아버지가 프로그램을 뒤적거렸다.

"그런가요."

할머니가 의자에 등을 기대면서 루시에게 미소 지었다.

"이걸 보렴. 여기에 왔잖니. 나보다 나이도 많은데, 한 손만으로 40년 넘게 연주를 하더니 결국 양손으로 연주하러 왔어."

루시는 연주를 들으면서 플라이셔의 손이 실수할까 봐 마음을 졸였다. 어떤 부분에서 할아버지는 루시에게 속삭였다.

"저 부분. 저 마디에서 한 음을 빼먹었어."

루시는 눈치채지 못했다. 루시에게는 아름답게만 들렸고, 플라이셔가 과장되게 움직이거나 드라마틱한 몸짓을 하지 않고 의자에 가만히 앉아서 연주하는 게 마음에 들었다. 그는 음악이 말을 하게 했다. 그 뒤로 루시는 그걸 잊지 않고 자신이 연주할 때면 그렇게 하려고 노력했다. 몸을 앞뒤로 심하게 움직이지 않고 음악에 조용히 반응하면서 음악이 말을 하게 했다.

청중은 오랫동안 플라이셔를 위해 기립 박수를 보냈다. 할머니도 제일 먼저 일어난 사람 중 하나였다.

"동정심 때문이지."

그렇게 말했지만 루시는 할아버지 얼굴에서 눈물 자국을 보았다.

20

　　토요일에 레이나가 파이라도 먹으러 가자고 문자를 보냈다. 레이
나의 집까지 걸어가 문을 두드리자 에비가 열었다.

"거스도 왔어?"

에비가 물었다.

"안녕. 아니, 미안."

루시가 말했다.

"걔는 피아노에 묶여 있잖니. 언니는 어디 있어?"

"자는데."

"뭐라고?"

　　루시가 계단을 뛰어 올라가 보니 레이나는 침대에서 정신없이 자
고 있었다.

"너한테 문자 보내고 다시 잠들었나 봐."

레이나가 말했다.

루시가 이불을 확 젖혔다.

"뭐 입을래?"

"요가 바지. 모자 달린 스웨터. 그리고 내가 좋아하는 양말 알지?"

루시가 옷을 주섬주섬 챙겨서 침대에 늘어놓아도 레이나는 일어날 줄을 몰랐다.

"옷까지 입혀 줄 수는 없는데."

"커피가 필요해."

"조금만 걸어가면 커피를 마실 수 있어."

루시가 레이나의 팔꿈치를 잡아당겼다.

"왜 이렇게 나한테 심술부리는 거니?"

♪

날씨는 쌀쌀하고 흐렸지만 산책하기에 나쁘지 않았다. 루시는 왼쪽 관자놀이가 편두통 때문에 지끈거리는 걸 막으려면 손가락으로 관자놀이를 눌러야 했다. 밖으로 나와서 조금 걷다가 루시는 얘기를 꺼냈다.

"목요일에 너희가 가고 나서, 아루나 아줌마랑 거스는……."

"누구?"

"아루나 아줌마. 윌 선생님 부인 말이야."

"아, 그분."

"거스가 아줌마랑 텔레비전을 보러 가고 나서 나머지 사람들은 피아노실에 갔거든. 난, 그러니까……."

둘은 숨을 몰아쉬면서 팔을 앞뒤로 흔들었다.

"나 피아노 앞에 앉아서……."

"세상에, 어떡하지."

레이나가 루시의 손을 잡아끌더니 도로 쪽으로 당겼다.

"길을 건너야 해. 저 사람 아빠 여자 친구 중 한 명이야."

루시는 한 블록 건너편에서 걸어오는 사람을 보았다. 두 사람이 반대편으로 길을 건넌 뒤에 레이나가 말했다.

"여자 친구들이 온 사방에 있어. 다른 동네로 이사를 가든지 무슨 수를 내야 할 것 같아."

"이사 가지 마. 그러니까, 어떤 기분인지는 모르겠지만……."

"해변 갔을 때 얘기하는 거야? 나도 모르겠더라."

루시는 걸음을 멈췄다. 바람이 차가워서 팔짱을 끼었다.

"아니, 목요일에 대해 얘기하고 있어. 내 말 듣고 있는 거니?"

"그럼."

레이나도 걸음을 멈추었다.

"아니, 아닌 것 같은데."

"미안."

레이나가 어깨를 으쓱하더니 다시 걸음을 내딛었다. 루시는 곧장 따라가지는 않았다. 루시가 뒤에서 천천히 걷자 레이나가 어쩔 수 없이 돌아보았다.

"수요일 저녁에 사실 좀 이상했어. 나한테 내 옷 입어도 되냐고 묻지도 않았잖아."

"괜찮다고 했잖아! 안 입는 거라고. 버리려고까지 했잖아."

"이미 입고 있는데 내가 뭐라고 해."

두 사람은 교차로에 섰다. 레이나가 횡단보도 신호등에서 보행자 버튼을 신경질적으로 열 번도 넘게 눌렀다.

"게다가 추수 감사절에 너는…… 모르겠어. 네가 아니었어."

신호등이 바뀌어서 두 사람은 길을 건넜다.

"나는 나야. 내가 어떻게 내가 아닐 수 있어?"

둘은 두어 블록을 지나는 동안 말이 없었다.

"내가 만약 달라졌다면 어떡할 건데?"

루시가 물었다.

"학교를 그만둔 뒤 많은 일이 있었어. 지난봄에 학교로 돌아왔을 때 이미 나는 내가 아니었을지도 몰라. 나도 모르겠어."

교차로에 이르러서 도로로 한 걸음 내딛은 순간, 우회전을 하는 차에 거의 치일 뻔했다.

"미친 거 아냐!"

레이나가 소리 질렀다.

"나한테도 많은 일이 있었어. 네가 옆에 있었으면 했어."

"나도 마찬가지야."

차가 오지 않는 걸 확인하고 두 사람은 길을 건넜다. 레이나가 '피트의 커피'라는 카페로 먼저 향했고 바깥문에 두 사람의 모습이 비쳤다. 레이나가 말했다.

"물론 넌 변할 수 있어. 하지만 나한테 말해 줘. 예전에 네 생활로 돌아가겠다는 결정을 내린다면, 적어도 나한테 눈치는 줘. 왜냐하면…… 힘들거든."

두 사람은 문 옆으로 서서 커피를 들고 나오는 남자에게 길을 비켜 주었다. 그 남자가 지나가자 루시가 대답했다.

"예전으로 돌아가지 않을 거야. 약속할게."

"좋아."

레이나가 나지막이 말했다.

♪

일요일에 루시는 마틴 아저씨를 도와 계단 아래 커다란 벽장에서 크리스마스 장식을 꺼냈다. 계단 난간을 조화로 장식하고 현관에는 크리스마스트리를 내놓았다. 남은 시간은 숙제를 하면서 보냈다. 루시는 중세 시대에 대한 책을 읽는 것은 그 시대에 사는 것만큼이나 괴롭다는 결론을 내렸다. 미적분이 차라리 낫다는 생각까지 들었다.

루시는 책상에 앉아 있었고 노트북을 빌려 쓰기 위해 방에 들어온 거스는 침대에 자리를 잡고 앉았다. 그러고는 하루 종일 있었던 일을 줄줄이 떠들었다. 두 시간 동안 위를 하고, 공포 영화를 보고 파이를 싹 먹어 치웠다고 했다.

"푹 잘 쉬었네."

루시가 말했다.

"누나 먹으라고 초콜릿 피칸파이 한 조각은 남겨 뒀어."

루시가 의자를 돌렸다.

"진짜? 네가 제일 좋아하는 거잖아."

"누나도 제일 좋아하잖아."

거스는 노트북 자판을 두드렸다.

"뭐 찾고 있니?"

위를 좀 더 잘해 보려고 치트코드*를 뒤지거나 어제 아빠와 본 영화에 대한 기사를 보고 있겠지, 하고 루시는 생각했다.

"아무것도 아냐."

루시는 거스 쪽으로 가서 거스 또래의 아이가 보면 안 되는 걸 보고 있나 확인했다.

"팀 최가 누구야?"

화면을 보고 루시가 물었다.

"2월에 나랑 경쟁할 사람. 남자야. 할아버지 말로는 아주 잘한대."

"너도 잘해."

거스가 고개를 저었다.

"이 사람이 더 뛰어나."

루시가 노트북을 확 닫는 바람에 거스는 손가락을 간신히 뺐다.

"연주를 '경쟁'이라고 생각하지 마. 그런 식으로는 절대 생각하지 마. 그리고 내년 2월이잖아."

"금방 2월이 될 거야."

거스가 다시 노트북을 열려고 손을 뻗자 루시는 노트북을 꽉 잡

*치트코드 게임에서 비정상적인 방법으로 점수를 조작하는 것.

았다.

"거스. 너 나처럼 끝내고 싶니?"

루시가 손가락으로 자신을 가리키면서 얼굴을 찌푸렸다.

"그…… 럼."

거스가 조심스레 대답했다.

루시는 손가락으로 자신의 가슴께를 가리킨 채 그대로 앉아서 다시 물었다.

"그게 무슨 뜻이야?"

"누나가 열심히 한 것처럼, 콩쿠르에서 우승하고 전 세계를 다닌 것처럼 말이야. 그러다가 더 이상 하고 싶지 않으면 그만둘 거야. 누나처럼."

루시가 팔을 떨구었다.

"난 행복하지 않았어."

루시는 프라하에서의 일에 대해 거스에게 설명했었다.

"알아. 억지로 했다는 거."

"하지만 넌 그러지 마."

루시가 말했다.

"내가 원한다면 그렇게 할 거야."

'하지만 넌 정말 잘하잖니.'

루시는 곧바로 생각을 바꿨다. 잘한다고 해서 원하지 않는 걸 계속해야 할 필요는 없다. 루시의 머릿속에서 할아버지의 목소리가 항변했다.

'넌 열 살이야. 네가 뭘 원하는지 어떻게 알겠니?'

루시는 거스가 피아노를 그만두는 장면을 상상했다. 루시가 그랬던 것처럼 무대에서 갑자기 걸어 나온다. 사람들이 실망한 이유를 조금은 알 것 같았다. 할아버지가 난처한 일을 피하면서 루시가 성공하기를 강요하거나, 엄마가 자신의 실패를 만회하기를 바라는 것 말고 다른 가족들도 바라는 것이 있을 것이다. 아빠와 마틴 아저씨가 루시와 거스가 받은 재능에 대해 했던 말이 옳다. 루시와 거스, 둘에게는 당연한 일이지만 세상 사람들에게는 흔한 일이 아니다. 그리고 거스가 그렇게 쉽게 '내가 원한다면'이라고 말하는 것이 루시로 하여금 프라하에서 저지른 일이 단지 할머니 때문만은 아니었음을 깨닫게 했다. 아마도 열 살짜리의 이유처럼 단순할지도 모른다. 내가 원하지 않았던 거다.

"하루쯤 쉬는 날도 반드시 필요해."

루시가 말했다.

"오늘처럼 말이야. 그런데 한 번이라도 있었니? 그만두고 싶은 적이?"

루시는 긴장했다.

"아니. 이제 월 선생님이 있으니까 괜찮아."

루시는 노트북을 들고 다시 책상으로 갔다. 자신이 안심하는 걸 거스에게 들키고 싶지 않았고 거스 자신의 감정 말고 다른 것에 대한 질문의 답을 준비하려고 했다.

'그래, 우리에겐 월 선생님이 계시지.'

루시는 이런 깊은 대화를 나눈 김에 윌 선생님과 나눈 이야기에
대해 거스에게 말해야겠다는 생각이 들었다.

"거스……."

루시가 말을 꺼내려는데 거스가 말했다.

"있잖아, 선생님은 내 절친인 것 같아."

루시가 고개를 돌렸다. 거스는 너무 사랑스럽고 순수해 보였다.
성인인 피아노 선생님이 거스와 절친이라고 할 수 없는 이유를 백 가
지라도 댈 수 있었다. 그렇게 짧은 시간 안에는 누구도 절친이 될 수
없다고.

하지만 그랬다가는 자신만 위선자가 될 뿐이다.

"그래. 어쨌든 네 경쟁자에 대해 그만 검색하겠다고 약속해."

"알았어."

21

휴일 동안 스피어 고등학교에는 무엇을 기념하기 위한 건지 알 수 없는 장식물이 생겼다. 사실 샌프란시스코에는 겨울에도 눈이 오지 않으니, 12월에 볼 가능성이 가장 낮은 게 눈이다. 복도에는 반짝거리는 스티로폼으로 만든 눈송이가 걸렸고 교실 문에는 싱글벙글 웃는 눈사람 사진이 붙었다. 찰스 선생님 교실 문에는 셰익스피어 시대의 물결무늬 옷 주름 같은 걸 장식했다.

"즐거운, 추수 감사절이나 크리스마스나 아무거나요."

루시는 선생님에게 먼로에 대한 리포트의 초안을 제출하면서 기분이 들떠서 웃었다. 선생님이 좋아할 게 눈에 선했다. 선생님이 놀라면서 리포트를 받았다.

"수요일까지 내면 되는데."

"알아요. 선생님 의견을 기다릴게요."

루시가 선생님 책상 앞에 서 있는데 다른 학생들이 들어왔다.

"추수 감사절은 잘 보내셨어요?"

"응. 칠면조에, 늘 그렇지."

선생님이 루시의 리포트를 서랍에 넣었다.

"너는 잘 보냈니?"

"저도 비슷했죠."

"네 리포트를 빨리 읽고 싶구나."

♪

점심시간에 루시는 늘 앉던 2층의 라운지 테이블에 칼슨이 있는 걸 보고 멈추어 서서, 칼슨이 알아채기 전에 가 버릴까 잠시 고민했다. 레이나가 말했듯 칼슨이 루시를 좋아하는 게 사실이라면 어떻게 행동해야 할지 몰랐다.

"안녕, 루시."

칼슨이 휴대폰에서 거의 눈도 떼지 않고 인사했다.

"아, 안녕."

루시가 조심스럽게 테이블로 다가갔다.

"레이나는 온데?"

"스피오타 선생님이랑 얘기 중이야."

스피오타 선생님은 레이나의 영어 선생님이자 영어과 주임 선생님이다. 칼슨이 한 손으로는 여전히 휴대폰을 만지작거리면서 다른 한 손을 바닥에 둔 가방에 쑥 넣었다.

"너 주려고 초코바 가져왔어."

학교 자판기에 있는 것 중 루시가 가장 좋아하는 거다. 루시는 받

아서 자리에 앉았다

"가끔은 네가 얼마나 멋진지 잊어버린다니까, 칼슨 린."

"맞아, 그러더라."

루시는 마틴 아저씨가 싸 준 제대로 된 식사인 칠면조 샌드위치와 익힌 야채는 내버려둔 채 초코바를 뜯었다. 그리고 반을 잘라 칼슨에게 내밀었다. 칼슨이 고개를 저었다.

칼슨은 정말 멋진 애다. 그래서 루시는 칼슨에게 너는 정말 멋지다는 식의 이야기를 장황하게 해서 상황을 악화시키지 않을 거다. 루시는 단지 이렇게만 말했다.

"수요일에 내가 당황스럽게 했다면 미안해."

칼슨이 마침내 휴대폰을 내려놓았다.

"괜찮아."

"요새 내가 좀 힘들어."

루시는 두꺼운 초코바를 한입 덥석 베어 물었다.

"알 만해. 너도, 레이나도, 레이커스*도 그렇지. 아무도 나한테는 힘드냐고 묻지도 않지만."

칼슨이 마음을 바꾸었는지 남은 반쪽을 한꺼번에 입에 넣었다.

"힘드니?"

칼슨이 씹고, 조금 더 씹더니 삼킨 다음 입을 열었다.

"내 생각에 삶이란 힘든 것 같아."

*레이커스 로스앤젤레스 농구단.

"아하, 그렇지."

루시는 초코바를 마저 먹어 치웠다.

"얘기 하나 해 줄까?"

"아니. 농담! 말해 봐."

엄마한테 털어놓기 위한 연습을 칼슨에게 할 수도 있다.

"나 다시 피아노 치기 시작했어. 그리고 어쩌면 음악 학교에 갈지도 모르겠어. 어쩌면."

"그럼 컴백하는 거야? 유명인처럼?"

"아니, 그런 식으로 말고. 그런 방법은 절대 아니야. 오히려…… 그냥 하고 싶어. 내가 좋아하는 게 바로 그거인 것 같아."

"내가 애플 제품을 좋아해서 이번 여름에 인턴 자리라도 달라고 본사 앞에 가서 농성할 계획인 거랑 비슷한 거지? 한 달은 목욕도 못 하고 꽉 끼는 청바지만 입고 살아야 해도 말이야."

"맞아."

루시가 손가락으로 칼슨을 가리켰다.

"뭐, 정확하게는 아니지만. 핵심은 비슷해."

"예전에는 좋아하지 않았니?"

"모르겠어."

루시는 뭐라고 설명하면 좋을지 생각했다.

"지난번에 너네 할머니가 네 성적 때문에 화내신 거 생각나지?"

"아니, 그 기억은 까맣게 잊었는데."

칼슨이 턱을 매만지면서 교수 흉내를 냈다.

"하지만 흥미롭군. 계속해 보게."

"그거에다가 곱하기, 한 50 정도로 모르겠어."

칼슨이 테이블에 손가락으로 곱하기를 하는 시늉을 했다. 그러더니 아무것도 없는 테이블을 뚫어져라 보았다.

"아아."

"그러니까 내가 좋아했는지 아니었는지도 모르겠어. 그럴 기회가 있었는지조차 모르겠어. 내 말은, 열한 살에 벌써 진로를 결정할 수는 없는 것 아니냐고."

칼슨이 심각한 표정으로 테이블을 살피더니 휴대폰을 계속 빙글빙글 돌렸다.

"그때 너를 알았으면 좋았을 텐데. 네가 연주하는 걸 들어 봤으면 말이야. 그런 음악은 잘 모르지만 언젠가 네 연주를 들을 수 있을까? 유튜브를 엄청 뒤져서 보긴 했지만, 직접 듣고 싶어."

"물론."

루시는 칼슨이 그렇게 생각했다는 것에 감동받았다.

"언젠가."

"좋아."

"그거 아니?"

루시가 물었다.

"아니, 뭐?"

"나도 그때 너를 알았으면 좋았겠다 싶다는 거 말이야."

♪

집에 돌아오자 윌 선생님의 차가 집에서 약간 떨어진 곳에 주차되어 있었다. 루시는 뒷문으로 조용히 집에 들어갔다. 식탁 위에 마틴 아저씨의 쪽지가 놓여 있었다. 볼일이 있어 잠시 외출할 거고, 아빠는 시내에 있는 사무실에 갔다고 했다. 아빠는 사무실이 반드시 필요하지 않았지만 단지 시끄러운 집을 떠나고자 사무실을 구했다.

루시는 아래층에 있는 욕실에 들어가 손을 씻고 거울을 보았다. 머리가…… 엄청나게 뻗쳐 있었다. 여자아이들은 자신의 머리카락을 실제보다 훨씬 더 중요하게 생각하는 법이다. 머리카락을 매만지고 한쪽 어깨로 가지런히 모았더니 좀 나아 보였다.

거스와 윌 선생님은 여전히 피아노실에서 페스티벌 때 연주할 곡을 연습 중이었다. 거스의 연주는 처음에는 살짝 기운이 빠진 것처럼 들렸지만 루시는 이내 윌 선생님이 연습 시간의 반 이상 내내 그 곡을 치게 했을 거라는 걸 깨달았다. 집중 훈련 방법으로 그레이스 선생님도 연주회나 콩쿠르를 대비해 그렇게 시키곤 했다.

이번에 루시는 방 근처를 어슬렁거려서 거스를 나가게 만들지 않았다. 조금 떨어진 복도에서 피아노 소리를 듣고 있었다. 거스가 윌 선생님을 절친이라고 한 말이 기억났다. 그리고 루시처럼 되고 싶다고 했던 말도.

지금 벌어지는 일에 대해 거스가 아빠나 마틴 아저씨를 통해 듣거나 눈치채기 전에 루시가 직접 털어놓고 싶었다. 둘은 지금까지 이런 일을 함께 겪었다. 이제 와서 거스를 따돌릴 수는 없는 노릇이다. 루시는 주방에서 숙제를 하면서 거스와 윌 선생님이 휴식 시간을 갖기를 기다렸다.

20분쯤 지나 윌 선생님이 먼저, 그리고 뒤따라 거스가 주방으로 들어왔다. 루시는 머리카락을 매만지면서 선생님을 만나 얼마나 기쁜지 스스로도 놀랐다.

"안녕하세요."

"내가 찾던 딱 그 아가씨군."

선생님이 말했다.

거스가 냉장고 문을 열면서 물었다.

"왜요?"

"왜긴, 루시는 내 친구니까, 친구."

선생님이 거스의 뒤통수를 살짝 쳤다.

"피아노실에 다시 갈 거니? 아니면 위층에 갈 거니? 그것도 아니면 산책을 하든지."

"여기 있으면 안 돼요?"

거스가 치즈 스틱 두 개를 손에 쥐고 냉장고 문을 닫았다.

"왜냐하면."

루시가 선생님의 말을 잘랐다.

"여기 있어도 돼. 자."

루시가 옆에 있는 의자를 발로 빼서 거스 쪽으로 밀었다. 거스는 의자에 앉고 윌 선생님은 반대편에 서서 테이블에 기댔다. 루시는 거스와 단둘이 이야기를 나누고 싶었다. 이 이야기는 둘 사이의 문제니까. 하지만 거스가 선생님을 무척 좋아하기 때문에 마치 윌 선생님이 관여해야 모든 일이 돌아갈 듯했다.

"있잖아."

루시가 거스에게 말을 꺼냈다.

"할 얘기가 있어. 근데 비밀이야. 엄마나 할아버지한테는 말하면 안 돼. 아직은."

"아빠는?"

거스가 치즈 스틱 포장을 벗겼다.

"아빠는 아셔. 마틴 아저씨도."

"무슨 일인데?"

"음. 그러니까……."

루시가 윌 선생님 쪽을 보았다.

"다시 할까 생각 중이야. 이미 그러기도 했고."

거스가 잠시 가만히 있더니 말했다.

"피아노 말이야?"

"아니. 트럼펫."

거스는 웃지 않았다.

"언제부터?"

"추수 감사절에."

윌 선생님이 대답했다.

"너랑 아루나가 아래층에 갔을 때 말이야. 신나지 않니?"

"선생님도 아세요?"

거스는 루시에게서 선생님으로, 다시 루시에게로 시선을 옮겼다. 혼란스러워 보였다.

"그러니까, 선생님이 거기 계셨거든."

그전에 이미 선생님한테 피아노 이야기를 했던 것, 선생님이야말로 이 이야기를 들어 준 첫 번째 상대라는 말은 하지 않았다.

"하지만…… 어제 누나는 행복하지 않았다고 했잖아."

"행복하지 않았어. 전에는."

"할아버지가 허락하지 않으실걸."

거스가 마치 대화를 끝내듯이 말했다.

당황한 루시의 얼굴이 달아올랐다. 할아버지는 지구 반대편에 계시지만 여전히 여기 존재한다.

"할아버지한테 허락을 구하진 않을 거야. 그런 게 아니야. 월 선생님이 도와주셔서……."

"이 누나를…… 가르쳤어요?"

거스가 월 선생님에게 물었다.

'이 누나…….'

"아니."

월 선생님이 대답했다. 루시도 아니라고 다시 한 번 못 박으면서 월 선생님의 눈을 바라보았다.

'뭐라고 말 좀 해 주세요.'

루시는 생각했다.

'뭔가 이 상황을 해결할 만한 말 좀요.'

"누나를 위해 기뻐해 줘, 거스."

그건 도움이 되지 않는다. 어른이 하는 말 같고 실망스럽게 들렸다. 거스가 얼굴을 붉혔다.

"하지만…… 누나는……."

거스가 치즈 스틱을 그대로 둔 채 의자에서 뛰어내려서 밖으로 휙 나가버렸다.

거스가 사라지자 루시가 말했다.

"참 어렵네요."

월 선생님이 손으로 얼굴을 문질렀다.

"내가 가서 이야기를 하마. 아니면 네가 할래?"

"아뇨. 선생님이 나을 것 같아요."

"그래. 혹시 레슨 끝나고 잠시 커피 마실 시간 있니? 얘기 좀 하자."

"네. 하지만…… 거스한테는 말하지 마세요."

♪

루시와 월 선생님은 필모어*에 있는 카페까지 걸어갔다.

"거스는 괜찮아요?"

루시가 물었다.

"괜찮을 거야."

*필모어 예쁜 가게나 레스토랑이 많은 시내.

260

윌 선생님이 추위에 어깨를 움츠렸다.

"거스가 그렇게 반응하다니 조금 놀랐어. 너희 둘 경쟁하던 사이였니?"

루시가 고개를 저었다.

"거스는 제가 피아노를 다시 치는 것 때문에 화가 난 게 아녜요."

"무슨 말이니?"

"제가 선생님과 의논했기 때문에 화가 난 거예요. 어제 선생님이 자기 절친이라고 했거든요."

그러고는 비밀을 털어놓은 걸 깨닫고 바로 덧붙였다.

"방금 얘기한 건 잊어 주세요. 네? 진짜로요. 저는 정말 형편없는 누나예요."

선생님이 루시의 팔을 다독였다.

"아니, 너는 형편없지 않아. 거스는 괜찮을 거야."

그리고 다시 덧붙였다.

"그런데 정말 기분 좋구나. 그렇게 말하다니."

"그렇죠."

두 사람은 북적이는 카페로 들어가서 루시는 크리스마스 특별 메뉴인 메가 민티 모카라는 걸 주문했다.

"생크림 올려 드릴까요?"

종업원이 물었다.

"아, 빼는 게 좋을 것 같아요."

"뭐야."

월 선생님이 한마디했다.

"저 메뉴를 선택했으면 생크림도 올려야지. 참을 필요 없잖아."

루시는 다시 생크림을 넣어 달라고 말하고 나니 기분이 좀 나아지는 것 같았다. 두 사람은 주문한 음료를 기다렸다.

"벌써 12월이란 게 믿어지지 않아요."

수십 개의 발표회나 연주회 스케줄 없이 보내는 첫 휴가다. 올해에는 녹색 벨벳 드레스를 입고 종종거리지 않아도 된다.

"내 나이만 되어 봐. 그런 말이 매일 나온다니까. 내가 벌써 서른이라니 믿을 수 없어, 벌써 연말 정산을 해야 하다니 믿을 수 없어, 벌써 피곤하다니 믿을 수 없어. 겨우 여덟신데!"

루시가 웃음을 터트렸다.

"하지만 선생님은 원하는 걸 이루셨잖아요."

"원하는 걸 하고 있다고 해도 여전히 똑같아. 모든 나이가 그래. 단지 경험이 느는 거지. 저기."

선생님이 빈 테이블을 가리켰다.

"앉아 있어. 가서 커피 받아 오마."

루시는 의자에 코트를 걸쳐 놓고 앉았다. 선생님은 산처럼 생크림이 쌓인 메가 민티 모카를 루시 앞에 놓았다. 루시가 끙 하고 신음소리를 냈다.

"이거 정말 황당한데요. 나는 진짜 커피를 마시는 사람이라고요. 가짜 커피 말고요."

"난 아무 말 안 했어."

선생님은 주문한 두유 라테를 들고 앉았다.

"어쨌든, 거스의 상황을 빼면 너는 어떠니?"

루시가 어떤지 묻는다면? 선생님과 함께 있으니 기분이 좋았다. 거스에 대해서는 마음이 무거웠지만 피아노를 생각하면 행복했다. 엄마와 할아버지가 돌아오신다는 게 걱정되기도 했다.

"복잡하죠."

루시가 대답했다.

"그런 건 괜찮아."

선생님이 숟가락을 생크림에 가져갔다.

"좀 먹어도 될까?"

"완전 채식주의자도 생크림을 먹나요?"

선생님이 겸연쩍어하면서 대답했다.

"이게 내 약점이란다."

"드세요."

선생님이 생크림을 뜸뿍 떠서 자신의 라테에 넣고 휘저었다.

"복잡한 상황에 적응이 될 거야. 어른이 되는 건 복잡한 상황의 끊임없는 연속이거든."

"그게 위로라고 하는 말이에요?"

루시가 자신의 커피를 조심스레 맛보았다.

"어때?"

"민트 맛이에요. 엄청난 민트 맛."

"좋아. 이렇게 질문을 할게. 네가 사랑하는 게 뭐니?"

"무슨 말이에요?"

루시가 물었다.

"무슨 말이냐는 게 무슨 말이니?"

"그건 너무 포괄적인 질문이잖아요."

"네가 원하는 게 뭔지를 알아보려면, 그리고 네가 원하지 않는 게 뭔지를 알아보려면, 네가 사랑하는 걸 생각해 보는 게 도움이 돼. 그러니까 네가 사랑하는 게 뭐야?"

"거스요."

"음."

선생님이 손가락 두 개를 입에 댔다가 다시 말했다.

"사람은 빼고. 사람은 너무 복잡하거든. 단순하게 생각했을 때, 네가 사랑하는 게 뭐니?"

"초콜릿요."

"계속해 보자, 또?"

선생님이 한 손은 테이블 위에 놓고 다른 한 손으로는 잔을 쥐었다. 루시는 선생님의 양손을 응시하면서 자신이 사랑하는 걸 떠올렸다. 사랑하는 것. 루시에게 기쁨을 주는 것.

"음악요."

"좋아, 루시. 구체적으로 음악에 대해 어떤 것?"

선생님이 질문을 좁혀 나갔다.

"어떤 음악?"

루시는 숨을 깊게 쉬면서 생각에 잠겼다.

"아, 베토벤의 5번 교향곡이오. 이 곡을 빼놓을 수 없겠죠? 제 생각엔 이 곡이야말로 전 세계 인구의 절반은 아는 유일한 클래식 곡일 것 같아요. 선생님이 만약, 그러니까 저라면 더 근사하고 멋진 답을 알겠지만요. 하지만 전 이 곡을 정말 사랑해요."

"그래. 그 곡이 그렇게까지 유명한 건 다 이유가 있지."

"3악장에서 첼로가 연주되고 나서 프렌치 호른이 시작되는 부분 있죠? 그러고 나서 클라리넷이 두 번째로 등장하고 플루트까지 엇갈리면서 나오는 부분이요. 끝내줘요."

"나도 그렇게 생각해. 완벽하지."

"그리고 비발디의 사계에서 '겨울' 첫 부분이요. 그것도 끝내주죠."

루시는 점점 신이 났다. 거스가 화난 사실은 잊고, 자신이 좋아하는 곡과 좋아하는 부분을 좀 더 얘기했다. 연주해 본 것도 있고 연주해 본 적이 없는 곡도 있다. 그러는 내내 윌 선생님은 루시에게 집중했다. 루시는 누군가 그렇게 자신에게 집중하는 걸 느낀 적이 없었다. 관객으로 꽉 찬 연주회장에서도 그런 기분을 느껴 보지 못했다.

"또 뭐가 있지?"

선생님이 물었다.

"미국 가수인데 라이언 아담스 아세요?"

"들어는 봤어."

"노래 중에 앞부분이 기타로 시작하고 그러다 드럼이 두둥 나오는 게 있어요. 아니다, 잠깐만요."

루시는 휴대폰을 꺼내서 노래를 찾아 10~15초 정도 틀었다.

선생님이 몸을 앞으로 숙여 귀를 가까이 댔다.

"좋은데."

루시는 좋아하는 게 끝도 없이 나오는 데 약간 당황해서 말을 멈췄다. 음악뿐만 아니라 자연, 음식, 그리고 복잡하다고는 했지만 사람까지. 마음에 상처를 입었지만 오늘 루시에게 너무 다정했던 칼슨 같은 사람. 루시가 언제 어디서든 만나고 싶은 레이나 같은 사람. 거스 같은 사람. 윌 선생님 같은 사람.

"왜 사람들은…… 우리는…… 왜 우리는 인생을 끔찍하게 만들죠? 이렇게 사랑하는 수많은 것들에 대해서는 잊고 말이에요."

선생님이 안경을 벗더니 눈을 문질렀다.

"내 생각엔 말이야, 세상에는 괴로운 것들도 많아서인 것 같아. 그래서 나이가 들면 갈등을 한단다. 힘들고 괴로운 것이 좋아하는 것을 덮어 버리지 않게 하려고."

"선생님은 늙지 않았어요."

루시가 웃었다.

"그렇지. 하지만 나이가 들었어. 예전의 나보다, 그리고 너보다는."

루시의 메가 민티 모카가 미지근한 설탕과 크림 덩어리로 변했다.

"선생님이 부러워요. 열여섯 살은 괴롭다고요."

"그래. 하지만 너는 잘 해낼 거야. 우리는 잘 해낼 거야. 너희 어머니나 할아버지도 그러셨을 거고. 나도 그랬고."

"우리 할아버지도 열여섯 살이었던 시절이 있었을까요?"

"돈을 걸 수는 없지만 내 말을 믿으렴."

루시는 선생님에게 미소 짓고는 자신이 얼마나 행운아인지, 지구 상의 그 모든 사람 중에 지금 이 순간 이 카페에 선생님과 있다는 게 얼마나 기분 좋은지 생각했다.

선생님은 커피를 다 마시더니 안경을 다시 썼다.

"네가 말한 것들이 마음에 들어. 내 머릿속이 좀 복잡한 건, 창의 적인 문제든 일반적인 문제든, 내가 무얼 좋아하는지 몰라서거든. 네 가 말했듯이 잊고 살아서야. 네가 좋아하는 것들을 기억할 수 있다 면, 아니 적어도 네가 좋아했다는 사실이라도 기억한다면, 도움이 될 거야."

"네, 그럴게요."

"그리고 거스는 곧 괜찮아질 거야."

루시는 고개를 끄덕였다. 선생님이 가지 말았으면 했다.

"좋아."

선생님이 일어나 코트를 걸치고 루시에게 미소를 짓는데, 카페를 장식한 크리스마스트리의 불빛이 선생님의 머리를 비추었다. 루시는 자신이 한참 동안 선생님을 보고 있다는 걸 깨달았다.

"왜 그러니?"

선생님이 물었다.

"아니에요."

루시가 손을 흔들었다.

"안녕히 가세요."

"또 얘기하자, 루시."

22

루시는 감상적인 상태에서 약간 멍하지만 머리는 가벼워진 채 집에 돌아왔다. 옆집 창가에 놓인 촛대가 너무 아름다워서 눈물이 나올 지경이었다. 구름 속에 떠오른 달은 희미하게 은빛으로 빛나 감탄하면서 걸음을 멈추게 만들었다.

이 기분은 뭘까?

루시는 가슴에 손을 올린 채 스스로에게 물었다.

찰스 선생님에 대한 마음이나 조슈아 벨을 따라다닐 때 느낀 감정, 그리고 과외 선생님인 베넷 오빠를 짝사랑하던 것과는 다르다.

조슈아 벨은 생판 모르는 사람이고, 베넷 오빠는 게이다. 찰스 선생님은 루시를 좋아하고 루시도 좋아하지만 월 선생님과는 비교가 안 된다. 루시는 찰스 선생님이 그렇게 자주 '친구'라고 표현해 봤자, 선생님은 선생님일 뿐이고 루시는 선생님의 아끼는 제자일 뿐이라는 걸 안다.

하지만 이건 다르다.

카페에서 돌아오면서 루시는 바로 거스에게 가서 얘기를 할까 생각했지만 집에 오니 혼자 있고 싶어졌다. 혼자일 필요가 있었다. 방으로 올라가서 숙제를 했다. 휴대폰이 삑삑거렸다. 루시는 손을 뻗으면서 윌 선생님일 거라 생각했지만 레이나였다.

아파. 속이 안 좋네. 식중독이나 독감인가 봐.
너한테 옮은 걸까?

루시가 답문을 보냈다.

내가 아는 한은 아닌데. 내일 학교는 올 거야?

죽어도 못 가.

둘은 메시지를 두어 개 더 주고받았다. 그러고 나서 루시는 음식 냄새에 이끌려 주방으로 내려가 마틴 아저씨가 보라색 잉크로 흘려 쓴 메모가 오븐에 붙어 있는 걸 발견했다.

이것들을 다 먹어야 함. 더 이상 남은 음식 넣을 자리가 없음.

아래층이 휑하니 비어 있는 것 같았다.
"아빠?"

269

루시는 계단을 올라갔다. 첫 번째 계단참에서 다시 불렀다.

"아빠?"

그러고는 계단을 좀 더 올라갔다.

"아무도 없어요? 거스?"

루시는 거스 방문 앞에서 걸음을 멈추었다. 거스는 방문을 잘 닫아 두지 않는데, 오늘은 닫혀 있었다.

"거스?"

루시가 노크했다.

"들어가도 돼?"

겨우 알아들을 수 있을 만큼 작은 목소리가 들렸다.

"그러든지 말든지."

거스는 침대에 누워 책을 보고 있었는데 루시에게 눈길도 주지 않았다.

"아빠 어디 가셨니?"

"라켓볼."

"내가 부르는 소리 못 들었어?"

"들었어."

"언제쯤 대답할 생각이었는데?"

거스는 더 이상 말하지 않았다. 루시는 엄마가 루시의 방문 앞에 서서 루시가 거부하는 대화를 시도할 때의 기분을 그대로 느꼈다. 거스 쪽으로 몇 걸음 다가갔다.

"배고프지 않아? 저녁 준비되어 있어."

거스는 아니라고 말하지 않았다. 책장을 넘기지도 않았다. 루시가 좀 더 다가가서 손에서 책을 빼앗았다. 거스가 재빨리 몸을 일으키더니 책을 잡으려고 손을 뻗었다.

"이리 줘!"

루시가 책을 머리 위로 들어 올렸다.

"내려가서 나랑 저녁 먹자. 그러고 나면 돌려줄게."

"돌려 달라고!"

거스는 책을 잡으려던 걸 멈추고 다시 앉아 버렸다. 상처 입고 화가 난 눈빛이었다. 그래도 침대에 누워 있느라 이리저리 뻗친 곱슬머리는 너무 사랑스러웠다. 루시는 머리카락을 만져서 거스를 더 화나게 만들지 않으려고 꾹 참았다.

"가자."

루시가 말했다.

"아무도 없어. 너랑 나밖에 없다고."

거스는 그대로 한참 동안 루시만 쳐다보았고, 루시는 더 이상 거스를 안아 주거나 머리카락을 쓰다듬을 생각이 사라졌다. 윌 선생님이 틀렸고 거스가 여전히 화나 있다는 사실에 겁이 나서 책을 내밀었다.

"여기 있어. 미안해."

루시가 내민 손을 무시한 채 거스는 루시 앞을 지나 방 밖으로 나갔다.

"배가 고프기 때문이야."

거스가 말했다.

루시는 책을 침대에 올려 두고 거스를 따라 내려갔다.

"주방에서 먹으면 안 되는 거야?"

루시가 식탁에 음식을 차리는 걸 보고 거스가 물었다.

"우리가 언제 우리 둘만 식당에서 차려놓고 먹은 적 있니? 기념이라도 하자고. 공식적으로 추수 감사절 연휴가 끝나는 날이잖아. 내가 차릴 테니 앉아 있어."

루시는 물컵을 두 개 꺼냈다. 채소가 듬뿍 들어간 이탈리아식 오믈렛을 내오고 바게트를 잘라 버터를 넉넉히 바르고 마늘이 들어간 소금을 뿌려서 구웠다. 거스가 엄청 좋아하지만 엄마가 자주 먹지는 못하게 하는 거다. 함께 식사를 하는 내내 거스는 한마디도 하지 않았다. 음식을 다 먹은 뒤에는 냅킨을 테이블에 올려두고 자리에서 일어났다. 식당을 나가려면 루시를 지나야 했는데 거스가 지나가는 순간 마음의 준비를 하고 있던 루시는 거스의 팔꿈치를 잡았다.

"거스."

거스는 팔을 휙 잡아 빼지는 않았지만 루시를 보지도 않았다.

"윌 선생님이랑 얘기했어?"

거스가 고개를 끄덕이자 루시는 거스의 얼굴을 보려고 고개를 뒤로 돌렸다. 거스는 거의 울 것 같은 표정이어서 마음이 아팠다. 거스를 꼭 안아 주면서 달래고 싶었지만 분명히 거스가 원하지 않을 것이다. 거스의 팔꿈치를 잡은 루시의 손가락이 느슨해졌다.

"다시 치고 싶어졌어."

루시가 나지막한 목소리로 말했다. 거스가 화난 이유가 이게 아닌 걸 알지만 이해해 주길 바랐다.

"내 자신을 위해서 음악 학교에 들어가도 좋을 것 같아. 그런데 아직 100퍼센트 확신이 들지는 않아서 엄마나 할아버지가 두 분 마음대로 생각하게 만들고 싶지 않아."

거스가 고개를 들었다.

"선생님은 안 돼."

루시가 거스의 팔을 놓았다.

"그런 게 아니야……."

"6년 동안 템니코바 선생님한테 배웠어. 그레이스 선생님이랑은 달라. 다정하지 않았다고."

"알아."

루시가 거스의 기분을 좋게 할 적절한 단어를 찾아 말을 더듬거렸다.

"윌 선생님이나 피아노에 대해 공식적인 건 아무것도 할 생각이 없어. 그냥…… 선생님이 조언을 조금 해 주시는 것뿐이야."

루시는 약간 단언하는 어조로 말했는데 쉽지는 않았다.

거스가 얼굴을 찌푸렸다.

"엉망으로 만들 만한 일은 아무것도 하지 말아 줘."

"뭘 엉망으로 만드는데?"

루시도 짐작되는 바가 있었다.

"내가 윌 선생님한테 배우는 거 말이야."

그때 아빠가 현관문을 열고 들어오는 소리가 들렸다. 루시는 식탁을 치우려고 일어섰다.

"그런 일은 없을 거야, 거스."

아빠가 식당으로 들어오자 루시가 물었다.

"이기셨어요?"

"아니."

아빠가 루시의 접시에 하나 남은 바게트 조각을 집어 와삭 베어 물었다.

"근데, 내가 한 번도 이긴 적이 없는 걸 알면서 왜 묻는 거니?"

"변화의 가능성에 희망을 거니까요."

아빠가 아랫입술을 쑥 내밀더니 사실인지 아닌지 생각하듯 어깨를 으쓱했다. 그러고는 루시에서 거스에게로 시선을 옮겼다가 다시 루시를 향했다.

"무슨 일 있는 거야?"

거스와 루시는 둘 다 고개를 저었다.

"그렇다면 심각한 표정 그만 지어!"

아빠가 거스에게 헤드록을 걸었다. 거스는 원래 아빠와 몸으로 장난치는 걸 좋아한다. 하지만 언젠가 둘이 그러다 현관에 있던 벡 집안의 가보를 망가뜨린 이후로는 잘 하지 않았다.

하지만 이번에는 거스가 말했다.

"하지 마세요."

아빠는 이 말을 좀 더 덤비라는 뜻으로 알아들었다.

"아빠, 하지 마시라니까요."

거스가 다시 말하더니 아빠한테서 빠져나오면서 숨을 헐떡였다. 그러고는 몸을 휙 돌려 나가 버렸다. 화가 난 거스가 쿵쾅거리며 계단을 오르는 소리가 들렸다.

아빠가 당황해서 루시 쪽을 바라보았다.

"무슨 일이야?"

루시가 어깨를 으쓱했다.

"거스가 벌써 사춘기라서 그렇다고는 말하지 말아 줘."

"그런 것 같지는 않아요."

루시가 덧붙였다.

"음식 남겨 두었어요. 주방에 있어요."

그러고는 식당을 나와 방에서 월 선생님에게 문자를 보냈다.

거스는 아직 화가 안 풀렸어요.

루시는 휴대폰을 베개 옆에 둔 채 침대에 누웠다. 아까 카페에서 돌아올 때처럼 감상적이 되었다. 루시는 거스가 걱정하는 것처럼 거스의 일을 엉망으로 만들 생각이 조금도 없었다. 하지만 월 선생님과의 우정을 원했다.

선생님을 보면 할머니가 떠올랐다. 할머니처럼 재미있고 사려 깊다. 수다 떠는 걸 즐기지는 않지만, 누군가 중요한 일, 예를 들면 살아 있다는 걸 어떻게 해야 느낄 수 있는지 등을 얘기하고 싶어 하면 언제든 이야기를 들어 주었다.

'다른 사람은 날씨에 대해 떠들게들 두자꾸나.'

할머니가 언젠가 말했다.

'너하고 나는 너하고 나에 대한 얘기를 하면 된단다.'

물론, 월 선생님에게는 할머니와 다른 부분도 많다.

루시는 몸을 돌려서 눈을 감았다.

루시는 단순히 월 선생님과의 우정을 원한 게 아니다. 선생님이
꼭 필요했다.

23

루시는 늦잠을 잤다.

'어떡해.'

거스가 방문 앞에 온 뒤에 깨달았다.

'왜 하필 오늘이냐고?'

오늘 오후에 엄마와 할아버지가 돌아오시기 때문에 루시는 새롭게 시작하고 싶었다. 윌 선생님이 말했듯 주변에 관심을 가지려고 했다. 제시간에 학교를 가는 것도 포함해서 말이다.

거스가 짐 챙기는 걸 도왔다.

"깨워 줘서 고마워."

입천장에 교정기가 붙어 있었다. 루시는 교정기를 빼서 헹구지도 않고 케이스에 던져 넣었다.

거스가 더럽다는 표정을 지었다.

"아빠가 깨우라고 시켰어."

루시가 양말을 신었다.

"아무튼 고마워."

아래층에는 아빠가 엄지손가락으로 휴대폰을 만지작거리고 있었다. 엄마가 그랬던 것보다는 약간 화가 덜 난 것처럼 보였다. 아빠는 좀 더 효과적으로 기분을 표현했다. 검지로 문 쪽을 가리켰다.

"밖으로. 당장."

아빠는 빠른 걸음으로 문 앞에 이중 주차한 곳으로 갔다. 거스가 따라잡느라 뛰는 바람에 등에 멘 가방이 덩달아 들썩였다. 루시가 뒤따랐다.

"죄송해요."

루시가 말했다. 모두 차에 타서 안전벨트를 하고 난 뒤, 뒷자리에 앉은 루시가 아빠 쪽으로 몸을 기울였다.

"제가 혹시, 혹시 또 늦으면 그냥 두고 가세요, 아셨죠? 거스까지 지각하면 안 되잖아요."

루시는 이런 말을 그 수없이 많은 정신없던 날 중 단 한 번도 엄마한테 한 적이 없다. 일상이 되어 뇌리에 박혔던 모양이었다. 하지만 그래서는 안 되었다.

"그럼 네가 지각하는 건 어떡할 건데?"

아빠가 물었다.

"그건 제 문제니까요."

루시는 그 말에 엄마가 뭐라고 대꾸할지 짐작이 갔다.

아니, 루시. 그건 모두의 문제야. 왜냐하면 그건 가족의 문제로 비춰지고 네 학교와 내가 너를 거기에 보내느라 쏟아부은 돈을 무시하는 거야.

아빠가 짧게 고개를 끄덕였다.

"말이 되네."

"운전면허 따고 나면, 내가 데려다주면 되겠다. 그치 거스?"

루시는 거스가 고개를 돌려서 눈을 마주쳤으면 했다. 하지만 창문만 응시하고 있었다.

"그러시든지."

"둘 사이에 무슨 일이 있는지 모르지만, 오늘 밤 엄마가 집에 오셨을 때는 이 꼴을 보고 싶지 않아, 알았어? 착한 아이처럼 굴도록 해. 그럴 수 있는 거 알아."

"착한 아이요."

루시가 말하면서 월 선생님이 자기가 어젯밤에 보낸 문자에 답문을 했는지 휴대폰을 확인했다. 아무것도 오지 않았다.

"알았어요."

♪

찰스 선생님 교실 밖에서 루시는 또다시 야단맞을 각오를 했다. 늦은 데 대해 사과하고 용서를 구할 참이었다. 하지만 루시가 교실 문을 열자 선생님이 아무 말도 없이 들어오라고 손짓했다.

선생님은 늘 그렇듯이, 오늘 할 과제를 칠판에 써 두었다. 아이들은 모둠으로 오셀로와 관련된 논문과 비평 글에 관해 토론 중이었다.

루시가 자신의 모둠으로 다가갔다. 마리사 카라치안, 제이콥 플레체커와 에밀리 스티어맨이다.

"내가 필기할게, 늦은 벌로."

루시가 말했다.

마리사가 자신의 오셀로 문고본을 뒤적거렸다.

"그렇게 해. 음, 지난 시간에 그 당시 문화적인 맥락에서 사랑과 소유에 대해 얘기했던 것과 관련지어 생각해 보는 게 어떨까?"

"너무 뻔하지 않을까?"

제이콥이 대답했다.

"그래."

마리사가 책을 덮었다.

"다시 짜 보자."

제이콥과 에밀리가 의견을 내고 루시가 열심히 적는데 선생님이 옆으로 다가와서 모둠의 아이들에게 말했다.

"잠시만 루시 좀 빌릴게."

루시는 선생님을 따라 복도로 나갔다. 예전 같으면, 그러니까 몇 주 전만 해도 선생님이 혼자만 복도로 부르면 기분이 들떴을 테지만 이번에는 지각한 것에 대해 야단을 치고 다시는 수업에 들어오지 말라고 할지도 모른다는 생각이 들었다. 그런데 밖으로 나가 선생님이 몸을 돌리자마자 내민 건 루시의 리포트였기 때문에 지각에 대한 얘기가 아니란 걸 깨달았다.

"조금 이해가 안 되는구나, 루시."

어른이 저 말을 할 때면, 상황이 좋지 않을 때다. 루시는 다음 말을 기다렸다.

"네가 직접 쓴 거 맞니?"

선생님이 물었다.

"네, 그럼요."

루시는 자세를 바꾸며 선생님한테서 시선을 돌린 뒤에, 리포트의 초안을 작성할 때 인터넷에서 가져와 붙여 넣은 것들이 떠오르자 속이 쓰려 왔다.

"그러니까 조사를 할 때요. 아시잖아요. 쉽게 하려면…… 이건 초안이니까요."

선생님은 리포트를 뒤적이다 3분의 2 지점을 펼쳐서 루시에게 건넸다.

"그래."

선생님의 목소리가 바뀌었다. 부드럽고 다정했다.

"이해해. 왜냐하면 네 감정, 네가 나를 좋아한다는 것 말이야. 그것 때문에 내 생각을 네 리포트에 넣으면 내가……."

"잠깐만요. 뭐라고요?"

루시는 그 페이지를 읽어 보았다.

찰스 선생님이 한 문장을 가리켰다.

"이 부분은 내 대학원 논문에 나온 거야. 토씨 하나 다르지 않아."

루시가 손으로 입을 막았다.

'이럴 수가.'

"저, 저는…… 인터넷에서 찾았어요. 하지만 그런 줄은 맹세코 몰랐어요."

그와 동시에 선생님이 루시의 '감정'에 대해서 말한 게 마음에 남았다. 종이 위의 글씨가 흐릿하게 보였다. 루시는 반은 실수로, 반은 일부러 표절을 한 게 부끄러운지, 아니면 선생님이 그런 말을 한 게 더 부끄러운지 알 수 없었다. 울음을 터뜨려서 더더욱 창피해지고 싶지는 않았다.

"인터넷에 선생님 이름도 없이 여기저기 돌아다녀요. 제가 알았어야 하는데. 엄청 여러 번 인용했어요."

선생님이 한숨을 내쉬었다.

"그래. 그렇다고 괜찮다는 건 아니야."

"알아요."

"초안에 대해서는 미완성으로 점수를 줄 거야. 최종본에서 잘하면 B는 받을 수 있어."

그러고는 선생님이 루시의 팔을 다독였다.

"미안하구나."

루시가 선생님의 손에서 리포트를 낚아챘다.

"그러지 마세요. 제 잘못인걸요. 다시 쓸게요."

"새로 쓸 필요는 없어. 내가 표시한 부분만 고치도록 해."

"그리고 저는……"

루시는 고개를 저었다. 어떻게 선생님이 눈치채지 못했을 거라고 생각했을까? 호박빵에, 책상에 올려 둔 쪽지에, 이유 없이 선생님 교실에서 서성이던 시간. 이 모든 게 얼마나 뻔하고 불쌍해 보였을까. 윌 선생님과도 그런 걸까? 열 살짜리 남동생도 알아차릴 만큼?

'엉망으로 만들 만한 일은 아무것도 하지 말아 줘.'

거스가 말했었다.

"몸이 안 좋아요."

루시의 목소리가 떨렸다.

"속이 너무 이상해요."

루시는 교실로 돌아가지 않고 복도를 지나 화장실에 들어갔다.

"조퇴증이라도 써 줄……."

선생님의 목소리가 등 뒤에서 희미해졌다.

♪

루시는 아빠에게 전화를 해서 레이나처럼 배탈이 났으니 데리러 와 달라고 했다. 집으로 돌아가서 원래 학교에 있어야 할 시간 동안 리포트의 초안을 새로 작성하는 틈틈이 윌 선생님이 답문을 보냈는지 휴대폰을 확인했다. 거스를 가르치지 않을 때 선생님은 무엇을 하는지 궁금해졌다. 아루나 아줌마는 일을 할까? 루시는 갑자기 선생님 부부의 삶에 대해 수백 가지 질문이 생겼다. 모든 것을 알고 싶었다.

이건 찰스 선생님의 경우와는 다르다고 결론지었다. 윌 선생님은 루시의 선생님이 아니라 실제로 친구, 그것도 좋은 친구다. 선생님은 루시와 루시의 세계에 대해 알고 있고 루시가 당장 필요한 게 무엇인지 안다.

하지만 루시는 휴대폰을 뚫어지게 보는 걸 그만 해야 한다. 휴대폰을 진동으로 바꾸고 가방에 넣어 버렸다.

몇 시간 동안 숙제에 매달린 뒤에 휴대폰을 꺼냈다. 그제야 선생님의 답문이 와 있었다.

거스 일은 유감이구나. 나아질 거야. 전화 줄래? 너를 초대하고 싶어.

초대라고? 신호음이 한 번 하고도 반쯤 울렸을 때 선생님이 전화를 받았다.

"루시, 안녕. 학교에 있는 줄 알았는데."

"아파서 집에 왔어요."

"민티 모카를 너무 많이 마셨나?"

"그럴지도요."

선생님이 잠깐 쉬었다가 말했다.

"거스 때문에 속상해서 그래? 아니면 다른 일이라도 있니?"

역시 친구라고. 선생님은 나를 안다니까.

"다른 일이에요."

"얘기해 볼래? 지금 밖이긴 하지만 잠시 들어 줄 수는 있어."

"괜찮아요."

바보같이 보이지 않으면서 찰스 선생님에 대해 설명할 길은 없다.

"초대는 뭐예요?"

"이번 주말에 우리 집에서 작은 모임을 가질 거야. 일종의 파티지. 사실, 거의 매주 금요일에 하거든. 음악가 친구들이랑. 네가 좋아할 것 같아서 말이야. 네가 만나던 사람들과는 완전히 다른 종류의 사람들이지."

"아."

루시는 엄지손톱을 물어뜯으면서 방 안을 서성거렸다.

"왜요?"

"파티에 왜 오냐고?"

"왜 저를 초대하시냐고요. 그건…… 나이 든 사람들 파티 아니에요?"

"그렇지. 늙은 친구들."

"하하."

"네 말이 무슨 뜻인지 알아. 나는 네가 음악인이지만 유명인은 아닌 보통 사람들을 만났으면 해. 직업으로 음악과 관련된 직업을 가진 사람이나 선생님, 취미로 음악을 하는 사람도 있거든. 색다르지 않니?"

파티라. 선생님이 파티에 초대한다.

"레이나도 가도 돼요?"

루시는 왜 그걸 물었는지 알 수 없었다. 레이나가 좋아할 만한 파티는 아니지만 같이 가면 안심이 될 것 같았다. 어쩌면 두 사람이 더 친해질 기회가 될 수도 있다. 게다가 교통편도 해결된다.

"그러고 싶으면. 하지만 레이나가 얼마나 재미있어할지 모르겠네."

"제가 물어볼게요."

월 선생님이 집 주소를 불렀다. 남쪽인 데일리시티*였다. 루시는 월 선생님 부부가 그런 우중충한 동네에 사는 게 상상이 되지 않았다. 콜밸리*나 헤이트* 같은 곳에 살 줄 알았다.

"네가 꼭 왔으면 좋겠구나."

선생님이 말했다.

♪

루시가 괜찮은지 보러 아빠가 들어왔을 때, 루시는 먹은 게 잘못되었던 것 같지만 이제 괜찮다고 했다.

"15분쯤 있다가 공항에 갈 거야. 같이 갈래?"

"숙제가 엄청 많아요."

아빠가 손등을 루시의 이마에 대 보더니 볼을 꼬집었다.

"네 덕분에 추수 감사절에는 무척 기뻤어, 오리양. 특별했어. 네가 연주하는 걸 다시 듣다니 말이야. 정말 즐거웠어."

루시는 아빠의 손을 떼어 내려고 힘을 주었다. 아빠와는 그날 밤 이후로 이 이야기를 나누지 않았다. 아빠가 기억을 못 하길 바라기도 했지만, 지금은 기억하고 이야기를 꺼낸 게 고마웠다.

"엄마한테 얘기하셨어요?"

*데일리시티 교외에 위치한 한적한 동네.
*콜밸리 대학교수, 전문가 등이 많이 사는 조용한 동네.
*헤이트 히피 지역으로 유명한 동네.

루시가 물었다.

"아니."

"엄마랑 얘기해야 하는 거 알아요."

루시가 얼굴에서 아빠의 손을, 손가락을 하나씩 떼어 냈다.

"할 거예요. 언제할지를 몰라서 그렇죠."

아빠가 고개를 끄덕였다.

"좋아."

"그리고 아빠도 기여하셨어요."

"뭐?"

아빠가 어리둥절해하면서 웃었다.

"절반의 유전자뿐만 아니라 더 많이요."

아빠가 루시의 머리를 가슴 쪽으로 당겼다.

"더 잘해 줄 수도 있었는데. 이제 다 커 버렸구나."

♪

루시는 엄마가 몇 달 전에 사 준 원피스를 입어 보았다. 루시의 취향도 아니고 신입사원 느낌이 났다. 하지만 엄마가 좋아하니까 루시는 노력한다는 걸 보여 주고자 했다.

루시는 옷장의 거울을 보면서 다시 생각했다.

머리가 너무 길어.

다 잘라야 한다. 아니면 조금이라도. 암 환자를 위한 가발로 기증을 할 수도 있지만, 당장 머리를 자르고 싶어서 예전에 앞머리를 다듬던 잘 드는 가위를 욕실 서랍에서 찾아냈다. 해치워야겠다는 생각이 들자, 옷에 머리카락이 떨어지지 않도록 원피스를 벗었다.

이제 욕실 거울을 마주 보고, 루시는 도대체 어떤 사람들이 이렇게 긴 머리를 원할까 궁금해졌다. 항상 스웨터에서 머리카락을 떼야 하고 샤워하고 나면 하수구에서 머리카락을 빼야 하고 따뜻한 날씨에는 목을 감싸는 머리카락이 담요처럼 느껴진다.

루시는 가위를 드는 순간 레이나가 반대할 거라는 생각이 떠올랐다. 루시는 그렇게 바보가 아니다. 한 번에 3~4센티씩 조금만 잘라서, 연예인이 많이들 하는 것처럼 '이게 픽시 스타일*이에요'라는 식의 엄청나게 극적인 변화를 주지는 않을 거다.

루시는 어깨 정도까지 머리를 자르고 층을 냈다.

그렇게 나빠 보이지는 않았다. 그렇다고 좋아 보이지도 않았다. 머리를 다듬으러 가야 한다. 하지만 이게 루시가 원하던 거다. 무언가 달라졌다는 표시. 변화가 있다는 표시.

루시는 엄마가 좋아하는 원피스를 다시 입고서 머리 스타일과는 어울리지 않는다는 걸 깨달았다. 옷장을 뒤지며 옷걸이를 하나씩 넘겼다. 아니, 아니, 아니, 아니. 그러다 레이나의 옷을 보관해 둔 걸 발견했다. 부끄러운 빨간 원피스 말고도 몇 가지 더 있다. 그날, 레이나의 집에서 하프문베이까지 간 날이 아득한 옛날처럼 느껴졌다.

타이트한 까만 치마와 자주색 스웨터가 어울릴 것 같았다. 스웨

＊픽시 스타일 1950년대에 유행한 엄청 짧은 머리 모양.

터는 목이 파여서 짧아진 머리를 돋보이게 할 터다. 엄마라면 이런 옷에 굽이 높은 구두나 낮아도 굽이 좁은 웨지를 고르겠지만 루시는 스타킹을 신고 굽 없는 갈색 부츠를 신었다. 그리고 달랑거리는 은 귀고리를 했다.

엄마가 집을 떠날 때와는 다른 사람이 되었다. 이제 그게 보였다.

엄마와 할아버지가 공항에서 돌아오려면 아직 시간이 남았다. 루시는 책상에 앉아서 리포트를 손보고 선생님께 조사를 게을리한 점에 대해 사과하는 글을 추가했다.

"선생님이 말씀하신 것에 대해 생각해 봤는데요."

처음에는 이렇게 덧붙였다.

"제가 그렇게 말하지 않았는데, 그걸 감정이라고 부르면 안 되죠."

루시는 그 글을 지웠다. 애써 관심 없다는 말을 하는 건 관심 있다고 말하는 거나 마찬가지다. 무관심의 가장 큰 무기는 침묵이다. 루시는 선생님과 학생 사이의 형식적인 문장으로 바꾸었다.

그때 노크 소리가 들렸다.

"들어오세요."

거스를 보자 가슴이 뛰었다. 루시의 머리를 발견한 거스의 눈동자가 왕방울만 해졌다.

"짧아졌네."

"짧지는 않아. 중간 길이지."

거스가 가까이, 루시가 앉아 있는 의자 바로 앞까지 다가왔다. 거스가 루시 주변을 천천히 돌자 볼에, 그리고 파인 목에 닿는 거스의 숨결이 느껴졌다.

"여기도 중간 길이네."

루시는 이게 왜 웃긴지 몰라서 웃음을 참다가 이내 왜 참아야 하는지 이유를 알 수 없었다. 그래서 거스가 가까이 다가왔을 때 허리를 잡아당겼다. 루시는 거스가 싫어해서, 항상 빠져나가려고 발버둥칠 정도로 거스를 꽉 껴안았다. 하지만 이번에는 그렇게까지 싫어하지 않았다. 거스는 잠시 루시를 안았다.

그러고는 입을 열었다.

"엄마랑 할아버지 오셨어."

24

루시와 거스는 엄마와 할아버지에게 인사를 하러 아래층으로 내려갔다. 루시는 문득 엄마가 새로운 머리를 좋아하지 않을 거라는 생각을 하면서, 엄마와 상의를 하고 머리 모양을 바꿀 걸 그랬다고 후회했다. 루시가 사과하는 음성 메시지를 남겼지만 아직 할 말이 많다.

루시는 거스의 손을 꽉 쥐었다가 놓았다. 마지막 층계참에 도착했을 때 할아버지가 올려다보았다. 할아버지의 얼굴이 환해졌다.

'우리를 보고 기뻐하시잖아!'

루시는 깜짝 놀랐다. 그게 왜 놀라운지는 알 수 없었다. 하지만 할아버지가 기뻐하는 마음이 루시에게 전해져 루시도 할아버지를 향해 웃었다. 할아버지의 미소를 보고 비로소 루시는 할아버지의 진심을 깨달았다. 자신에게 저지른 가장 큰 잘못은 좋은 의도에서 비롯되었다는 것. 그것은 할아버지의 자손에 대한 자부심이다. 아마 그 자부심에 돈과 명예가 지나치게 작용해서 망친 것이다. 하지만 여전히 루시가 할아버지의 손녀라는 자부심은 남아 있다.

할아버지를 포함해 부모님과 마틴 아저씨는 복도에서 짐 가방과 와인 상자로 보이는 여러 개의 가방을 둘러싸고 모여 있었다. 루시와 거스는 계단 아래까지 내려가서 차례로 할아버지와 포옹을 했다. 심지어 할아버지는 루시의 볼에 입맞춤까지 하셨다.

"아주 예쁘구나."

할아버지의 말에 짐 가방을 가지고 낑낑대느라 쳐다보지도 않던 엄마가 마침내 고개를 돌렸다. 엄마는 마치 변한 게 무엇인지 알아내려고 하는 듯 루시를 뚫어져라 보았다.

"루시."

엄마가 마침내 입을 열었다.

"그것 참…… 너답구나. 우리가 왜 진작 그렇게 안 해 봤을까."

루시는 '우리'라는 단어를 무시하기로 하고, 엄마에게 가서 포옹을 했다. 낯선 냄새가 났다. 비행기 좌석에서 나는 냄새와 새로운 향수가 섞인 냄새였다.

"잘 다녀오셨어요?"

엄마가 포옹을 풀더니 마틴 아저씨에게 가방 두 개를 가리켰다.

"이건 다 음식이에요. 독일에서만 구할 수 있는 특별한 재료요. 와인은 로스니츠에 있는 가족 농장에서 가지고 온 거예요."

"한 병 따서 마시자꾸나."

할아버지가 말했다.

"그리고 식사하자."

♪

　루시는 식사하는 내내 자신을 관찰하는 엄마의 시선을 느꼈다. 루시는 머리카락을 매만지고 싶은 걸 꾹 참으면서 목을 간질이는 머리카락의 색다른 감촉을 느꼈다. 마틴 아저씨는 소시지와 함께 음식 가방에서 꺼낸 까만 독일식 빵을 내왔다. 감자와 리크* 수프와 루콜라* 샐러드도 있었다.

　"곧 겨울이구나."

　할아버지가 말했다.

　"공기가 차갑게 느껴져."

　"나중에 벽난로를 켜시죠."

　아빠가 대답했다.

　엄마가 이런 아늑한 저녁 식사의 대화를 방해했다.

　"그건 그렇고, 연습은 잘돼 가니, 거스?"

　"괜찮아요."

　거스가 심드렁하게 대답했다. 수프에서 리크를 골라내느라 열중해 있었다.

　"괜찮다니?"

　할아버지가 물었다.

　"괜찮다보다는 나은 대답이었으면 좋겠는데. 페스티벌 준비는 어

*리크 양파의 한 품종으로 통통한 흰 뿌리는 달고 맵다.
*루콜라 지중해산 에루카속의 일년초로 이탈리아 요리에 많이 쓰인다.

떠니?"

루시의 아빠가 끼어들었다.

"열심히 했어요. 자랑스러우실 거예요."

거스가 숟가락을 내려놓고, 할아버지가 기대하는 대답을 했다.

"윌 선생님은 제가 준비 완료래요. 이미 잘한다고요. 완벽하게 연주할 거예요."

할아버지가 만면에 미소를 띠었다.

"좋아. 그럼 이제 스와너 준비를 시작해야겠구나. 윌 선생더러 조만간 저녁 식사하러 오라고 해라. 스와너에 대해 얘기를 나누고 싶다고."

"아루나 아줌마도요?"

거스가 물었다.

"물론이지."

식사를 마치고 루시는 엄마나 할아버지가 할머니의 가족에 대해서, 그리고 할머니의 유골을 뿌릴 때 어떤 기념식이나 추모식을 했는지 얘기해 주길 기다렸다. 실락에서 루시만의 추모식을 한 지 일주일이 채 안 되었다. 일주일. 보기에 아무 변화 없이 보낸 8개월 뒤에, 모든 것이 변하고 달라진 일주일이다.

하지만 엄마와 할아버지는 아니다. 여전히 거스의 일정이나 돌아오는 휴일에 해야 할 일에 대해 의논한다. 루시는 식탁에 앉아 있는 가족을 둘러보았다.

인생은 성취만을 위해서 존재하는 게 아니다. 어떤 시대에 사는 이름 없는 사람들이 주는 뭐라 설명할 수 없는 것이 있다.

루시는 이름 없는 사람들 중 하나인 자신을 위해 살고 싶었다.

숟가락을 내려놓고 여행에 대해 좀 더 자세히 물어보려다가, 할아버지가 함께 있어서 행복하다는 표정으로 따뜻하게 루시를 바라보자 그럴 마음이 사라졌다.

오늘 밤은 괜찮다. 오늘 밤, 루시는 아무런 갈등도 일으키지 않기로 했다.

♪

모두들 잠자리에 든 뒤, 루시는 매트 하이모비츠*가 연주한 바흐의 첼로 무반주 모음곡을 너무 크지 않게 틀어 놓았다. 그리고 옷장과 서랍에 있는 옷을 몽땅 꺼내 침대와 바닥에 늘어놓은 채 정리했다. 교복과 폴로 티셔츠와 스웨터만 빼고 옷을 하나하나 입어 보고 거울에 비추었다.

'이게 나다운 옷인가?'

대답은, 대부분 '아니다'였다.

마치 레이나가 부모님의 이혼 사건 이후 대대적인 옷장 정리를 하던 것과 같았다. 물론 레이나는 아빠의 흔적을 지우려는 것이었지만 루시에게는, 윌 선생님이 말했듯이 자신이 원하는 것을 깨닫고 원하지 않는 것에 대해 정리하는 과정이다.

＊**매트 하이모비츠** 이스라엘 출신의 첼로 연주자로 남다른 개성과 통찰력 있는 연주로 주목받고 있다.

루시는 현재 자신에게 어울리는 옷만 쌓아 두고 바라보았다. 그 아래 진짜 인생이 있고, 루시를 기다리고 있다.

25

루시는 깼다가 다시 잠들지 않기 위해 전화기를 침대에서 최대한 멀리 두었다. 조용한 아침 방 안에 혼자 있자니, 엄마와의 관계를 새로 시작하는 건 간단해 보였다. 얼굴을 맞대고, 음성 메시지를 남겼던 것처럼 다시 사과한 다음 엄마가 하는 어떤 말에도 토를 달지 않는 거다. 그러고 나면 사이가 좀 회복되지 않을까. 서로를 생각하는 가족이라면 이런 일에는 관대한 법이다. 게다가 휴일은 화해하기에 적절한 시점이 아닌가. 같이 크리스마스 쇼핑을 가도 좋을 거다.

머리를 손질하다가 하마터면 늦을 뻔했다. 긴 머리일 때는 머리를 그냥 두어도 별 상관이 없었는데. 이제 층을 낸 머리가 엉켜서 도저히 정리되지 않았다.

머리를 손질할 시간 따위는 없다. 머리핀을 꽂고 평소보다 화장을 조금 더 한 뒤, 루시는 아래층으로 내려가 엄마에게 웃으며 인사할 준비를 했다.

하지만 아래층에는 아빠와 거스가 나갈 채비를 한 채 루시에게 조용히 하라는 신호를 보냈다.

"엄마는 아직 자고 있어."

아빠가 말했다.

"하루 종일 자야 할 것 같구나. 갈까?"

루시는 고개를 끄덕였지만 조금 실망한 동시에 안도했다.

♪

루시는 수업이 시작하기 조금 전에 도착해서 먼로에 대한 리포트를 찰스 선생님의 책상 위에 두었다. 한 손에는 CC's의 커피를 들고 있었다. 선생님이 고개를 끄덕였다.

"나아져서 다행이구나."

선생님이 다시 얼굴을 빤히 보았다.

"머리 모양 바꾸었니?"

"네."

선생님이 마음에 들어 하시나? 별로인가?

"어제는 죄송했어요."

"괜찮아."

선생님이 루시의 리포트를 들어서 훑어보았고, 루시는 선생님의 안색을 살폈다.

"굉장히 빨리했네."

"최종적으로 마무리하기 전에 선생님 의견을 듣고 싶어서요."

"모둠 활동하는 동안 읽어 보마."

루시는 선생님이 리포트를 읽는 내내 모둠 활동에 집중할 수가 없었다. 선생님은 자리에 앉아서 리포트를 읽었지만 아무런 표정도 없었다. 리포트 끝에 루시가 적은 글을 발견하는 장면을 상상하면서 좀 더 개인적인 내용을 쓸걸, 하고 살짝 후회를 했다.

수업이 끝나고 학생들이 교실에서 나갈 때 선생님이 루시를 불러 세웠다. 루시는 선생님과 복도에 섰다.

"잘했어, 루시."

선생님이 루시에게 리포트를 돌려주었다.

"네 가설에 대해 몇 가지 의견을 적긴 했지만, 네가 제대로 잘한 것 같구나."

어제 그렇게 당황스러운 일이 있었음에도 그 말은 여전히 루시에게 의미가 있다. 루시는 선생님의 눈을 쳐다보지는 않았지만 미소 짓고 있다는 걸 알 수 있었다.

"새로운 머리 괜찮은데."

선생님이 손으로 루시의 어깨를 살짝 쳤다.

"고맙습니다."

루시는 더 이상 아무 말도 하지 않고 얼른 자리를 떠났다.

다음 수업 시간에 루시는 리포트를 확인했고 선생님이 남긴 메모와 특히 마지막 부분, 루시의 사과에 대해 선생님이 쓴 글을 보았다. 이렇게 쓰여 있었다.

인생은 길어. 많은 일이 생긴단다. 그래서 또 배우는 거고.

♪

루시는 오늘 레이나가 학교에 왔는지 확인하려고 문자를 보냈다. 하지만 머리 모양에 대해서는 알려 주지 않았다. 레이나의 반응이 궁금했다. 그 전에 칼슨을 먼저 만났는데 점심시간에 2층으로 가는 계단에서 맞닥뜨렸다.

"잘라 냈어! 세상에……."

칼슨은 루시 앞에서 한꺼번에 두 계단을 뛰어오르더니 루시 뒤를 돌아 다시 두 계단을 뛰어내려서 여러 각도로 루시를 관찰했다.

"다 잘라 버렸네."

"전문가의 손길이 필요하긴 해."

루시는 갑자기 레이나의 반응이 걱정되었다.

"네가 직접 한 거야?"

"충동적으로 저질렀어."

"나~아쁘지 않아."

칼슨이 손을 번쩍 들었다.

루시는 손뼉을 치고 웃었다.

"내 머리 때문에 하는 첫 번째 하이파이브야."

둘은 테이블에 앉았고 루시는 싸 온 음식을 펼쳤다. 사과 한 개와 오랫동안 가방 아래에 깔려서 찌그러진 초코바가 있었다. 루시는 배가 고팠지만 학교 식당에 있는 음식은 먹고 싶지 않았다.

"브리또* 먹고 싶어."

루시가 마침내 말했다.

"학교에서 파는 거 말고, 진짜 브리또 말이야."

순간 레이나가 엄청난 비명을 지르는 바람에 칼슨이 대답하지 못했다. 레이나는 팔을 벌린 채 루시에게 뛰어오고 있었다.

"네 머리!"

레이나가 손가락으로 루시의 머리카락을 만지작거렸다. 옆에 있던 칼슨이 말했다.

"축하하기 위해 브리또를 먹을 참이야."

"뭘 축하해?"

"당연히, 루시의 머리지."

레이나가 테이블 반대쪽으로 돌아서 축하할 일인지 위로할 일인지 루시를 살펴보더니 말했다.

"안 돼. 5교시까지 못 돌아올 거야. 더 이상 수업에 빠지면 안 되거든. 게다가 아직도 속이 안 좋고."

사과와 찌그러진 데다 물컹하기까지 한 초코바는 만족스럽지 않지만, 루시 역시 수업을 더 이상 빼먹으면 안 된다. 특히 며칠 전에 꾀병으로 빠지기까지 했으니.

"그런데 정말로, 왜 그런 거야?"

레이나가 옆에 앉아서 루시의 머리를 쳐다보았다.

"이상해?"

"아니. 괜찮……."

＊브리또 옥수수 가루로 만든 또띠아 안에 고기와 채소, 콩 등을 싸서 먹는 멕시코 음식.

칼슨이 손을 들어 레이나와 루시 사이에 공기를 자르는 시늉을 했다.

"지금 내 머릿속에 브리또가 들어왔어. 학교 식당 브리또라도 먹는 게 안 먹는 것보다는 나을 듯해. 두 숙녀 분이 머리에 대해 토론하시게 자리를 비켜 드리죠."

"잘 가, 칼슨."

루시가 칼슨을 향해 사과를 흔들었다. 칼슨이 간 뒤 레이나에게 말했다.

"나도 알아. 아무 계획 없이 자른 거야. 미용실에서 다듬어야 해."

"괜찮은 것 같아."

레이나는 오랫동안 앓은 뒤라 피곤해 보였다.

"이게 토요일에 얘기했던 것의 일부분인 것 같아. 변화 말이야. 그 중 하나."

"뭐, 그냥 머리 모양이잖아. 머리 모양이 언제나 같을 순 없지."

"우리가 했던 얘기가 또 있잖아. 피아노 말이야. 미처 못한 말이 있어."

레이나가 테이블에 턱을 괴었다.

"얘기해 봐."

루시는 처음으로 돌아가서 음악 학교에 대해 어떻게 생각하는지부터 얘기를 시작했다. 추수 감사절에 레이나가 동생과 돌아간 뒤 피아노를 친 일을 좀 더 자세히 털어놓았다. 그러다 프라하에서 있었던 일을, 레이나도 물론 이미 알지만 그 당시에는 루시가 원하지 않아서 자세히 하지 않았던 얘기까지 꺼냈다.

"그때는, 그게 마지막 연주가 될 줄은 몰랐어. 할머니가 돌아가셨기 때문에 치고 싶지 않았을 뿐이었어. 이제는 치고 싶고, 다시 하니까 무척 좋아. 근데 약간 두렵기도 해. 우리 가족이 얼마나 빡빡한지 잘 알지? 엄마나 할아버지한테 아직 말도 못 꺼냈어."

"그분들도 기뻐하지 않으실까?"

"할아버지는 이미 내가 영원히 그만두는 거라고 못 박으셨어. 아직 화도 안 풀리셨고."

루시는 39번 부두에서의 기분을 다시 느끼고 싶었다. 그때는 할아버지의 영향력 따위는 하찮게 느껴졌다.

레이나가 고개를 들었다.

"오해하지 말고 들어 줘."

"뭐?"

"혹시, 어쩌면 말이야, 너야말로 아직 화가 안 풀린 것 아닐까?"

"하지만, 넌……."

"맞아, 나는 이해를 못 하지. 나는 너희 집에 살지 않고, 음악가도 아니니 그 세계나 다른 것들을 내가 어떻게 알겠니."

레이나가 미소를 지었다.

"하지만, 너를 평생 알고 지냈어. 너는 아주 최근까지 너네 가족이 '빡빡하다'라는 것에 한 번도 불평한 적이 없어. 네가 빡빡한 사람이었으니까."

레이나의 말은 틀리지 않다. 하지만 맞지도 않다.

"그건 다른 길이 있는지 몰랐기 때문이야. 이제는 알아. 윌 선생님이 거스한테 어떻게 하시는지, 그리고……."

"아, 윌 선생님이 또 나오셨군."

"또 뭐?"

"내가 전에 얘기한 것 말이야."

레이나가 눈을 크게 떴다.

"조심하라고 했던 거."

점심시간이 끝나는 종이 울렸다. 루시는 잠시 머뭇거렸다. 레이나가 음악과 관련된 일을 이해하길, 윌 선생님이 자신을 도와준다는 걸 이해하게 하려면, 레이나에게 좀 더 자세히 보여 주어야 한다.

"윌 선생님 얘기가 나왔으니 말인데, 이번 주말에 날 초대하셨어. 너도 함께 와도 좋대. 같이 갔다가 우리 집에서 자자."

"뭐 하는 자린데?"

"파티 같은 거라고 하셨어. 음악가와 관계자들이 온대. 윌 선생님과 아루나 아줌마 친구들이래."

루시가 말했다.

"그러면 내가 무슨 말을 하는지 알 수 있을 거야."

"어른들?"

"응."

"음악가?"

레이나가 심드렁하게 물었다.

"대부분 그렇지 않을까."

루시는 졸랐다.

"제발, 응?"

레이나가 한숨을 쉬었다.

"좋아, 한번 가 보지 뭐. 윌 선생님네 집도 구경하고 싶고."

"그게…… 데일리시티래."

"데일리시티에 산다고?"

"그러게 말이야."

♪

루시가 학교에서 돌아왔을 때도 엄마는 하루 종일 계속 잠을 잔 건지, 깼다가 다시 자는 건지 아직 잠자리에 있었다. 하지만 할아버지는 사무실에서 집을 비운 사이에 도착한 우편물을 정리하고 있었다. 루시는 복도에서 할아버지를 보았다. 여행으로 피곤해서인지 루시가 오랜만에 할아버지를 제대로 보았기 때문인지 모르지만 어쨌든 달라 보였다.

할아버지가 시선을 느꼈는지 책상에서 고개를 들었다.

"루시."

할아버지가 안경을 벗었다.

"들어오렴."

할아버지가 가리킨 건너편 의자에 루시가 앉았다.

"할아버지……."

루시가 뭐라 할 말을 생각했다.

"……짐은 벌써 다 푸셨어요?"

"그럼. 정리해 놓아야 마음이 편하단다."

할아버지가 편지를 뒤적거리더니 안경을 들었다 다시 내려놓았다. 손등에는 하얗게 센 털이 나 있었고, 주름졌으며 반점도 있었다.

"추수 감사절은 잘 보냈니?"

할아버지가 물었다.

"네. 잘 보냈어요. 추모식은 어땠어요?"

책상 위에 놓인 할아버지의 손끝이 미묘하게 떨리는가 싶더니 몸이 살짝 기울어지면서 고개가 아래로 떨어졌다.

"할아버지?"

루시는 고개를 든 할아버지의 눈가가 촉촉이 젖은 걸 보았다

"많이 슬프셨죠."

루시가 용기를 내 말했다.

할아버지가 몸을 바로 하고 등을 꼿꼿이 세웠다.

"음."

할아버지가 싫은 건지 짜증이 나는 건지 중간쯤 되는 몸짓으로 손을 흔들었다.

"사람들이 온통 감상적인 기억에 젖어서 종교적으로 위로했지. 내가 죽고 나면 말이다……."

할아버지가 갑자기 말을 멈추었다.

루시는 할아버지가, 비록 그런 나이이긴 하지만, 죽는다는 건 상상도 할 수 없었다. 할아버지는 너무 완고하고 바쁘기 때문에 죽을

수 없을 것 같았다.

할아버지가 안경을 다시 쓰고는 우편물을 보며 인상을 썼다.

"모두 내 돈만 뜯어 가려고 안달하는구나."

편지를 하나 들어 보였다.

"리투아니아 오보에 연주가 모임이라. 하하하. 조사도 제대로 안 했구먼."

할아버지가 편지를 찢어버리더니 고개를 저었다.

"오보에 연주가라니."

루시가 미소를 지었다.

루시는 할아버지에게 할머니의 유골이나 프라하에서 있었던 일에 대한 사과를 하지도, 그 어떤 것에 대해서도 묻지 않았다. 할아버지는 루시가 연주하지 않아서 화가 났지만 루시가 다시 연주를 한다고 해도 화를 낼 거다. 어떻게 하든 할아버지의 계획에 따르지 않았기 때문이다. 이제 와서 할아버지의 계획에 들어가기는 너무 늦었다. 혹은 크리스토프나 그 누구의 계획에도. 그렇다. 할아버지는 참견하길 좋아하고 고집이 세지만 그렇게 강하지는 않다. 할아버지는 평생을 자신의 것이 아닌 일에 지나치게 매달렸다.

루시는 자신이 바라지 않는 것의 목록에 그 사실을 추가했다.

그리고 카페에서 리스트를 만들 때 윌 선생님이 사람은 복잡하니 빼자고 했지만, 루시가 사랑하는 것의 목록에 할아버지를 추가했다.

26

수요일이 되었지만 루시는 아직 엄마에게 말도 꺼내지 못했다. 물론 일상적인 얘기나 잡담은 나누었지만 대화를 하지는 않았다. 기회는 여러 번 있었다. 하지만 기회가 생길 때마다 루시의 머릿속이 하얘져서 아무 말도 나오지 않았다.

윌 선생님은 오지 않았다. 거스를 맡기 전에 잡아 놓은 일이 있다고 했다.

루시와 선생님은 문자 메시지를 몇 번 주고받았다. 하루가 어땠는지 서로 안부를 묻고 새로 알게 된 사실을 나누었다. 수요일 밤에 선생님이 루시에게 채식주의자를 위한 컵케익을 막 먹을 참이라고 사진을 보내자 루시는 자신이 매달려 풀고 있는 미적분학 책의 한 페이지를 찍어 보냈다.

목요일에 루시는 선생님을 만나고 싶어서, 선생님이 집에 와 있을 시간에 문자를 보냈다.

저 집에 있으니 잠깐 얘기할 수 있어요.

하지만 선생님은 '좋은 아침!' 하고 인사를 한 이후로 답이 없었다. 그래서 루시는 선생님이 레슨을 마치고 집으로 돌아갔으리라 짐작되는 시간에 침대에 누워 불을 끈 채 전화를 걸었다.

"루시, 루시구나."

선생님이 대답했다.

"그날 파티에 가려고요. 저하고 레이나요."

"좋아! 아, 오늘은 미안. 거스가 얘기를 좀 하자고 해서."

"무슨 얘기요?"

윌 선생님이 대답하지 않았다.

"아니에요."

루시가 말했다.

"제가 상관할 바가 아니죠."

"목소리에 기운이 없는 것 같은데."

"조금요. 엄마 때문에요. 여행 가시기 전에 다투었는데 아직 얘기를 못 나눴어요."

루시는 조언이나 격려의 말을 기다리며 뜸을 들였다. 하지만 선생님은 아무 말이 없었다.

"여보세요?"

"좌회전하느라고."

어쨌든 간에 루시는 엄마에 대한 말은 별로 하고 싶지 않았다. 루시는 선생님 목소리에 귀를 기울이면서 전화로 듣는 선생님의 목소리가 얼마나 앳되게 들리는지 깨달았다. 마치 루시 또래 같았다.

"선생님, 고등학교 시절엔 어땠어요?"

"음. 어리바리했어. 좀 뚱뚱했고."

"정말요?"

지금 선생님은 마른 데다 아루나 아줌마의 몸매는 끝내준다.

"나는 외톨이였어. 뭐, 너도 알잖니. 클래식 음악계에서 실력을 인정받는다고 해서 사회적으로도 그런 건 아니라는 거. 약간 유명해도 사회생활을 즐길 정도까지는 못되지."

"네."

루시가 한쪽 팔꿈치로 기대며 몸을 일으켰다.

"선생님도 저처럼 지냈어요? 아니, 거스도 그런 것처럼요? 여행 다니면서 연주하고 그렇게요?"

"그랬지."

루시는 선생님이 처음 오던 날 인터넷에서 찾았던 내용이 하나도 기억나지 않았다.

"그래서요?"

"특별한 사건은 없었어. 단지 연주자로 계속 활동할 생각이 없어서 가르치기 시작했지. 텔레비전 프로그램도 한동안 맡았고. 그리고…… 지금은 이렇고."

"왜 그런 얘길 한 번도 안 하셨어요?"

"흠. 네가 알 거라고 생각했나 봐."

"거스한테는 얘기하셨어요?"

선생님이 침묵했다.

"아니, 내 이력서에 다 나와 있는걸."

"하지만, 거스가 그 얘기를 듣고 싶어 할 거라고 생각하지 않으세요? 선생님한테서 직접요. 제 말은……"

"루시, 너는 네 좋았던 시절에 대해 얘기하는 걸 즐기니? 너희 어머니도 그러시니?"

선생님 목소리에서 당황한 기색이 느껴지자 루시는 잠시 조용히 있었다.

"그렇진 않죠. 하지만……"

"어릴 때부터 촉망받는 연주자에게 많이 일어나는 일이야. 너만 그런 일을 겪은 유일한 사람이 아니란다. 나이를 먹고, 더 이상 특별한 존재가 아니게 되지."

"저는……"

"오늘은 너무 피곤하구나."

루시가 뭐라 답하길 기다리는 듯했지만 루시는 아무 말도 할 수 없었다.

"이제 집에 도착하기도 했고."

"아, 알겠어요."

잠시 정적이 흐르다 마침내 선생님이 입을 열었다.

"미안, 루시."

"아니에요."

더 이상 무슨 말을 할 수 있을까?

"아니, 아니야. 이렇게 반응할 생각은 아니었는데. 냉소적으로 말이야."

루시의 마음을 상하게 하려던 것이 아니었다는 것을 믿을 수 없었지만, 루시는 선생님이 더 이상 기분이 나쁘지 않길 바랐다. 선생님 기분이 좋아졌으면 했다.

"선생님은 최소한 솔직하잖아요. 거짓으로 행동하는 것보단 나아요."

"그럴 수도 있고 아닐 수도 있고."

선생님이 한숨을 쉬었다.

"파티에 온다니 기쁘구나."

루시가 다시 누웠다.

"그런데 뭘 입어야 해요? 저하고 레이나 말이에요."

"걱정 마. 복장에 신경 쓰는 사람들이 오는 그런 파티가 아니니까. 편한 걸로 아무거나 입으렴."

두 사람은 인사를 나누고 전화를 끊었다. 루시는 노트북을 들고 침대에 앉아 월 선생님을 검색했다. 이번에는 두어 페이지를 건너뛰고 윌리엄 데비, 1990년대의 어린 연주자에 대한 기사를 찾았다. 자료가 많지는 않았다. 적어도 인터넷상에는 많지 않았다.

오래된 흐릿한 사진을 발견했는데 신문에서 스캔한 걸로 보이는 사진으로 선생님이 열네 살 때 상을 받는 사진이었다. 루시는 선생님의 머리 모양을 보고 웃었다. 1990년대 유행하던, 머리 위를 부풀리는 스타일로 덜 뚱뚱하게 보이는 데에는 그다지 도움이 되지 못했다. 얼굴이 잘 보이지 않아 확대를 했지만 소용없었다. 루시는 그 사진을 컴퓨터에 저장하고는 루시가 알기 전의 선생님이 어땠을지 생각해 보았다.

좋았던 시절이라.

그렇게 말하고 보니, 마치 루시의 과거처럼 들렸다. 루시는 윌 선생님 덕분에 원하는 걸 찾게 되었고, 앞으로 행복해질 텐데. 아카데미에서든 어디서든. 하지만 선생님이 말하는 걸 듣자니 정작 선생님은 자신을 잃어버린 듯했다.

루시는 문자를 보냈다.

선생님은 여전히 특별하다고 생각해요.

선생님이 짧게 답했다.

:)

♪

금요일 방과 후 루시는 로렐 하이츠*로 가는 버스를 탔다. 직접 자른 머리를 다듬기 위해 예약한 미용실이 있는 곳이다.

---

*로렐 하이츠 전통적인 아름다움을 간직한 동네.

"그렇게 엉망은 아닌데요."

미용사가 루시의 머리를 매만지는 사이 루시는 거울에 비친 자신의 모습을 보았다. 머리 모양을 바꾼 뒤에는 화장을 좀 더 해서 눈가가 선명해지도록 마스카라를 발랐다. 루시가 자신의 모습을 보는 동안 미용사는 루시의 목에 비닐 가운을 두르고 라디오에 나오는 음악에 맞춰 고개를 흔들면서 루시의 머리를 손질했다. 미용사는 옆에 있는 미용사와 대화를 나누었고, 루시는 거울 속의 자신에게서 엄마의 모습을 발견했다. 피부색은 아빠처럼 많이 어둡지도, 하얗지도 않은 전형적인 백인의 모습이다. 루시는 항상 아빠를 닮아서 좋다고 하지만 외모는 거짓말을 하지 않는다. 입 모양이나 눈의 생김새, 심지어 어깨선이 각진 것까지 모로 집안보다는 벡 집안에 더 가깝다.

자신이 어떤 모습으로 클지 눈에 보인다. 어쨌든 외모는 그렇다. 게다가 다른 방면에서도 이미 엄마를 많이 닮았다. 레이나가 말했던 것처럼 누르고, 참고, 할아버지가 자신의 인생을 좌지우지하는 걸 내버려 두는 것까지.

한편으로 엄마는 존경할 만한 사람이다. 똑똑하고 일을 열심히 한다. 스피어 고등학교의 학부모들은 보통 쇼핑을 하고, 마사지를 받고, 필요도 없는 인테리어를 하는 데 시간을 소비한다. 하지만 엄마는 집안일을 한 번도 게을리 한 적이 없고 거스의 일정도 꼼꼼하게 챙기면서 할아버지의 자선기금과 가족의 펀드를 관리했다. 물론 나중에 엄마가 물려받고, 그 뒤에는 루시가 물려받겠지만.

"오늘 서비스 한 가지를 추가하면 30퍼센트 할인해 줄게요."

미용사가 손바닥에 무언가를 뿌린 뒤 루시의 머리카락에 바르면서 말을 꺼냈다.

"어떤 거요?"

루시가 물었다.

미용사가 거울에 비친 루시에게 대답했다.

"염색이나 손톱 손질을 해도 되고, 속눈썹을 염색하거나 눈썹을 다듬어도 되고요."

"속눈썹 염색은 시간이 얼마나 걸려요?"

마스카라를 안 해도 되면 등교 준비를 하는 데 몇 분을 줄일 수 있을 터다.

"15분에서 20분 정도요."

"할게요."

결국 루시는 손톱도 다듬고 몇 가지 필요한 물건도 사면서 시간을 좀 더 보내고 돈도 더 썼다.

마지막으로 거울을 응시했을 때 루시는 놀랐다.

머리 모양이 루시를 완전히 달라지게 했다. 아니면 삶이 그렇게 만들었거나. 아니면 원래 그랬는데 루시가 눈치채지 못했을 수도 있고. 확실한 건 몇 달 전의 그 소녀는, 적어도 루시가 생각하던 소녀의 모습은 온데간데없다.

집으로 돌아가는 버스를 기다리는데 염색한 속눈썹 때문에 눈물이 났다. 벌써 날은 어두웠다. 요즘은 해가 일찍 졌다. 하지만 부모님이나 마틴 아저씨 어느 누구도 걱정하는 전화나 문자를 하지 않았다. 윌 선생님의 파티에 대해서도 아무에게도 말하지 않았다. 어차피 다들 루시가 알아서 하게 내버려 두기 때문이다.

루시는 추수 감사절 이후 며칠 사이에, 아무런 공식적인 통보나 결정 없이 자신과 부모님, 마틴 아저씨를 연결하는 보이지 않는 줄이 끊어진 것 같아 마음이 허탈했다.

그것이 원하던 것이긴 하다. 무엇을 할지 스스로 결정하는 것. 그 오랜 시간 동안 부담스럽게 느껴지던 벡-모로 집안의 구속에서 벗어나는 것.

오늘 밤, 이 순간 짙어지는 안개와 추위 속에서 루시는 어쩌면 윌 선생님의 생각이 맞을지도 모르겠다는 생각을 했다.

'나이를 먹고, 더 이상 특별한 존재가 아니게 되지.'

♪

집은 이상하리만큼 조용했다. 현관 테이블에 놓인 쪽지를 보니 엄마와 아빠는 외식을 하러 나가고 할아버지는 거스를 데리고 헤럽스트 현악 4중주단 공연에 갔다고 했다. 루시는 쪽지를 응시했다.

'나도 현악 4중주단 좋아하는데. 할아버지도 아시면서.'

루시는 주방으로 가서 마틴 아저씨가 저녁으로 만들어 둔 음식을 꺼내서 견과류 한 줌과 밥을 조금 먹었다.

방으로 들어가 음악을 틀고 나갈 채비를 했다. 레이나가 8시에 데리러 올 예정이었다. 평소에 입는 옷을 입고 싶지는 않았고, 뭔가 발랄하고 자신감 넘치는 차림을 하고 싶었다. 금요일 밤에 절친과 가는 파티이지만 창고에서 하는 아이들 파티가 아니다. 루시는 옷장을 몇 번이나 헤집어 보고 이것저것 걸쳐 보았지만 아무것도 마음에 들지 않았다.

결국 루시는 그냥 까만 스키니진에 모자 달린 연분홍빛 스웨터를 걸치고 굽이 없는 부츠를 신었다. 스웨터도 엄마가 사다 준 것이다. 당시에는 너무 길고 거추장스러워서 루시의 취향과 맞지 않았다. 끝자락이 비대칭인데, 루시가 아는 어떤 사람도 비대칭인 옷을 입지 않았다. 그래서 루시는 펼쳐 보지도 않고 가격표도 떼지 않은 채 옷장에 처박아 두었다. 400달러나 나가는 스웨터였다.

이제 보니 왜 엄마가 이 옷이 루시에게 어울린다고 생각했는지 알 것 같았다. 루시의 늘씬한 몸에 딱 맞아떨어지면서 몸매를 돋보이게 했다. 그리고 색상 역시 루시의 피부색에 딱 어울렸다. 엄마한테 이런 옷을 좀 더 사러 쇼핑을 가자고 해야겠다고 생각했다.

문자 소리에 루시가 정신을 차렸다. 레이나가 집 밖에 도착했다고 했다. 루시는 짐을 챙겨 방에서 나와 부모님에게 쪽지를 남기고, 레이나를 만나러 나갔다.

"예쁘네."

레이나가 말했다.

"완전 예뻐."

"고마워."

"하루 종일 운 거 티 나니?"

"아니. 한번 보자."

루시는 실내등을 켜서 레이나를 관찰하는 척했다.

"평소처럼 멋져."

"내가 멋지기 때문이지."

루시는 이유를 묻지 않았다. 두 사람의 눈동자가 부딪혔다.

"혹시……."

'가고 싶지 않니?'

루시는 그렇게 말해서 레이나가 파티에 가지 않겠다고 말할 기회를 줄 수는 없다. 오늘 밤 윌 선생님을 만나지 못한다면 꼬박 이틀을 더 기다려야 한다.

"미안. 그래도 오늘 밤 재미있을 거야. 내가 장담할게."

"좋아."

레이나가 실내등을 껐다.

"가서 데일리시티 주민에게 본때를 보여 주자고."

27

월 선생님네 집은 그 주변의 집이 다 그렇듯이 벽돌로 바깥벽을 바르긴 했지만 독특하면서도 멋지게 꾸며져 있었다. 크림색 바탕에 빨간색 벽돌이 중간중간 눈에 띄었고 계단에서 현관까지 식물이 자라고 있는데 그 위에 세련된 크리스마스 장식을 했다.

루시가 초인종으로 손을 뻗자 레이나가 막았다.

"파티에 와서 벨 누르는 사람이 어디 있니? 그냥 들어가는 거야."

"너 우리 집에 왔을 때는 벨을 눌렀잖아."

"너네 집에서는 '파티'라고 부를 만한 게 아무것도 없었잖아."

레이나가 문을 열더니 루시를 안으로 밀었다.

문 앞에 현관이나 복도가 없었다. 문을 열자마자 둘은 바로 거실 한가운데에 많은 사람들 속으로 들어갔는데 월 선생님 부부보다 나이가 많은 사람부터 더 어린 사람까지, 그리고 멋진 사람부터 괴짜로 보이는 사람까지 다양했다. 그중 몇 명이 루시와 레이나를 쳐다보았다.

음악 축제나 자선 파티 같은 느낌이 아니었다. 루시는 어디로 가야할지 몰랐다.

"얼마나 견딜 수 있을지 모르겠네."

레이나가 속삭였다.

'나도 그래.'

루시는 속으로 이렇게 생각했지만 노력은 하고 싶었다.

"괜찮을 거야. 윌 선생님이 저기 계시네."

루시는 레이나를 윌 선생님이 있는 거실 건너편으로 끌고 갔다. 선생님은 멋지게 차려입었다. 청바지에 적당히 물 빠진 하늘색 티셔츠를 입고 위에 보송보송한 파란색 카디건을 걸쳤다. 면도를 하지 않았는데 검은 머리카락과 달리 턱수염은 불그스레했다.

"안녕, 와 줘서 기쁘구나. 아주 예쁘네."

선생님은 사람들이 보는 앞에서 루시의 볼에 입을 맞췄다. 까끌한 수염이 느껴져 따끔하면서도 온기가 느껴졌다.

"코트 받아 줄까?"

루시가 자신의 코트를 내밀었다.

"제 건 차에 있어요."

레이나가 대답했다.

"그리고 초대해 주셔서 감사해요."

"별 말씀을."

선생님이 다시 루시에게 말했다.

"코트 갖다 놓고 사람들을 소개해 주마."

"볼에 키스라."

선생님이 가고 나자 레이나가 말했다.

"요즈음 그런 사이가 됐니?"

"친구니까."

전에는 한 번도 그런 적이 없었다. 루시는 볼을 쓰다듬고 싶은 걸 꾹 참았다.

레이나가 더 대꾸하기 전에 윌 선생님이 돌아와 10분 넘게 손님들에게 루시를 인사시키고 다녔다. 그때 루시는 깨달았다. 모두들 루시가 누구인지 안다는 것을. 물론 아무도, 단 한 명도 그렇게 말은 하지 않았지만 윌 선생님이 이 사람에서 저 사람에게 루시 벡-모로라고 이름을 소개할 때마다 루시는 보았다. 반갑다는 인사 뒤에 갑자기 관심을 보이면서 몇 명은 아! 하고 덧붙이는 것을 느꼈다.

거실을 한 바퀴 돌고 난 뒤 루시는 주방으로 향했다. 사람들의 시선이 따라오는 게 느껴졌고 낮은 목소리로 얘기하는 소리가 들렸다. 윌 선생님이 잠시 양해를 구하고 막 도착한 손님을 맞이하러 갔다.

만난 사람 중 적어도 절반은 여자였지만 레이나는 그 시선을 약간 오해했다.

"왜 갑자기 내가 고양이 앞에 쥐 같은 느낌이 들지?"

레이나가 웅얼거렸다.

"그런 게 아니야."

루시는 주방문 뒤에 몰래 숨어서 사람들이 루시에 대해 뭐라 하는지 듣고 싶었다. 아마 한물간 스타나, 누구나 원하는 삶을 걷어찬

400달러짜리 스웨터를 걸친 버르장머리 없는 아이라고 할지도 모른다.

그때 아루나 아줌마가 주방으로 들어왔다. 물 빠진 청바지에 꽃무늬 상의를 입고 은빛 샌들을 신었다. 루시와 레이나를 향해 팔을 벌렸다.

"안녕, 아가씨들!"

아루나 아줌마는 둘을 차례차례 포옹하더니 진이 든 술병을 내밀었다.

"누구 마실 사람? 아니지, 내가 뭐라 하는 거야? 이러면 안 되지."

아루나 아줌마가 병에 마티니를 섞으면서 추수 감사절에 마틴 아저씨의 요리 솜씨를 입에 침이 마르게 칭찬했다.

"세상에 그런 음식을 먹으면서 어떻게 100킬로그램이 넘지 않을 수 있어요. 루시, 그런데……."

아루나 아줌마가 잔을 꼭 쥔 채 루시를 위아래로 훑어보았다.

"와우, 머리 모양 바꿨어요? 남자들이 줄을 서겠는걸요."

레이나가 테이블 위에서 술이 들어가지 않은 음료수를 찾으면서 말했다.

"루시는 예쁘지만 학교에서는 안 먹혀요. 게다가 얘는 나이 많은 사람을 좋아하거든요."

고맙기도 하지, 레이나.

아루나 아줌마가 베르무트*를 조심스레 병에 따랐다.

"아, 무슨 말인지 알 것 같아요."

누군가 들어오는 걸 보고 아줌마는 시선을 돌렸다.

"여기 나이 든 사람이 나타났네. 줄리안, 여긴 루시예요. 루시, 여긴 줄리안."

"전 레이나예요."

레이나가 말했다.

"둘 다 만나서 반가워요."

줄리안이 말하면서 아루나 아줌마에게 가까이 와서는 아줌마의 머리카락을 만졌다.

"근데 제가 어린 줄 알았는데요."

"나한테야 그렇죠. 이분들한테는 아니고."

아루나 아줌마는 루시와 레이나 쪽으로 고개를 까딱하더니 술병을 들고 자리를 떠났다.

줄리안은 머리가 길고 턱에는 연한 갈색의 수염을 짧게 길렀고, 월 선생님보다 키가 컸다.

"저 그렇게 많지 않다고요. 스물두 살이에요. 아마 두 분과 비슷할 것 같은데요."

줄리안이 식탁 아래 냉장고를 뒤져서 맥주를 꺼냈다.

"그럴지도요."

레이나가 루시를 보며 눈동자를 굴렸다.

"비슷하네요."

*베르무트 백포도주에 브랜디, 약초, 향료 등을 섞은 술.

"잠시만."

루시가 레이나에게 말했다. 윌 선생님을 찾고 싶었다.

레이나가 주먹으로 입을 막고 의미심장하게 기침을 했다. 자신을 줄리안과 여기 버려두지 말라는 신호라는 걸 루시도 알았지만 그때 두 명의 여자가 주방으로 들어왔고, 루시가 다시 말했다.

"금방 돌아올게."

거실은 아까보다 사람이 두 배로 늘었고 윌 선생님은 거실 반대편 창가에서 팔짱을 낀 채 밑으로 퍼진 드레스를 입은 중년의 여자와 이야기를 나누고 있었다. 거실을 가로지르려니 망설여졌다. 루시는 몸을 돌려 복도로 향했다.

루시는 제대로 파티를 즐기려 하지 않는 레이나에게 돌아가고 싶지 않았다. 복도 끝에 있는 방문이 살짝 열려 있었다. 아마도 침실 등인 것 같은 어슴푸레한 불빛이, 어서 오라고 손짓하는 것 같았다. 루시는 고개를 돌려 뒤에 누가 오는지 확인한 뒤 방 안을 슬쩍 살폈다. 윌 선생님 부부의 침실이었다. 루시는 안으로 들어가서 등 뒤로 문을 닫았다.

침실이 어떨지 상상해 본 적은 없었지만 이럴 줄은 예상하지 못했다. 단순하고 깔끔한 이케아* 스타일의 방을 예상했지만 그 대신 화려한 데다 책과 옷, 신발로 가득 차 있었다. 방 중앙에 있는 침대는 높이가 낮았고 독특한 커버를 씌운 베개와 쿠션이 여러 개 있는데

---

*이케아 조립식 가구, 침구류, 주방용품 등을 만드는 브랜드로 저렴한 가격과 깔끔한 디자인으로 유명하다.

그 위로 손님들의 코트와 가방이 쌓여 있었다.

방에는 아루나 아줌마가 쓰는 것 같은 향수나 로션 종류의 냄새가 났다. 루시는 옷장으로 가서 그게 뭔지 찾아보았다. 지금까지 루시는 자신만의 향이 없었지만 이제는 있어야 할 것 같았다.

한쪽 눈으로 문을 살피면서 루시는 네모난 바구니에 여러 가지 물건, 립스틱, 로션, 향수 샘플, 팔찌와 아줌마가 검은 머리를 고정시키는 머리핀 따위를 뒤적거렸다. 어떤 것에서도 아루나 아줌마의 냄새가 나지 않았다. 그때 개를 찍은 사진 뒤에 있는 길쭉한 병이 눈에 들어왔다. 루시는 뚜껑을 열고 냄새를 맡았다. '맞아, 바로 이거야.' 루시는 자신의 손목에 뿌리고 싶은 충동을 느꼈다.

'바보 같은 짓 하지 마, 루시. 네가 아줌마 향기를 풍기는 걸 아무도 눈치채지 못할 것 같아?'

루시는 향수를 제자리에 두고, 뭘 찾는지 스스로도 모르면서 서랍장의 제일 위 칸을 슬며시 열어 보았다.

복도에서 목소리가 들려 화들짝 놀랐으나 곧 잠잠해졌다. 이제는 멈출 수가 없다. 루시는 옆에 있는 테이블로 가서, 책과 잡지가 산더미처럼 쌓여 있는 데다 로션과 안경, 씻지 않은 커피 잔까지 있는 곳을 살폈다. 램프에 빨간색 스카프가 드리워져 있는 걸 보니 아루나 아줌마 자리일 듯했다.

반대쪽 월 선생님 자리에는 책 한 권만 달랑 있고 그 위에 작은 메모장이, 그 위에는 펜이 놓여 있었으며 램프 옆에는 동전 통이 있었다. 아루나 아줌마의 쌓여 있는 책과 대비되게 딱 한 권인 걸 보니 중요한 책일 듯싶어서 무슨 책인지 확인하고 싶어졌다.

하지만 추리 소설로 그다지 특별한 책은 아니었다.

동전 통 안에는 손톱깎이가 들어 있었다. 피아니스트라면 대부분 그렇듯이, 선생님도 손톱이 건반에 닿지 않게 하려고 손톱을 강박적으로 다듬을 게 분명하다.

복도에서 목소리가 다시 들려서 루시는 깜짝 놀랐다. 손톱깎이를 얼른 청바지 주머니에 쑤셔 넣고는 침대 위의 코트를 찾는 척했다. 두 사람이 방에 들어오자 루시는 아무 코트나 팔에 걸쳤다. 그리고 그들에게 미소 지으며 코트를 내려 두고 방을 나왔다.

♪

루시가 복도에 나타나자 레이나가 손목을 확 잡았다.

"어디 있었어?"

레이나가 이를 앙다물고 물었다.

"나를 저 이상하게 생긴, 살사 소스 냄새를 풍겨 대는 남자랑 남겨 두고."

"여자들도 있었잖아. 그 남자를 마음에 들어 하는 줄 알았어."

루시가 변명했다.

레이나가 루시의 팔목을 놓았다.

"그래, 괴짜 음대생을 내가 얼마나 좋아하는지 잘 아실 테니."

루시는 레이나의 어깨 너머로 거실에 있는 월 선생님을 보았다. 주머니에 들어 있는 손톱깎이가 느껴졌다.

"뭐 좀 마시자."

루시는 레이나에게서 벗어나서 주방을 향했다.

"다신 거기에 들어가고 싶지 않아!"

레이나가 소곤거리며 말했다.

"저 남자가 내 전화번호라도 달라면 어떡하라고? 그런 눈빛으로 쳐다봤단 말이야. 지금 집에 가면 안 돼?"

루시가 돌아섰다.

"여기 온 지 30분밖에 안 됐잖아."

"더 길게 느껴지는걸."

"딱 30분만 더 있자."

레이나는 루시가 신장 한 쪽을 달라고 부탁하기라도 한듯 인상을 찌푸렸다. 당황한 루시는 덧붙여 말했다.

"내가 이런 부탁한 적 없잖니, 레이나."

"그래, 네가 어디 가느라 차가 필요할 때만 빼면 말이지. 오늘 여기 같이 오자고 한 이유가 그것 때문인 걸 모를 줄 알았니?"

루시는 입술을 꽉 물고 주방으로 들어갔다.

몇 명이 모여 술을 마시고 있었다. 루시는 탄산수를 들고 냉장고에 붙은 사진에서 누가 친구이고 누가 가족인지 구분해 보았다. 윌 선생님 부부가 여러 곳에서 다양한 차림을 하고 사진 속에 있었다.

그리고 윌 선생님과 아홉 살이나 열 살쯤 되어 보이는 동양인 여자아이가 무대복을 입고 함께 찍은 사진이 있었다. 윌 선생님에게 다른 제자들이 있다는 걸 알고 있었다. 하지만 진짜 사람을 상상한 적은 없었다. 아이도 있을 거고, 어쩌면 루시 또래나 그보다 더 나이를 먹은 사람도 있을 거다. 여학생. 여자.

선생님은 그 사람들과도 카페에 갈까? 어떤 것을 사랑하는지 물을까? 문자도 주고받고?

누군가 루시의 어깨를 건드렸다. 돌아보니, 아까 월 선생님과 얘기를 나누던, 밑으로 퍼진 드레스를 입은 여자였다.

"루시. 여기서 만나다니 반가워요. 다이앤 크레스너예요."

두 사람은 악수를 했다. 루시는 한 번도 만난 적은 없지만 그 사람이 누구인지 잘 알고 있었다. 집에서 몇 달 동안 거론되던 이름이었는데, 거스가 나오는 페스티벌을 주관하는 단체의 회장이기 때문이다.

"만나서 반갑습니다."

루시가 말했다.

"거스는 이번 작품 때문에 엄청 신났어요."

말을 뱉자마자 바로 주워 담고 싶었다. 루시는 거스가 신나 있는지 알지 못한다. 하지만 이런 식으로 얘기를 나누어야 할 때 나오는 버릇이다. 이거야말로 루시가 절대로 돌아가고 싶지 않은 거짓된 삶이다.

"실례할게요."

루시는 자리를 피할 요량으로 말했다.

"잠깐만요. 요새 어떻게 지냈어요?"

다이앤 회장이 물었다. 머리는 회색이지만 턱 길이로 짧게 잘랐고 까만 테로 된 안경을 쓰고 빨간 립스틱을 짙게 발랐다.

"프라하 이후로 한 번도 치지 않은 게 사실이에요?"

"네, 저는……"

"내 말은 지금까지는 말이에요."

살짝 미소를 짓자, 앞니에 립스틱이 묻은 게 보였다.

"다시 치려고 결심하게 된 계기는 뭐예요?"

루시는 충격을 받아서 머리가 멍해졌다. 윌 선생님이 말했나? 루
시는 말을 더듬었다.

"글쎄요."

그때 윌 선생님이 주방으로 들어오자 다이앤 회장이 윌 선생님의
팔꿈치를 잡으며 말했다.

"루시를 페스티벌에 내보내죠."

"아."

윌 선생님이 루시를 쳐다보았다.

"아뇨. 너무 일러요."

"선생이 말하는 걸 보면, 준비가 되어 있는데요. 대단한 화젯거리
가 될 거예요."

루시는 윌 선생님의 얼굴을 뚫어져라 보았다. 선생이 말하는 걸
보면? 선생님이 대답하길, 얼마나 바보 같은 생각인지 말하길 기다
렸다. 선생님이 손을 들어 루시의 어깨를 가까이 당기려 했지만 루시
가 한 걸음 물러났다.

"음, 저는 레이나를 찾아야겠어요."

월 선생님과 다이앤 회장의 목소리를 뒤로하고, 루시는 복도에서 한쪽 어깨를 벽에 기댄 채 화가 나서 거실을 응시하고 있는 레이나를 발견했다. '가자. 코트 가져올 테니 나가자.' 루시는 이렇게 말하려고 했다.

하지만 레이나가 먼저 루시를 보자마자 말했다.

"너에 대해 생각한 내 이론이 궁금하지 않니?"

"나의 뭐에 대한 이론인데?"

루시는 딴 데 정신이 팔린 채 물었다. 다시 주방으로 돌아가서 다이앤 회장에게 직접 아니라고 말하고 페스티벌에 관심이 없다고 밝혀야 할지 모른다.

"남자나 그런 사람들."

레이나가 거실 쪽으로 몸짓했다.

"39번 부두에서 있던 일 말이야."

"별로."

루시가 코트를 가지러 월 선생님 침실로 몸을 돌렸다. 레이나가 뒤에서 루시의 팔을 확 잡고 돌려세웠다.

"알았어. 이론인지 뭔지 말해 봐."

"너는 관객을 그리워해."

레이나가 못마땅한 듯이 웃으면서 마치 농담처럼 말했다. 루시는 손을 턱에 괴고 고개를 끄덕이면서 눈을 크게 뜨고 과장해서 집중하는 척했다.

"자세히 말해 봐."

"좋아. 너는 어릴 때부터 연주하느라 다른 건 다 엉망이었어. 넌 마치 무대를 위해 태어난 것 같았어. 이제 와서는, 글쎄, 영어 숙제에 대해서나 학교에 나타나는 거나 야한 옷을 입어서라도 박수를 갈망하는 거야."

루시의 손이 힘없이 떨어졌다.

"하나 더 말해 줄까? 너 역시도 세상 모든 사람처럼 평범하고 재미없는 사람일 뿐이야. 네 인생에서 여섯 명 빼고는 이 따위 것에 관심 있는 사람은 아무도 없다고. 그런데 이제 윌 선생님이……"

그때 루시가 손으로 레이나의 입을 막고 벽 쪽으로 밀었다. 루시는 주방을 힐끗거렸다.

"제발."

둘은 이제 입이 닿을 만큼 딱 붙었다. 레이나의 눈빛이 번쩍였다. 루시가 손을 풀었다.

"너는 선생님을 좋아해."

레이나가 나지막이 말했다.

"넌 정말……. 내가 조심하라고 했지. 잠깐만. 혹시 너……."

"그런 거 아니야. 선생님은 나를 믿어 주시는 것뿐이야."

레이나가 웃음을 터트리자 숨결이 루시의 얼굴에 닿았다.

"윌 선생님은 10대 여자아이가 무슨 짓을 저지를지를 믿는 거겠지."

레이나가 몸을 빼려고 했지만 루시의 힘이 훨씬 세서 레이나를 계속 밀어붙였다. 그렇게 제멋대로 생각하도록 내버려 둘 수 없었다.

"그만해, 루시!"

"그거 아니? 많은 아이들의 부모님이 이혼을 하지만 그 애들이 다 너처럼 막돼먹게 굴지는 않아."

레이나가 루시를 한참 동안 응시하다가 몸을 홱 빼 버리는 바람에 루시는 반대쪽 벽에 부딪쳤다.

"내 말 잘 들어. 나는 너보다 남자에 대해 잘 알아. 나야말로 진짜 꼬셔도 보았고 진짜 남자랑 사귀기도 했어. 누군가 아무리 너한테 친절하다 해도, 그 사람이 어떻게 보이든지, 네 자신이 특별하게 느껴지도록 만들든지 간에 마지막 순간에는 다 똑같아. 우리 아빠를 봐. 학교에 있는 모든 남자들, 심지어 칼슨도 그래. 윌 선생님도 마찬가지라고."

둘은 이제 복도를 사이에 두고 반대편 벽에 기대고 있었다.

누군가 화장실에 가느라 두 사람 사이를 지나갔다.

"실례해요."

두 사람은 서로를 바라보았다. 루시는 마음속으로 레이나가 윌 선생님에 대해 한 말을 되새겼다.

"집에 가도 돼."

루시가 레이나에게 말했다.

레이나가 헛웃음을 터트렸다.

"너만 두고?"

"농담 아니야. 먼저 가."

레이나가 벽에서 몸을 떼더니 뒤돌았다.

"새 친구들과 좋은 시간 보내."

루시는 그대로 복도에 선 채 레이나가 눈앞에서 사라져서 복도를 지나 현관으로 나갈 때까지 꼼짝도 안 했다. 그러고는 거실로 돌아가서 화가 난 레이나가 가 버린 걸 눈치챈 사람들의 시선을 무시했다. 루시는 커튼 끝자락을 살짝 들춰 밖을 내다보았다. 루시는 한편으로는 레이나가 차에 타지 않고 루시가 나오는지 기다려 줬으면 했다. 하지만 눈에 보이는 것이라곤 안개 낀 밤을 가르고 사라지는 자동차의 미등뿐이었다.

루시는 커튼을 원래대로 놓았다.

그때 아루나 아줌마가 루시의 어깨 너머로 밖을 보고 있었다는 걸 깨달았다.

"다툰 거예요?"

아루나 아줌마의 숨결이 루시의 볼에 닿았다.

"아뇨."

아루나 아줌마가 팔을 루시에게 둘렀다. 팔의 무게가 거추장스럽게 느껴져서 치우고 싶은 걸 꾹 참았다.

"그때는 참 힘들지. 두 사람 다 변하는 중이라서 그래요. 기억이 나요. 그 나이 때는 많은 일이 생기거든. 차차 변할 테지."

술은 사람을 철학자로 만드나 보다. 칵테일 한두 잔을 마신 뒤에 연륜에서 나오는 듯한 뻔한 이야기를 하는 아빠나 할아버지를 보며 그렇게 생각하곤 했다. 어쨌든 아루나 아줌마 말이 옳다는 생각이 들었다.

28

레이나가 가 버린 뒤 루시는 어떻게 해야 할지 몰랐다. 윌 선생님 주위에는 계속 사람들이 있었다. 루시는 구석에서 집에 어떻게 돌아 갈지를 고민하고 윌 선생님이 다이앤 회장한테 대체 뭐라고 한 건지, 레이나가 앞으로 자기와 말을 할지, 그리고 그것이 신경 쓰이는지를 생각했다.

그때 근처의 바닥에 앉아서 짧게 한숨을 쉬는 사람이 팰리시아 페티스라는 걸 알아챘다. 팰리시아는 루시보다 몇 살 많았는데 루시 가 상을 탄 대회에서 그 다음번에 상을 타거나 루시가 순회 연주를 다니기에 앞서 순회 연주를 다니는 등 얘깃거리가 많이 되던 상대다. 하지만 실제로 같은 시간과 장소에서 만난 적은 없었다.

팰리시아가 루시의 시선을 느끼고는 고개를 들며 손을 흔들었다. 루시가 다가갔다.

"안녕하세요."

루시가 인사를 했다.

"어색하게 들리지 않았음 하는데, 어색하게 들리지 않으려면 이렇게 말을 시작하면 안 되지만⋯⋯."

루시가 뺨을 손으로 감쌌다.

"이렇게 만나다니 믿을 수가 없네요. 아까까지 몰랐어요. 저는⋯⋯."

루시는 팰리시아가 자신이 질투심이나 경쟁심 때문에 고의적으로 무시했다고 생각하지 않길 바랐다.

"사람들 속에 섞여 있었는걸요."

팰리시아는 왜소하지만 얼굴선이 부드러웠다. 몸을 조금 움직여서 루시에게 자리를 내주었다.

"앉아요."

"고맙습니다. 저는⋯⋯ 저는 루시예요."

"알아요."

팰리시아가 웃음을 터트렸다.

"스웨터 예쁘네요."

"아, 고맙습니다. 엄마가 사다 주셨는데, 참 아이러니하죠. 왜냐하면, 그러니까 왜 아이러니한지는 모르겠네요."

팰리시아가 맥주를 한 모금 홀짝였다.

"프라하에서 무슨 일이 있었는지 오늘 밤에야 막 들었어요. 완전 충격이에요."

루시가 조금 더 가까이 다가갔다.

"진짜로 몰랐어요?"

펠리시아가 고개를 끄덕였다.

"뉴스와 멀어진 지 오래되었어요. 페이스북도 안 하고 트위터도 안 해요. 블로그나 관련 기사도 안 읽고요, 아무것도요."

"맞아요, 마치 지구상에서 사라진 듯했어요. 제가 마지막으로 들었던 이야기가 3년 전쯤 힘멜만에서였으니까요."

"무슨 얘기를 들었어요?"

펠리시아가 급히 손을 저었다.

"아니에요. 알고 싶지 않아요."

루시가 웃었다. 자세한 얘기를 듣지는 못했고, 단지 모두들 펠리시아가 왜 모습을 나타내지 않는지, 독감이라도 걸린 건지 아니면 스페인 출신 지휘자와 달아나기라도 한 건지 궁금해했다.

"유튜브에서 연주하는 장면을 자주 보곤 했어요. 특히 그 리스트 연주요."

"오, 세상에. 아빠한테 제발 그 공연은 녹화하지 말라고 했는데. 그때 두드러기가 나서……"

"전혀 몰랐어요. 그 곡에 대한 해석에 정신이 팔려 있었거든요. 대단했어요."

"고마워요."

"혹시……"

루시는 잠시 머뭇거리면서 질문을 다듬었다.

"사실 사람들이 이렇게 묻는 게 개인적인 걸 캐묻는 것 같아서 정말 싫지만 제가 이런 질문을 하게 되네요. 이제야 왜 나한테 이걸 물었는지 이해가 돼요. 제가 더 이상 피아노를 치는지 아닌지 알고 싶어 하더라고요. 딱 그것뿐인데 제가 너무 큰 의미를 두었나 싶어요."

팰리시아는 고개를 저었다.

"아직도 잘 모르겠어요. 너무 방어적이었나. 아무튼, 여전히 피아노 치세요?"

팰리시아가 고개를 끄덕이며 답했다.

"그럼요."

"스스로를 위해서요? 아니면?"

"아뇨, 연주회나 이런 거 다 해요. 단지 콩쿠르에서 이기지 않고 대단한 곳에서 연주하거나 대중적으로 알려진 일을 하지 않을 뿐이에요. 그래서 사람들은 내가 지구에서 사라지기라도 했나 생각했겠죠."

팰리시아는 정상에서 물러나 보통 사람이 된 지금의 모습에 대해 부끄러워하는 기색이 전혀 없었다.

"아."

루시는 더 이상 할 말이 없었다.

"게다가 시간을 자율적으로 조정할 수 있는 곳에서 데이터 입력 아르바이트도 해요. 웨스트 포털*에 사는데 룸메이트도 두 명 있어요. 온라인으로 수업도 몇 개 들어요. 평범한 20대로 사는 거죠."

팰리시아가 미소 지으면서 맥주를 들었다.

---

*웨스트 포털 샌프란시스코의 주거 지역.

"이상 제 짧은 답변입니다. 옛날의 저를 기억하는 사람들이 물어볼 때마다 하는 답이죠."

루시는 자신의 답변은 뭘까 생각하면서 자신의 선택을 설득시키기 위해서는 몇 번이고 설명해야 함을 깨달았다.

"윌 선생님은 어떻게 아세요?"

루시가 팰리시아에게 물었다.

"모두가 윌 선생님을 알아요. 예전에 선생님 프로그램에 출연했는데 그때부터 연락하고 지냈어요. 참 좋은 분이에요."

"맞아요."

루시는 자신의 목소리도 팰리시아처럼, 윌 선생님이 어떤 특별한 존재도 아니라는 듯 무심하게 들리길 바랐다.

"선생님이 사람들한테 오늘 저녁에 루시가 온다고 하면서 얼마 전에 연주하는 걸 들었다고 했어요. 그렇게 오랫동안 연주를 안 했는데도 여전히 끝내준다고요. 대단해요."

루시는 자신이 잘못 들은 거라고 생각하고 귀를 기울였다.

"뭐라고요?"

"복귀하는 거 말이에요, 근사해요. 나야말로 처음에 무슨 일이 일어났는지도 몰랐지만 어찌 되었건 루시가 행복하다면야 기쁘죠. 윌 선생님이 약간 들떴더라고요. 귀여웠어요."

'다행이네.'

루시는 생각했다. 별로 충격적이지는 않다. 하지만 그건 둘만의 비밀이라고 생각했다. 루시가 자리에서 일어섰다.

"이렇게 만나서 반가웠어요. 저는……."

"잠깐만요."

팰리시아가 휴대폰을 꺼내 루시에게 내밀었다.

"번호 좀 찍어 줘요. 내 번호도 알려 줄게요."

루시도 주머니에서 휴대폰을 꺼내서 팰리시아에게 주었다.

"고맙습니다."

"진짜로요, 우리 꼭 만나요."

"네, 고맙습니다."

루시는 다시 한 번 말하면서 휴대폰을 월 선생님의 손톱깎이 옆에 넣었다.

♪

10분이 지나서야 월 선생님이 주방으로 와서, 탄산수를 홀짝거리면서 과자 상자를 구경하는 루시를 찾았다.

"루시."

"네."

"레이나가 버리고 갔다면서."

"그러라고 했어요."

루시가 물병을 내려놓았다.

"피아노는 어디 있어요?"

루시는 피곤했다. 레이나와 다투느라 지쳤고 월 선생님이 왜 자기가 복귀한다는 말을 했는지 생각하느라 진이 빠져 버렸다.

"여기엔 없어. 공간이 없거든. 내 피아노는 새크라멘토*에 있는 친척 집에 있어."

"새크라멘토면 꽤 멀잖아요."

"뭐, 그렇지. 잘 가지 않아."

선생님이 미소를 지었다.

"그렇게 슬픈 표정 짓지 마. 내 비올라는 여기 있어. 옷장 속에. 피아노를 칠 수 있는 방법은 여러 가지가 있으니 걱정 마시지요."

루시는 그렇게 느껴지지 않았다. 선생님이 학생을 가르칠 때 말고 정말로 피아노를 연주할 기회가 얼마나 있을지 궁금했다.

"엄마한테 전화해서 데리러 와 달라고 해야겠어요."

루시가 말했다.

"내가 데려다줄게. 다이앤 회장에 대해서도 설명을 하고 싶고……."

월 선생님이 짧은 수염을 매만졌다.

"최소한 노력이라도 해야지."

월 선생님의 목소리는 힘이 빠져 있었지만 루시는 선생님이 파티 손님에게 그 이야기를 한 점에 대해 화가 나지 않았으며, 실제로는 별 상관도 없었다. 어쨌든 사람들이 북적거리지 않는 곳에서 선생님과 얘기를 나누고 싶다는 생각만 들었다.

"선생님 파티인데 어떻게 자리를 비워요?"

"내 파티이니까, 내 마음대로 자리를 뜰 수 있지."

---

*새크라멘토 캘리포니아 주도로 샌프란시스코에서는 2~3시간 거리에 있는 도시.

선생님이 흥얼거렸다.

"미안. 내가 고등학교 다닐 때 얼마나 엉뚱했을지 상상이 되지?"

"조금은요. 아루나 아줌마한테 인사 드려야겠어요."

윌 선생님의 시선이 거실을 향했다.

"먼저 나가. 현관에서 보자."

아루나 아줌마는 소파 앞 바닥에 앉아 있었다. 여전히 손에 든 마티니 잔에는 술은 없고 올리브만 가득했다.

"루시!"

큰 소리로 부르는 바람에 주변에 있던 사람들이 모두 루시를 쳐다보았다.

"여기로 와요, 예쁜이."

"초대해 주셔서 감사해요."

루시가 옆에 엉거주춤 앉자 독특한 향수 냄새가 느껴졌다.

"세상에, 부츠가 정말 예쁘네."

아루나 아줌마가 루시의 종아리를 잡는 바람에 루시는 균형을 잃어 반은 바닥에 넘어지고 반은 앉은 상태가 되었다.

"여기서 자고 가요. 레이나가 버리다니 말이야!"

아줌마는 팔을 뻗어서 소파를 톡톡 두드렸다.

"여기서. 우리 손님방이거든."

윌 선생님의 목소리가 반대쪽에서 들렸다.

"루시를 집에 데려다주고 올게. 당신! 엉뚱한 짓 하지 마."

"엉뚱한 짓은 당신이 돌아올 때까지 기다렸다 할 거야."

아루나 아줌마가 대답을 하더니 다시 루시를 향했다.

"즐거운 시간을 보냈다면 좋겠어요, 레이나 부분만 빼고."

"여기 와서 좋았어요. 감사해요."

루시는 일어나 펠리시아에게 손을 흔들고 마침내 밖으로 나갔다. 윌 선생님이 등 뒤로 현관문을 닫으면서 크게 한숨을 내쉬었다.

"결국 해냈네."

두 사람은 데일리시티의 안개를 헤치고 계단을 내려왔다.

♪

1킬로미터도 채 가기 전에 윌 선생님이 입을 열었다.

"내가 말했어. 너에 대해서. 어쩌다 보니 비밀을 말해 버렸어."

선생님이 고개를 저었다.

"우리가 비밀을 지키기로 약속했을 때 그게 네 가족에게만 해당하는 줄 알았어. 오늘은 내가 좀 흥분해서 몇 명한테 얘기해 버렸지 뭐야."

루시는 스웨터의 솔기를 만지작거리면서 주머니 속의 손톱깎이를 느꼈다.

"세상이 참 좁아요. 그러니까 다이앤 회장 말이에요. 저희 부모님이 한 다리만 건너면 알 만한 사람이에요."

"그러게. 내가 그분에게 깊은 인상을 남기고 싶었나 봐."

루시가 선생님을 바라보았다. 맞은편 차 불빛이 선생님을 멋지게 비추었다.

"왜요? 선생님이 누구에게라도 깊은 인상을 남길 필요가 있어요? 선생님은 선생님인데."

선생님이 웃음을 터트렸다.

"아, 물론. 어디 가서 내 이름을 말해 보렴. 레드 카펫이 깔릴 테니."

"우리 부모님은 선생님께 깊은 인상을 받았어요. 많은 사람들이 훌륭한 선생님이라고 했고요. 선생님이 특별하지 않다면 할아버지가 선생님을 부르지도 않았을 거예요. 제 말 믿으세요. 선생님은 텔레비전 프로그램도 하셨고……."

"그래, 한때 그랬지. 두 시즌 지나서 폐지되었지만."

루시는 도로 쪽으로 시선을 돌렸다. 선생님이 고속도로로 진입하느라 차선을 옮겼다.

"내가 말을 끊었구나. 미안. 그래, 나는 좋은 선생이야. 고맙다. 어쨌든 이런 얘기는 할 필요가 없고, 요점은 내가 너한테 미리 양해도 구하지 않고 사람들한테 네 얘기를 했다는 거야. 네가 용서하지 않겠다고 해도 할 말이 없어."

선생님은 늘 자신감에 넘치고 느긋해 보였다. 루시는 선생님 눈을 똑바로 보고 싶어졌다.

"선생님은 저한테도 깊은 인상을 남기셨어요. 선생님은, 선생님다웠어요. 처음 만난 순간부터요. 심지어 저는 선생님이 제 나이 때 어땠는지도 몰랐지만요."

"옛날 옛적 얘기지."

선생님이 루시를 향해 미소를 지었다.

"미안. 이제 자기 연민은 그만둘게. 진심으로 고맙다. 정말 기쁘구나. 너도 나에게 깊은 인상을 주었어. 단지 음악가로서가 아니라 말이야. 이제 진정한 친구 사이로 훨씬 더 깊은 인상을 받겠어."

'진정한 친구 사이라.'

"어떻게요?"

루시는 그러면 안 되는 걸 알면서도 묻고 말았다.

선생님이 잠시 말없이 운전에만 집중했다.

"넌 정말 침착하고 똑똑해. 내 생각에, 지금 다시 시작하겠다는 걸 보면 대단히 용감하고. 무기력이란 정말 고약한 놈이거든. 한번 멈추면, 다시 하기가 힘들어. 특히 엄청 노력해야 하는 어려운 일이라면 더 그렇지."

"네."

"게다가 네가 무척 예쁘다는 사실을 알아야 해."

루시는 무릎에 올려둔 손을 내려 보았다. 엄마와 아빠도 그렇게 말했다. 할아버지도, 레이나 역시도. 가끔은 루시 자신도 그렇게 생각했다. 하지만 이건 다르다.

"선생님이 저에 대해 얘기하셔서 화난 게 아니에요."

루시가 조용히 말을 꺼냈다.

"어쨌든 부모님께 말씀은 드려야 하니까요. 어쩌면 저를 도와주신 건지도 몰라요."

"세상에, 고맙구나."

선생님은 안심했다는 목소리로 말했다.

"주방에서 다이앤 회장과 있는 네 표정을 보고 큰일 났다 싶었거든."

고속도로 출구에 다다랐다. 루시는 집에서 부모님에게 털어놓는 모습을 상상했다. 내일쯤일까?

"아니에요. 그렇게 대단한 일이 아닐지도 몰라요. 어쩌면 그러지 않아도 될 일을 제 자신이 더 어렵게 만들고 있는지도 모르죠. 레이나도 그런 말을 했고요……."

"그래서 레이나랑 다툰 거니?"

"그건…… 설명하기 힘들어요."

"좋아. 더 이상 캐묻지 않을게."

선생님은 제한 속도를 딱 지켰는데 1킬로미터도 벗어나지 않았다.

"근데, 포톨라*로 돌아서 가도 될까? 좀 멀긴 하지만 그쪽 경치를 아주 좋아하거든."

"저도요."

선생님이 운전석 창가에 팔꿈치를 괴더니 왼쪽 관자놀이에 있는 머리카락을 만졌다.

"사람들에게 깊은 인상을 주려는 건…… 요즘 늙어 가는 기분이 들어서야. 미래에 나이 들어 학생들을 가르치는 모습이 그려져. 다시는 나만의 성공을 거둘 수 없겠지."

＊포톨라 샌프란시스코 외곽의 조용한 동네.

루시는 선생님을 보면서 말을 할 때 변하는 턱 선을 관찰했다. 루시는 대화에서 빠져나와서 자신만의 생각에 잠겼다. 선생님과 차 안에 있으니 정신적인 것보다는 육체적인 것이 더 느껴졌다. 선생님 손의 움직임이나 입을 어떻게 하는지, 목소리가 어떻게 들리는지 세세하게 느껴졌다. 또한 자신의 몸이, 허벅지에 끼는 바지의 촉감이나 떨리는 목을 감싼 스웨터의 감촉을 느꼈다.

음악 학교 앞을 지날 때 루시는 다시 생각에 잠겼다.

루시가 중학교 2학년 때, 엄마에게 고등학교는 음악 학교로 진학할지 물어보았다. 학교 웹사이트에 나온 학생들의 모습은 무척 즐거워 보였다.

엄마는 웃으면서 딱 한마디로 정리했다.

'넌 실력이 넘쳐. 과장하는 게 아니야.'

루시는 자신이 말을 할 차례라는 걸 깨닫고 윌 선생님께 물었다.

"음악 학교에 가는 게 어리석은 일일까요? 저는 이미 모든 걸 다 배웠으니까요."

그러고는 손으로 눈을 가렸다.

"말하고 보니 정말 이상하게 들리네요."

선생님이 빙그레 웃었다.

"네 실력은 뛰어나. 하지만 아무도 모든 걸 알지는 못한단다."

"제 말은……."

"알아. 무슨 뜻인지."

선생님은 차를 세우고 시동을 껐다. 차 안은 춥고 어두웠지만 멋진 전경이 눈앞에 펼쳐져 있었다. 선생님이 카 오디오를 켜느라 버튼을 만지면서 루시 쪽으로 몸을 살짝 기울이자 그림자가 루시에게 아른거렸다.

오디오에서 루시도 좋아하는 곡이 흘러나왔다. 목관 악기로 시작해서 팀파니가 이어지다가 다시 현악기. 다음으로 피아노 차례다. 화려한 기교가 감동적이다.

"알겠니?"

선생님이 물었다.

"멘델스존. 교향곡 2번이요."

"너야."

"네?"

"네가 연주한 거라고, 루시."

루시는 평생 동안 보았던, 트랜스아메리카 피라미드*에서 나오는 불빛이 베이 브리지*를 비추는 모습을 바라보았다. 맞다, 루시의 연주다. 기억났다. 그레이스 선생님과 오랫동안 연습하며 그 곡을 마스터하고 음악을 자신의 일부로 소화했던 기억이 있다. 몇 달 간 루시를 애먹이던 것이 마침내 루시의 머릿속이 아니라 가슴에 남았다.

루시는 클리블랜드 오케스트라와 녹음을 하기 위해 엄마와 할아버지, 할머니와 함께 오하이오에 갔다. 그때 당시 연습실 냄새가 아직도 기억난다. 송진 냄새와 오래된 종이 냄새.

*트랜스아메리카 피라미드 샌프란시스코에 위치한 고층 건물로 이곳의 랜드마크다.
*베이 브리지 샌프란시스코를 대표하는 세 개의 다리 중 가장 길고 크며, 오클랜드를 연결한다.

"이 음반을 녹음할 때 할머니도 같이 가셨어요."

루시가 경치를 바라보면서 선생님에게 말했다.

"할머니는 제 행운의 부적이었던 것 같아요. 왜냐하면 그날 모든 게 순조로웠거든요. 특별한 사건도 없고요. 전 행복했어요. 연주도 잘했고요. 저는⋯⋯."

루시는 말을 멈추고 그날 오케스트라와 함께 연주할 때의 느낌을 떠올렸다. 음악 외에 모든 것들은 마치 멀리 있는 물결처럼 루시를 지나치던 그때.

루시는 연주를 할 때 좋았던 것들이 기억나기만 하는 게 아니었다. 지금도 그 애정이 느껴졌다. 빠져드는 것처럼.

"정말 완벽해."

윌 선생님이 조용히 말했다.

"진짜로. 이 부분을 들어 봐."

루시는 차창 밖을 바라보다가 선생님을 향해 시선을 옮겼다. 두 사람은 얼굴을 마주한 채 음악을 들었고, 그 순간 루시는 꼼짝도 못하고 선생님의 눈만 응시했다. 선생님은 루시를 보고, 보고, 또 바라보았다.

선생님이 갑자기 침묵을 깨면서 오디오를 가리켰다.

"이게 음악 학교의 역할이야. 루시를 다시 데려오는 거. 왜냐하면 너는 가족들에게서 좀 떨어질 필요가 있거든. 게다가 내 생각에는 학교야말로 네가 선택할 길이야. 예전 방법대로 한다면, 또다시 과거의 덫에 걸리고 말 거야."

루시는 자신과 선생님에게 몰입해 있던 느낌에서 깨어나 선생님의 얘기에 집중하려 했다.

"학교도 너를 힘들게 할 거야."

선생님이 말을 이었다.

"네가 겪은 것과는 다른 식으로 부담이 되겠지. 학교에는 선생님과 선배, 조언자, 친구가 너에게 부담을 줄 거고. 그래도, 글쎄다. 너를 사랑으로 대해야 하는데 그저 부담을 주는 사람들이 아니니까 더 낫지 않을까 싶네. 내 말은 네 가족 말이야."

루시는 목에 뭔가가 걸린 것처럼 느껴져 침을 꿀꺽 삼켰다.

"말이 되네요."

루시의 목소리가 떨렸다.

"괜찮니?"

루시가 고개를 끄덕이면서 두 사람의 눈이 다시 마주쳤다.

"집에 갈까?"

'아니요.'

루시는 생각했다.

"무슨……."

'……일이 일어나는 거지?'

선생님은 루시가 못 들은 줄 알았다.

"피곤해 보여. 나도 그렇고. 집에 가자."

선생님이 시동을 켜고 루시의 집으로 향했다.

CD를 끄자 차 안에 정적이 감돌았다.

루시는 선생님이 자신을 한두 번 흘깃 쳐다보는 걸 느꼈지만, 선생님은 아무 말도 하지 않았다. 집 앞에 도착했을 때 루시는 최대한 느릿느릿 움직였다. 몸을 일으키고 안전벨트를 풀고는 몸을 조수석 문 쪽으로 돌려서 문을 열었다.

그러고는 몸을 다시 돌렸다. 루시는 윌 선생님을 안았다.

잠시 그대로, 또 잠시 있었다.

'가고 싶지 않아요.'

루시는 가슴이 벅차서 울음이 터질듯이 숨이 찼다.

"그래, 그래."

선생님이 나지막히 말하면서 루시의 등을 토닥였다.

"알아, 루시."

루시가 손을 움직이자 손가락 아래에 선생님의 목이 따뜻하게 느껴졌다.

"그래."

선생님이 손바닥으로 루시의 뒷머리를 쓰다듬었다. 선생님은 목을 감고 있던 루시의 손을 얼굴로 가져갔다. 잠시 그대로 있다가 손에 입술을 살짝 대고는 말했다.

"그래."

루시는 차에서 내려 현관으로 향했다. 그리고 선생님에게 손을 흔들어서 집에 잘 도착했다는 표시를 했다.

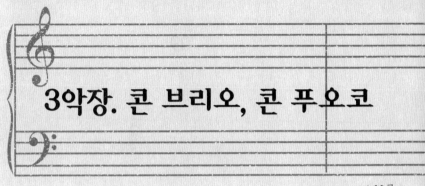

3악장. 콘 브리오, 콘 푸오코

Con Brio, Con Fuoco 생기 있게, 정열적으로

29

루시는 토요일에 윌 선생님께 아무 연락도 하지 않았다. 어떻게 되어 가는 상황인지, 어떻게 해야 할지 몰랐기 때문이다. 선생님도 아무 연락이 없었다. 루시는 방에서 숙제는 미뤄 둔 채 선생님을 위한 곡 목록을 작성하고 CD로 만들었다. 크리스마스 선물로 드릴 예정이었다. 전에 카페에서 얘기했던 곡도 포함했다. 제목도 붙였다.

'내가 사랑하는 것들'

그걸 하느라 몇 시간을 보냈다. 음악이 CD에 제대로 들어갔는지 확인하느라 한번 음악을 틀면 도저히 중간에 멈출 수가 없었기 때문이다. 사랑이란 집중하는 것이기에 루시는 이어폰을 끼고 바닥에 엎드려서 마치 처음 듣는 곡이라도 되는 양 각각의 곡에 빠져들어 감상했다. 어떤 곡을 들으면 추억에 잠겼는데 어렸을 적 엄마와 차를 타고 가다가 뉴웨이브 밴드인 B-52s의 곡이 라디오에서 흘러나오자 엄마가 따라 부른 기억이 떠올랐다. 그 시절의 엄마는 어디로 갔을까? 루시는 엄마가 이제 어떤 음악을 듣는지, 라디오에서 어떤 음악이 나오면 흥얼거리는지 궁금했다.

B-52s의 기억이 루시를 현실로 데려왔다. 이번 주말에는 엄마와 얘기를 나눌 마음의 준비를 해야 한다.

루시는 정말로 그렇게 해야 한다고 생각했기 때문이다. 주저하던 마음은, 윌 선생님이 루시에게 멘델스존 연주를 들려주었을 때 사라졌다. 루시는 다른 누가 어떻게 생각하든 더 이상 상관없었다.

하지만 일요일에 산책에서 돌아오는 길에 윌 선생님에게 전화가 왔을 때, 루시는 휴대폰 화면에 뜬 선생님의 이름을 보고 갑자기 부끄럽고 창피해져 받지 않을까도 생각했다. 결국 벨이 네 번 울리고 나서 루시는 전화를 받아 방에 들어가려고 계단을 올라갔다.

"여보세요."

"안녕. 별일 없지?"

"네, 좋아요. 선생님은요?"

루시가 한 번에 두 계단씩 오르면서 거스의 방을 들여다보았다. 거스는 바닥에 누워서 만화책인지 잡지인지 무언가를 읽고 있었다.

"나도. 어제는 종일 파티 뒷정리를 했고, 그다음에 우리는 학생들 연주회에 다녀왔어."

우리. 선생님과 아루나 아줌마, 선생님의 부인 말이다.

"어땠어요?"

루시는 꼭대기 층에 도착해서 등 뒤로 문을 닫았다.

"괜찮았어. 사실 그 일 때문에…… 여러 이유 중 하나지만…… 전화한 거야. 다이앤 회장도 왔거든. 페스티벌에 대한 얘기는 진심이었어. 루시, 네가 연주할 자리를 마련하겠대."

"네? 아니요, 안 된다고 말했잖아요!"

"사실은, 나도 안 된다고 했어. 지금은 안 된다고."

"그러니까요. 저 페스티벌에서 연주하지 않는 거 맞죠?"

루시가 말을 잠시 멈추었다.

"그렇죠?"

"근데, 내 생각엔 다시 고려해 보는 것도 좋을 것 같아."

"2주밖에 안 남았다고요!"

루시가 침대에 앉아서 당황하며 얼굴을 손으로 감쌌다.

"게다가…… 왜요? 그거야말로 '예전 방법'이 아닌가요? 선생님이 말했던 대로요. 과거의 덫으로 다시 걸어 들어가는 거잖아요."

"그 부분에 대해 밤새 생각했어. 쉽게 생각하고 권하는 게 아니야. 하지만 들어 봐. 네가 음악 학교에 가겠다고 하면 네 가족의 반응이 어떨 것 같니?"

"모르죠. 곧 알게 되겠죠."

"곤혹스러워할 거야. 그게 내가 예상하는 바야."

"곤혹스럽다는 표현으로는 부족하죠."

할아버지는 루시가 이미 관두었던 일에 다시 많은 돈을 쏟아붓는 것을 망설이는 정도로만 끝내지 않을 게 분명하다. 할아버지가 말했듯이 루시에게는 기회가 있었지만, 루시가 버렸다.

"그리고 그게 바로 네가 두려워하는 거겠지. 그래서 네가 원하는 걸 지금까지 말도 못 꺼내는 거고. 맞지? 그분들이 안 된다고 하면,

그 얘기 때문에 네가 좌절하게 될까 봐 걱정이야. 네 의지가 말이야."

"저조차도 제가 원하는 게 뭔지 몰랐어요."

"이제는 알잖니."

선생님의 목소리가 느리고 나지막해졌다.

"금요일에 차 안에서, 루시 네가 네 자신에게, 그 음반을 녹음한 네 자신과 얼마나 이어져 있는지 느꼈어."

루시는 침대에서 스르르 미끄러져서 바닥에 앉았다. 주머니에 손을 넣어 계속 가지고 다니던 손톱깎이를 찾았다.

"맞아요. 하지만……."

"무슨 말 하려는지 알아. 하지만 연주하는 건 할아버지의 언어야. 그렇기 때문에 어머니의 언어이기도 하고. 네가 페스티벌에서 연주하면 그분들이 이해하는 언어로 말하게 되는 거야."

선생님의 목소리는 들떠 있었다.

"네 자신을 증명하는 길이야. 루시, 네가 뭐라고 말하려 했는지는 모르겠지만 아무 말하지 않아도 되고 부끄럽지도 않을 거야. 사실 이렇게 갑작스러운 게 더 나을 수도 있어. 준비하면서 스트레스를 많이 받지 않아도 되고 모든 게 새해가 되기 전에 끝나니까 너도 새롭게 시작할 수 있고."

지난번에 루시가 피아노를 그만두었을 당시와 같이 엄청난 반향이 있을 거다. 이번에는 그만두는 것의 반대 방향인 다시 시작하는 거라는 차이가 있지만 소문들이야 마찬가지다. 할아버지가 미리 아시게 될 게 뻔하니 당황스러운 순간이 없을 수는 없다.

"모르겠어요."

할머니라면 어떻게 생각하실까?

"거스는 어떡하죠? 거스가 받을 스포트라이트를 뺏는 건 아닐까요?"

"이건 그냥 연말 페스티벌이야. 콩쿠르도 아니고. 스포트라이트는 주변에서 충분히 받을 거야."

루시가 아무 말도 없자 선생님이 계속 말했다.

"네가 자신 없는 건 이해해. 나 역시 네게 생각할 시간이 더 있었으면 좋겠다고 생각해. 하지만 다이앤 회장이 내일까지 알려 달라고 했어. 만약 하겠다고 하면, 홍보할 때 네 이름을 넣을 시간이 필요하다더군."

이 상황을 미룰 만한 이유는 사실 없다. 루시에게 시간이 주어진다고 해도, 아무런 행동도 취하지 못할 것이다. 페스티벌에서 연주하면 이 모든 고통과 골칫거리를 한 번에 해결할 수 있다. 거스는 잠시 화를 내겠지. 할아버지는 불같이 노할 거고.

지난 8개월간의 아픔을 한 방에 날려버릴 기회가 될지 모른다.

"내일 몇 시까지 결정해야 돼요?"

"빠르면 빠를수록 좋아. 이건 좋은 기회야. 내 말을 믿어, 알았지?"

"믿을게요."

루시는 손을 펴서 손바닥 위의 손톱깎이를 내려다보았다.

"믿어요."

두 사람 다 잠시 아무 말이 없다가 윌 선생님이 먼저 입을 뗐다.

"이제 그만 끊어야겠구나."

잘 자라는 인사를 나누고 전화를 끊은 뒤 루시는 선생님이 처음에 했던 말이 떠올라서 문자를 보냈다.

선생님이 전화하신 이유 중 하나라고 하셨잖아요. 나머지는 뭐예요?

루시는 한 손에는 휴대폰을, 나머지 한 손에는 손톱깎이를 꼭 쥔 채 바닥에 누워서 답을 기다렸다.

금요일에 무척 즐거웠다고.

그 말이 루시의 온몸을 타고 서서히 번져서 가슴까지 도착했다가 다시 손가락 끝으로 퍼졌다.

그 손가락이 문자를 보냈다.

저도요.

잠시 후 선생님이 다시 문자를 보냈다.

너는 무척 특별해.

♪

　루시는 거실 소파에 앉아 주간 신문을 읽으면서 커피를 마시고 있는 엄마 곁으로 갔다. 받침대에 다리를 올리고 머리는 깔끔하게 하나로 묶은 채 멋진 독서용 안경을 쓰고 있는 모습이 마치 제이크 루 카탈로그에 일요일 늦은 아침 스타일을 위한 코너에 나와도 될 것 같았다.

　"엄마."

　루시는 인기척을 냈다. 엄마는 스포츠, 경제면과 함께 옆으로 치워 둔 연예면을 집어 들었다. 루시는 반대편 소파에 앉았다.

　"그래, 왔니."

　엄마가 발 받침대를 밀어 주어서 루시도 발을 올렸다.

　"고마워요."

　루시는 잠시 신문을 읽는 체하면서 엄마가 무슨 말이라도 꺼내길 기다렸다. 학교는 어떤지, 금요일에 어디에 갔었는지 묻거나 독일 여행에 대해 조금이라도 얘기해 주길 기다렸다. 엄마가 아무 말도 하지 않을 거라는 것이 확실해졌을 때 루시가 말했다.

　"엄마, 여행 가시던 날에는 제가 죄송했어요."

　엄마가 신문 한쪽을 내려서 루시를 쳐다보았다.

　"알아. 나도 미안하구나. 타이밍이 안 좋았지."

　그렇게 말하고는 다시 신문으로 시선을 돌렸다.

　"엄마."

　"응?"

"할머니가 자주 하시던 말인데, 할머니의 엄마가 해 주셨다던 말요. 독일 속담이었나, '모든 게 다 잘될 거야.' 였던가요? 엄마는 왜 그 말을 안 해 주셨어요?"

엄마가 신문을 내려놓더니 발을 내렸다. 그러고는 안경을 벗어 신문 위에 놓았다.

"글쎄다. 아마 나는 그 말을 믿지 않은 것 같아."

"저는 믿어요."

루시가 말했다.

"믿는 것 같아요. 엄마, 할 얘기가 있어요."

루시는 '페스티벌에서 연주하고 싶어요'라는 깜짝 발언으로 말을 시작해서 앞선 이야기로 돌아갈 수도 있다. 아니면 처음으로 돌아가서 자신이 더 이상 스스로를 위해 연주한다고 느껴지지 않았던 순간부터 설명할 수도 있다. 하지만 루시는 그 모든 아픔과, 실망과 배신감을 느꼈던 순간을 되새기고 싶지 않았고, 그래봤자 더 나을 게 없을 거라는 생각을 했다.

"그만둬서 죄송해요."

이 말이 그 모든 감정을 포함하면서 가능한 설명이다.

"루시, 그건 한참 지난 일이잖니."

엄마의 목소리에서 피곤함이 느껴졌다.

"그 모든 상황에 다르게 행동해야 했어. 너를 프라하에 가지 않게 했어야 했고 아버지에게 분명히 뜻을 전해야 했어. 네 아빠 말을 들을 걸 싶었단다. 여행 중에 쭉 생각했는데……. 좀 복잡하구나."

359

"하지만 오래전 일이 아니에요. 할아버지에게는 아니에요. 저도 그렇고요. 저는……."

루시는 발 받침대 근처에 앉아서 머리를 엄마의 무릎 쪽으로 기울였다.

"머리가 무척 짧구나."

엄마가 나지막이 말하면서 루시의 머리를 매만졌다.

"나도 항상 짧은 머리를 해 보고 싶었어. 하지만 너무 걱정이 많았단다. 나는 겁쟁이야."

"아니에요."

"나도 모든 게 잘될 거라고 믿을 수 있으면 좋겠구나."

"엄마."

루시가 말했다.

"저 다시 피아노를 하고 싶어요. 음악 학교에도 가고 싶고요."

루시가 고개를 바로 하자 엄마가 손을 멈칫했다.

"엄마, 피아노가 너무 그리워요."

엄마가 잠시 멍하니 있었다.

"아, 그건…… 생각지도 못한 말인데."

"저도 생각하지 못했어요."

"진심이니, 루시?"

"지금은 진심이에요. 10년 동안 그럴 거라고 장담은 못 해요. 하지만……."

누가 어느 순간에 자신의 인생 계획에 대해 미래를 들여다보고 영원히 '장담한다'고 할 수 있을까? 어느 정도는 불확실함과 바꿀 수 있는 여지가 항상 있어야 한다.

"네, 지금은 진심이에요."

"좋아."

엄마가 말했다.

"좋아."

엄마가 이번에는 확신에 찬 어조로 다시 말했다.

"이야기해 보렴."

♪

한참 동안 이야기를 나누었지만 루시는 저녁 식사 시간에 엄마가 얼마나 강하게 나올지 예상할 수 없었다.

"루시의 장래에 대해 얘기 좀 해요."

음식이 다 차려지자마자 엄마가 말했다. 엄마는 감정을 드러내지 않고 상황을 간결하게 말했다. 할아버지 쪽으로는 한 번도 눈길을 주지 않았고, 할아버지가 몇 번 끼어들려고 했지만 말을 끊지 못하도록 했다.

루시 역시도 자신이 피아노를 얼마나 그리워하는지, 하지만 예전처럼 다른 모든 일을 저당 잡히고, 부담을 느끼면서 하고 싶지는 않다고 말했다.

"부담을 느끼고 싶지 않다면, 연주할 수 없어."

할아버지가 말했다.

"왜요?"

"장인어른."

아빠가 끼어들었다.

"얘기 못 들으셨어요? 루시는 누가 시키는 대로 하거나 간섭받고 싶지 않다지 않습니까."

"간섭이라고? 우리가 그동안 평생 동안 루시에게 해 준 게 간섭이었단 말인가?"

거스는 말없이 이쪽, 그리고 저쪽으로 말하는 사람에게 눈길만 옮겼다.

"아직 뭘 하고 싶은지 정확히 모르겠대요."

엄마가 말했다.

"음악 학교도 선택지 중 하나고요. 아카데미 역시……."

"절대 안 돼."

할아버지가 말했다.

"아카데미라도 루시가 최선이라고 생각하고 선택한다면……."

루시가 손을 들었다.

"저 여기 있다고요."

"아카데미 인간들에겐 한 푼도 줄 수 없어!"

"……제가 줄 거예요."

엄마가 말했다.

"어머니가 물려주신 돈으로요. 마크와는 이미 얘기했고, 엄마도 찬성하실 거라 생각해요. 만약 그게 루시가 원하는 거라면요."

루시는 부모님이 자신을 위해서, 그리고 할아버지에게 반기를 들기 위해 저렇게 합이 잘 맞는 걸 본 게 언제가 마지막인지 기억나지 않았다. 하지만 거스는 또 다르다. 루시는 다음에 나올 이야기에 대해 거스가 어떤 반응을 보일지 마음을 단단히 먹었다. 자신이 말을 할까도 싶었지만 겁이 났다. 대신 엄마가 말을 꺼냈다.

"윌 선생과 다이앤 회장이 페스티벌에 루시를 내보내기로 했대요."

루시는 엄마가 윌 선생님을 거론하지 않기를 바랐다. 분명 거스의 기분이 상할 얘기이기 때문이다.

"정확히 말하면 다이앤 회장이 윌 선생님한테 먼저 말을 꺼냈어."

루시가 거스를 향해 말했다.

"왜?"

거스가 얼굴이 벌게져서 물었다.

"8개월을 쉬었는데 어떻게 준비가 된단 말이냐?"

할아버지가 황당하다는 듯 말했다.

"자신을 부끄럽게 만들 뿐이야, 루시."

루시는 할아버지를 무시한 채 거스 쪽만 보았다.

"좀 복잡해. 다이앤 회장이 먼저 얘기를 꺼냈는데 선생님도 괜찮은 것 같다고 생각하신대. 그러면 내 실력을 입증할 수 있겠다고."

할아버지는 식사도 끝내지 않고 냅킨을 식탁 위로 던졌다.

"네 변덕에 따라 이랬다저랬다 해도 된다고 생각하니?"

그러고는 엄마를 향했다.

"월 선생이 관련되었다고? 나는 그자를 거스를 위해 고용했어."

"이건 옳지 않아요."

거스가 말했다.

아빠는 거스 옆에서 부드럽게 타일렀다.

"이건 옳고 그른 문제가 아니야. 그냥 지금 일어나고 있는 상황일 뿐이야. 네가 피아노를 시작하기 전에 루시는 이미 하고 있었어. 너도 좋아했었잖아."

아빠는 이 모든 게 피아노 때문이라고 생각했다. 월 선생님 때문일 거라고는 생각도 못했다.

"하지만 그만두었잖아요."

"마음을 바꾸었잖니."

"하지만……."

거스의 얼굴이 빨개지더니 갑자기 의자를 박차고 일어나 뛰쳐나갔다.

"이건 정신 나간 짓이야."

할아버지가 말했다.

"음악 학교? 너는 전 세계를 누리면서 최고의 연주회에서 연주했어! 이제 와서 음악 학교에서 뭘 하려고? 네 목표가 대체 뭐야?"

"모르겠어요."

루시는 혼란스러웠다.

"모른다고?"

"어쩌면 가르치는 것일 수도 있겠죠."

"가르치는 것?"

할아버지가 웃음을 터트렸다.

"대체 선생들이 어떤 사람인지 알고나 있니? 그자들은 실패한 연주자야. 네 그 잘난 월 선생도 경쟁에서 살아남지 못했기 때문에 가르치는 걸로 먹고사는 거라고. 가르치는 건 목표가 아니야. 실패하는 거지."

루시는 선생님을 변호하려고 입을 열었지만 엄마가 훨씬 빨랐다.

"아버지, 그건 아니죠!"

엄마의 얼굴이 상기되었다.

"저도 계속 연주했으면 좋았을 거예요. 적어도 가르치는 일을 해봤으면 좋았겠죠. 교회 합창단에서 연주할 걸 그랬어요. 아마추어 연주자나, 브로드웨이 가수 지망생이라도 되어 볼 걸 그랬어요. 아버지는 이 모든 걸 생각하는 것조차 부끄러워하셨죠. 저 자신의 일부분을 위해서 그렇게라도 계속할 걸 그랬다고요. 아버지가 물려주신 그 일부분을요."

아빠가 팔로 엄마를 감쌌다.

"캣. 이건 달라. 너는……."

"저는 실력이 부족했어요. 저도 알아요. 루시가 태어나고 지금까지, 루시는 저처럼 되면 안 된다고 아버지가 말씀하셨죠."

엄마가 말했다.

"저도 그렇게 생각해요."

할아버지가 일어나더니 루시와 엄마, 아빠를 내버려 둔 채 식당을 나가 버렸다.

"죄송해요."

루시가 엄마, 아빠에게 말했다. 피아노를 그만둘 때 루시는 예상치 못한 갈등을 가족에게 불러왔다. 이제 다시 시작하려고 하는 데도 마찬가지이다.

아빠가 루시의 손을 토닥였다.

"우리도 미안하구나, 오리양."

♪

10시 15분쯤에 루시는 윌 선생님에게 전화를 걸었다. 지금 이 시간이면 음성 메시지가 나올 수도 있겠다 싶었지만, 페스티벌에 나가겠다는 말을 하고 싶었고 만약 선생님이 전화를 받으면 저녁에 있었던 그 모든 일을 얘기하려고 했다. 어쩌면 거스한테 어떻게 할지 조언을 구할 수도 있었다. 루시는 거스의 마음을 아프게 하고 싶지 않지만, 그렇게 해 버렸고 어쩔 수 없는 일이라 생각했다.

그런데 아루나 아줌마가 전화를 받았다.

아줌마는 인사도 하지 않고 불쑥 말했다.

"시간이 늦었다고 생각하지 않아요?"

"저는……."

루시는 놀란 마음을 진정시키느라 약간 뜸을 들였는데 온몸이 떨려왔다.

"죄송해요. 전화기가 꺼져 있을 거라 생각했어요."

"그렇다고 한밤중에 내 남편에게 전화를 건 게 설명되지는 않지."

'이제 겨우 열 시가 넘었을 뿐이라고요.'

루시는 생각했다.

"죄송해요. 내일 다시 걸게요."

"그러는 게 좋겠어요."

그러고는 전화가 끊어졌다.

루시는 침대에서 일어나서 방 안을 걸었다. 속이 쓰렸다.

차 안에서 루시가 윌 선생님을 안았던 기억이 자꾸 머릿속에 떠올랐다. 선생님 목을 만졌던 감촉. 손가락에 닿던 선생님의 입술. 선생님의 시선. 빨려 들어가는 느낌. 그 많은 문자 메시지.

레이나는 이렇게 말했다. 파티에서가 아니라 그 이전에.

"그런 여자가 되지는 말아 줘."

30

루시는 밤새 한숨도 못 잤다. 계속 아루나 아줌마와의 일에 대해 걱정했다. 어쩌면 아줌마가 선생님한테 더 이상 루시와 친구로 지낼 수 없다고 할지도 모른다. 아니면, 더 심하게는 더 이상 루시의 집에, 거스 때문이라고 해도, 가지 말라고 할지도 모른다.

루시는 거스가 윌 선생님과 관련된 일은 아무것도 망치지 말아 달라고 했던 말이 떠올랐다. 그때 루시는 그러겠노라 했다.

잘하는 짓이다, 루시.

하지만 더 이상 어떻게 하란 말인가? 아무 일도 없었다는 듯이 행동하라고? 선생님이 유부남인 걸 알고 루시는 다른 생각을 해 본 적이 없다. 하지만 루시는 우정이 필요했고 가질 수도 있었다. 언젠가 거스도 같은 상황이 되면 이걸 이해할 거다.

이것. 이걸 뭐라고 부르든지 간에.

♪

루시는 아침부터 거스와 마주치고 싶지 않았다.

거스가 일어나기 전에, 루시는 버스 노선을 재차 확인한 뒤 아래
층으로 내려가서 시리얼을 먹었다. 그리고 엄마에게 쪽지를 남긴 뒤,
컴컴한 12월의 아침을 향해 조용히 집을 나섰다. 이른 아침이라 거
리는 조용하고 한적했으며 공기가 상쾌해서 기분이 좋았다. 루시는
버스를 타는 대신 학교까지 걸었다.

학교 건물은 어슴푸레하고 고요해 보였지만 문은 열려 있었다. 루
시는 안으로 들어가서 찰스 선생님의 교실 앞 복도 바닥에 쭈그리고
앉았다. 코트를 여미고 손에는 휴대폰을 꼭 쥐었다. 윌 선생님의 목
소리를 듣고 싶기도 했고 한편으로는 두려웠다.

오늘은 레이나도 만나야 한다. 사과를 하든 사과를 하지 않든 금
요일에 일어난 일을 되돌릴 수는 없지만, 레이나가 계속 화나 있길
바라지 않았다. 하지만 마치 루시가 자신을 위해 최선의 선택을 할
때마다, 다른 이들과의 관계가 망가지는 것 같았다.

루시는 찰스 선생님이 복도를 걸어오자 일어섰다. 선생님은 과장
된 몸짓으로 가슴에 손을 얹더니 시계를 보는 시늉을 했다.

"내 앞에 서 있는 게 뭐지?"

"안녕하세요."

선생님이 교실 문을 열었다.

"들어가자, 루시."

선생님이 가방을 책상 위에 내려놓는 동안 루시는 마리 자리에
앉았다. 책상은 연필로 낙서가 되어 있었는데 구불구불한 선들과 직

선들이 잔뜩 그려져 있었다.

"마리가 기물 파손범인 거 아세요?"

루시가 책상을 가리켰다.

"걱정마라. 그 녀석을 쫓아낼 테니."

선생님은 뭔가를 찾는 듯 가슴에 있는 주머니를 톡톡 쳤다.

"무슨 일 있니?"

루시는 대답을 할 수 없었다. 대신 질문을 했다.

"칠판 지울까요?"

"음, 그래."

선생님이 서랍에서 분무기와 걸레를 꺼내 책상 위에 놓았다. 루시
는 칠판을 지우고 선생님은 리포트를 읽었다. 잠시 후 선생님이 하던
걸 멈추고 고개를 들었다.

"무슨 일인지는 모르겠지만, 다 괜찮을 거야."

루시는 금요일 숙제가 적힌 부분을 마지막으로 깨끗이 지웠다.

"선생님은 정말 훌륭해요."

♪

레이나와 칼슨은 2층 테이블에 앉아 있었다. 루시는 둘을 바라보
면서 어떻게 할까 고민했다. 가방을 의자에 던지고 그 자리에 끼어서
아무렇지도 않은 척 농담을 할 수도 있다.

농담이 하나도 떠오르지 않는다는 문제만 빼면.

루시는 두 사람이 누군가 지켜본다는 걸 눈치채기 전에 몸을 돌

렸다. 수업이 세 시간이나 남았지만 학교를 나와 걷고 또 걸었다.

아직은 모든 걸 되돌릴 수 있다.

윌 선생님에게 전화를 걸어 페스티벌에 나가지 않기로 했다고 말하면 된다. 집에서 선생님을 더 이상 만나지 않고 다시는 문자 메시지를 보내지 않겠다고 할 수도 있다. 거스와는 다시 좋아질 거다. 아이러니하게도 루시가 마음을 바꾸면 할아버지와의 관계만 악화될뿐이다. 할아버지는 이렇게 말하겠지.

'내가 그럴 줄 알았다.'

할아버지는 루시가 진심이 아니라고 생각한다. 하지만 루시는 번복하고 싶지 않았다. 또한 윌 선생님을 피하고 싶지 않았다.

이 상황에서, 자기 자신에게서 도망치고 싶지 않았다.

선생님에게 전화를 걸어서 그러겠다고 말하고 싶었다.

그전에 해야 할 일이 한 가지 있다.

루시는 리치몬드*로 가는 버스에 올랐다.

♪

그레이스 선생님의 아파트는 루시가 기억하는 것과는 달랐다. 하지만 루시는 여기에 두 번밖에 온 적이 없다. 한 번은 그레이스 선생님이 루시 가족 모두를 초대해서 워싱턴에서 온 자신의 부모님과 함께 식사를 했고, 또 한 번은 루시만 데리고 왔다. 둘은 몇 블록을 걸

---

*리치몬드 샌프란시스코의 북서쪽에 위치한 지역으로 중국인이 많이 거주한다.

어 선생님이 제일 좋아하는 식당에 가서 새우튀김, 소시지빵과 돼지고기 요리인 차슈를 샀다. 아파트로 돌아와 선생님은 차를 끓였다.

이제는 그날 오후에 무슨 일이 있었는지 기억나지 않아서, 선생님이 뭔가 중요한 이야기를 하고자 했는지, 아니면 음악에 관련된 이야기를 나누었는지, 아니면 월 선생님이 거스와 하는 것처럼, 그냥 둘이 시간을 보냈는지 알 수 없었다. 기억나는 거라고는 그레이스 선생님의 주방에 있는 조그만 둥근 테이블 위에서 먹었던, 하얀 봉지에서 꺼낸 기름진 음식이 정말 맛있었다는 것뿐이다.

한낮의 이 시간에 선생님이 집에 있을 이유는 없다. 학생이 있을 테니까.

'물론 그럴 테지.'

루시는 그렇게 생각하면서도 아닐 수도 있다는 생각 자체가 바보 같이 느껴졌다. 루시가 그만두었다고 해서 그레이스 선생님까지 직업을 바꿀 이유는 전혀 없다.

루시는 그레이스 선생님 집의 벨을 손가락으로 몇 초간 길게 꾹 눌렀다.

루시는 프라하에서의 일 이후 선생님과 얘기한 적이 없다. 분명히 그레이스 선생님은 무슨 일이 있었는지, 루시의 부모님으로부터, 프라하에 있던 사람으로부터, 블로그에서 등 여러 방면에서 전해 들었을 것이다. 하지만 루시에게 직접 들은 것은 아니다.

당시에 루시는 자신의 행동과 할머니의 죽음, 그리고 부모님과 할아버지가 모든 것을 다루는 방식에 대한 충격에서 벗어나지 못하고 있었다. 그레이스 선생님의 전화도 받지 않았다. 하지만 음성 메시지에서 자신이 너무나 좋아했던 목소리를 듣자 저절로 눈물이 났다. 딱딱하지 않고 부드러우면서, 확신에 차 있지 않은 가벼운 목소리. 샌프란시스코의 독특한 악센트를 가졌고 중국계 미국인 2세대의 흔적이 남아 발음을 또박또박했는데 특정 단어를 발음할 때 알파벳을 빼먹기도 했다.

"루시, 무슨 일이니?"

선생님은 음성 메시지함에 메시지를 남겼었다.

루시는 선생님에게 전화를 걸까 몇 번이나 망설였다. 마지막 결정을 내리기 전에, 엉켜 버린 실타래를 풀기에 너무 늦지 않았을지도 몰랐다.

루시는 현관 벨에서 손을 떼고 잠시 기다렸다. 그리고 다시 한 번 벨을 누르고 기다렸다. 그레이스 선생님은 집에 없다. 하지만 선생님의 전화번호나 이메일 주소가 어딘가 있을 거다. 아마도.

루시는 전에 갔던 딤섬 식당을 찾아 한동안 주변을 헤맸다. 차양에 용 그림이 있었던 것이 기억났다. 불행히도, 그런 곳은 한두 군데가 아니었다. 루시는 클레멘트* 쪽에서 맞다고 생각되는 식당을 찾았다. 하지만 길을 걸으면서 봉지에서 새우튀김을 꺼내 먹는데 이런 생각만 들었다.

'맛이 예전 같지가 않아.'

---

*클레멘트 제2의 차이나타운으로 불리는 곳으로 중국 식당이 많이 있다.

31

마틴 아저씨가 뒷문에서 루시를 불러 세웠다.

"큰일 났어, 공주님. 학교에서 전화가 왔어. 나로선 윗분께 보고할 수밖에 없잖니."

아저씨가 집 안을 향해 눈썹을 찡긋했다.

"엄마는 사무실에 계셔."

"미리 말씀해 주셔서 고마워요."

"그리고 어젯밤 네 발표에 대해서도 들었다."

아저씨가 주방 식탁에 몸을 기댔다.

"어쩜, 넌 무슨 일을 결정하면, 엄청 빠르게 움직이는구나."

루시가 가방을 몸 앞으로 들었다.

"거스가 저를 미워해요."

"설마 그럴 리가."

"정말이에요."

마틴 아저씨가 고개를 갸웃했다.

"페스티벌에서 연주하는 것 때문에? 콩쿠르라면 몰라도 이번엔 너랑 거스 빼고도 여덟 명인가 아홉 명이 더 있잖니?"

"그래서가 아니고요. 그게……."

루시는 마틴 아저씨를 쳐다보았다. 만약 월 선생님에 대해 이야기를 꺼내면, 선생님 이름을 거론하는 것만으로도 아저씨는 귀신같은 직감으로 무슨 일인지 알아챌 게 분명하다.

"아무튼, 괜찮아지겠죠."

"그럼, 그럴 거야."

아저씨가 팔을 벌렸다.

"이리 와서 아저씨 좀 안아 주렴."

루시가 마틴 아저씨를 안았다. 아저씨는 루시를 꼭 끌어안으며 말했다.

"할머니도 이 모든 걸 보고 싶어 하실 거야. 아무것도 놓치고 싶지 않아 하셨잖니."

루시가 고개를 끄덕이며 몸을 뒤로 뺐다.

"연주 들으러 오실 거죠? 할머니는 못 오셔도요."

"그럼. 영광이지."

♪

루시는 피아노실을 지나 엄마의 사무실로 갔다. 거스와 선생님의 목소리가 피아노 소리에 섞여서 문 뒤에서 들렸다. '아루나 아줌마가 월 선생님을 우리 집에 오지 못하게 한 건 아니구나.' 루시는 안도

했다.

엄마는 책상 위에 달력을 펼친 채 노트북으로 일을 하고 있었다. 엄마의 책상은 할아버지 책상보다 작지만 빅토리아 스타일로 좀 더 화려하게 장식되어 있었다. 엄마의 고전적인 스타일에 잘 어울렸다.

루시는 엄마가 비난하는 표정을 짓거나 야단치기를 기다리지 않았다.

"오늘 수업을 빼먹었어요. 제가……."

그다음에 뭐라고 말해야 할지는 생각 못했다.

"그래, 알아."

"외출 금지하시면 그렇게 할게요. 그래도 다른 걸 하시길 바라시면…… 엄마가, 저한테……."

엄마가 노트북에서 눈도 떼지 않고 말했다.

"더 이상 어떻게 해 봐야 달라질 건 없을 것 같구나."

"레이나랑 다퉜어요. 학교에 있을 수가 없었어요. 그래서……."

"상황이 달라졌다고 생각했어. 어제 기억나니?"

엄마가 노트북을 덮었다.

"어떤 걸 기대해야 하는지만 알고 싶구나. 이렇게 결정했다가 다시 뒤집을 거니? 음악 학교에 너를 보내느라 돈을 쓰고 난 뒤에, 한 학기 지나서 지질학자가 되겠다고 말하는 건 아니겠지?"

"아니, 저도 몰라요. 제 말은, 아니라고요. 저는…… 지질학자요?"

루시가 웃어 버렸다. 종일 걷고, 버스를 타고, 생각하느라 너무 피곤했다.

"하지만 엄마가 저한테 '영원히'라고 말하길 바라신다면, 엄마는 저에게 투자하지 말아야 해요. 저는……"

'……저는 뭐?'

"저는 다른 걸 생각해 볼게요."

"아, 그럴 거라고."

"네, 그럴 거예요."

두 사람은 한동안 서로를 보았고, 엄마는 관자놀이를 손으로 문질렀다.

"할아버지가 옳았다는 걸 증명하지만 말아 줘. 그것만 부탁하마."

♪

한 시간 뒤에 루시의 방문을 노크하는 소리가 들렸다.

루시는 문을 열면 월 선생님이 이렇게 말할 거라고 생각했다.

'루시, 이제 더 이상 나한테 연락하지 말아 줘.'

하지만 루시가 문을 열자, 선생님은 미소를 지었다. 따뜻하고, 당당한 미소. 전혀 화가 난 것 같지 않았다.

"안녕."

선생님이 인사했다.

"안녕하세요."

금요일 밤에 차에서 헤어진 이후 처음으로 만났다. 루시는 몸이 붕 뜬 것 같은 이상한 기분을 느끼면서 선생님이 보고 싶었다는 걸 깨달았다. 하마터면 그렇게 말할 뻔했다.

보고 싶었어요.

"결정했니?"

선생님이 묻더니 갑자기 손을 들고는 다시 말했다.

"말하지 마! 내 말은, 어떻게 결정했는지 말하지 말라고. 그냥 결정을 했는지만 말해 줘."

"했어요."

"아래층으로 내려갈까?"

선생님이 물었다.

"좋아요."

선생님이 좁은 계단을 먼저 내려가다가 멈춰서 돌아서는 바람에 잠시 두 사람의 눈이 마주쳤다. 선생님은 그대로 서 있었다. 계단이 좁아서 두 사람은 가까이 있었다. 선생님이 자신의 얼굴을 만지더니 뭔가 말을 꺼내려 했다. 루시는 선생님의 눈을 쳐다보면서 고개를 갸웃거렸다.

"왜 그러세요?"

"걱정 마, 루시."

선생님이 조용히 말했다.

"어젯밤 일 말이야. 전화 건 거. 넌 잘못한 게 없어. 맹세할게. 오늘 더 일찍 전화하지 못해서 미안해. 굉장히 바쁘기도 했고 직접 얼굴을 보이고 싶었어."

선생님이 자신을 가리켰다.

"봤지? 내 얼굴?"

그러더니 손가락으로 가슴께에 천천히 X자를 만들었다.

"맹세할게."

루시는 눈물을 참으려고 입술을 꽉 깨물고는 고개를 끄덕였다.

"좋아, 가자."

피아노실에 들어가서 루시는 먼저 안락의자에 자리를 잡았다. 윌 선생님이 문을 닫고는 피아노 의자에 앉았다.

"이리 와."

선생님이 의자를 두드리면서 옆으로 비켜 앉았다.

루시는 피아노 쪽으로 걸어가서 선생님 옆에 앉았다. 다리가 부딪혔다.

"너하고 같이 이걸 치고 싶어."

선생님이 피아노 위에 놓인 악보를 뒤적거리더니 몇 장을 꺼내서 올려놓는 동안 루시는 아르페지오를 치면서 손가락을 풀었다.

악보를 보면서 루시가 웃음을 지었다.

"프로코피예프* 정말 좋아해요."

"내가 시작할게. 여기서부터는."

선생님이 악보의 중간을 가리켰다.

"네가 이 부분을 쳐."

"이 곡 알아요. 이건 손 네 개를 사용하는 곡이 아닌데요?"

"그래, 내가 편곡한 거야. 하지만 아무도 내 머릿속에서 그린 것처

---

*프로코피예프 러시아의 작곡가. 미국에 망명하여 활동하다 러시아로 돌아갔다. 오페라, 발레곡, 교향곡과 협주곡을 남겼다.

럼 제대로 치지 못해. 사실 피아노 두 대가 필요하지만, 한번 해 보
자. 페달은 내가 밟을게."

선생님이 연주를 시작하자마자 루시는 편곡에서 선생님이 원하
는 바가 느껴졌다. 원래 곡보다 오르내림이 덜했다. 콘 비바체[*], 하지
만 연주하는 도중에 헤매지 않을 만큼만 빠르게. 루시의 차례가 되
자 연주를 시작했다. 의자가 좁아서 루시의 왼쪽 엉덩이가 선생님과
닿았지만 음악에만 집중했다.

몇 번은 두 사람의 박자가 맞지 않아서 루시가 '으악!' 하고 외치거
나, 선생님이 쓴 글자를 알아보느라 몸을 앞으로 숙이고 '이거 셋잇
단음표[*] 맞아요?' 하고 확인하면 선생님이 대답을 하거나 설명을 하
고, 두 사람의 손이 부딪히기도 했지만 끝까지 멈추지 않았다.

두 사람은 잠시 동안 건반 위에 손을 그대로 두었다. 선생님이 먼
저 웃으며 말했다.

"우아. 마치 네가 내 머릿속에 있는 것 같아."

"편곡 정말 멋진데요."

"고마워."

선생님은 몇 음절을 더 쳤는데 루시는 모르는 곡이었다. 루시는
가만히 선생님 옆에 앉아 있었다.

"한 가지 말해 줄까?"

선생님이 계속 피아노를 치면서 물었다.

---

*콘 비바체 빠르고 생기 있게.

*셋잇단음표 2등분해야 할 음표를 3등분해서 리듬에 변화를 주는 음표.

"네."

루시가 오른손으로 건반을 쳐서 선생님의 연주에 음을 더했다.

"전에 전화로 말했던 거, 나이 먹는 부분에 대한 것 말이야……."

"더 이상 특별하지 않다고 했던 거요?"

루시가 살짝 웃으며 물었다.

"그래. 내 말은 잊어 주렴. 그런 소린 하지 말았어야 했어."

"왜요? 맞는 말이었는데요."

"아니야."

선생님이 고개를 젓더니 연주를 멈추고 몸을 루시 쪽으로 살짝 틀었다. 둘은 여전히 가까웠다.

"그게 내가 원하는 바는 아니야. 집에서는 그렇지. 결혼을 하고 나면 서로의 가장 안 좋은 모습에 익숙해진단다. 하지만 열여섯 살에 그런 말을 듣거나 믿으면 안 돼. 학생들에게는 꽤 조심하는 편인데 내가 그렇게 말해 버렸네."

루시는 천천히 계속 연주했다.

"저는 선생님 학생이 아니잖아요."

"그렇지. 잠깐 멈춰 볼래?"

선생님이 루시의 손을 피아노에서 떼어서 루시의 무릎 위에 내려 놓고 잠시 잡고 있었다. 루시는 손을 내려다보면서, 지금 이 순간 마치 모든 신경이 손에만 연결된 것 같은 느낌이 들었다.

"너랑 있을 때는 최고로 멋진 모습만 보여 주고 싶구나."

루시가 고개를 끄덕였다.

"네."

"최소한 몇 주는 지나서 너한테 내 하이드 씨 부분이랑 약점, 그러니까 냉소적인 생각을 보여 줬어야 하는데 말이야."

"누구요?"

선생님이 멋쩍은 듯 웃었다.

"지킬 박사요? 아님 하이드 씨 말이에요?"

"아, 그래. 난 항상 누가 누구인지 헷갈린단 말이야."

루시가 고개를 갸웃하며 선생님의 눈을 응시했다.

"상관없어요. 저와 있을 때는 선생님 자신만 되어 주세요."

선생님이 다시 웃다가 진지한 표정이 되었다. 그러더니 벌떡 일어나서 악보를 주섬주섬 챙겼다.

"이제, 말해 주렴. 페스티벌에 대해 어떻게 결정했는지."

"하기로 했어요."

선생님이 안도하는 표정을 지었다.

"좋아. 다이앤 회장한테 전화하자."

♪

그날 밤 잠자리에 들기 전에 루시는 거스의 방문을 두드렸다. 거스는 저녁 식사 내내 루시를 철저히 외면하면서, 심지어 루시가 손에 쥐고 있는 소금 병을 건네 달라는 말을 아빠에게 하기까지 했다. 할아버지 역시 루시에게나 루시에 대해 한마디도 하지 않았다. 루시가 피아노를 그만두었을 때보다 상황이 더 좋지 않았다.

이번에도 거스는 대답하지 않았다.

"제발, 거스."

루시가 사정했다.

아무 대답이 없었다.

루시는 바닥에 거의 누워서 문틈 사이에 최대한 가까이 입술을 가져다 댔다.

"거스, 사랑해. 알지? 너는 내 동생이고, 나는 너를 사랑해. 네가 얼마나 자랑스러운지 몰라. 나는……."

자랑스럽다는 말로는 부족하다.

"나는 정말로 네가 존경스러워. 네가 얼마나 열심히 하는지, 얼마나 겁내지 않는지 알아. 잘하고 있고 용감해."

루시는 거스가 루시 쪽으로 걸어오는 그림자를 상상하면서 문이 열리기를 기다렸다.

기다리고, 또 기다렸다.

"나도 용감해지고 싶어."

루시가 마지막으로 덧붙였다.

"이게 내가 할 수 있는 유일한 길이야. 당장 다른 건 모르겠어."

루시는 잠시 더 기다렸다.

"그리고 미안해."

그러고는 포기하고 잠자리에 들었다.

32

화요일에 루시는 복도에서 레이나와 두 번 마주쳤지만, 두 번 다 레이나가 시선을 피했다. 루시는 용기를 내서 점심을 들고 늘 가던 곳에서 홀로 책을 읽고 있는데 칼슨이 나타나서 가방을 의자에 던지더니 옆에 앉았다.

"레이나가 너랑 점심 먹지 말라고 문자를 보냈길래, 와서 같이 먹는 게 나을 것 같았어."

루시는 레이나가 그랬다는 사실에 충격을 받았다. 그래도 칼슨에게 고마웠다.

"고마워. 넌 정말 멋진 친구야, 칼슨."

"맞아. 나를 좀 더 이용하라고."

칼슨이 검지를 루시에게 내밀었다.

"이런 식으로는 말고. 감당이 안 돼."

"잘 해결할게."

"무슨 일 있었어?"

칼슨이 휴대폰을 만지작거리더니 전원을 끄는 걸 보여 주었다.

"봐. 모든 중요한 일들을 차단해 버렸어. 그러니 말해 봐. 진짜야. 잠시 모든 걸 뒤로 미뤄 놓고 잊어버릴 거야."

루시는 칼슨에게 레이나와 무엇 때문에 싸웠는지 도저히 설명할 길이 없다. 루시는 책을 덮었다.

"레이나가 이혼 문제 때문에 어떤 상태인지 알지?"

"그럼. 하지만 그건 오래된 일이잖아, 게다가 매일 그 얘기를 했었고."

"내가 참지 못하고 심한 말을 해 버렸어."

"뭐라고 했는데?"

"정확히는 기억 안 나."

정말로 잊은 것처럼 말했다.

"좋아."

칼슨이 대답했다.

"하지만 레이나도 못되게 말했다고."

"이건 기억할 것 같은데. 그러고는 무슨 파티에서 내쫓았다면서? 나는 초대받지 못한 파티 맞지, 정확히 따지자면?"

칼슨이 설명하는 정황을 듣자니, 마치 모든 게 루시의 잘못처럼 들렸다. 사실 그럴지도 모른다.

"너는 그런 파티를 싫어했을 거야."

"칼슨 린은 어떤 파티도 싫어하지 않아. 아무튼 그렇게 끔찍했다면, 레이나가 간 뒤에 너는 왜 남아 있었니?"

"너는 싫어했을 거라고 했잖아. 끔찍하다고는 안 했어."

칼슨이 의자에서 몸을 꼿꼿이 세웠다.

"나는 누구 편도 들고 싶지 않아. 빨리 해결해. 그래야 예전처럼 돌아가지."

"근데, 칼슨."

루시가 상냥하게 덧붙였다.

"너 때문이 아닌걸."

칼슨이 눈을 가늘게 떴다.

"음. 그렇게 말한다면야."

"네 얘기가 나왔으니 말인데, 이제…… 네 얘기를 하자. 요즘 들어 내 얘기만 한 것 같아. 레이나가 이혼 문제 때문에 그랬던 것처럼 내가 예민하게 군다면 말해 줘."

"음. 레이나가 이혼 문제 때문에 그랬던 것처럼 너도 똑같이 굴었어."

"아, 으. 알았어. 루시 이야기는 공식적으로 점심 이후로 미루겠습니다."

두 사람은 칼슨이 주말과 추수 감사절에 있었던 일과 내년 여름 계획에 대해 이야기를 나누었다. 루시는 열심히 들었고, 칼슨은 루시를 웃게 만들었다. 루시는 레이나도 함께 있으면 좋겠다는 생각을 했다.

♪

수요일에 루시는 자존심을 굽히고 레이나에게 조심스럽게 문자를 보냈다.

생각해 보니까, 내가 다르게 행동했으면 좋았겠다 싶어.
모든 일이 잘 풀렸으면 좋겠어.

아무런 답도 없었다.

♪

그러고는 레이나도 칼슨도 거스도, 모든 것을 마음에서 지운 채 루시는 월 선생님과 함께 페스티벌 연주곡을 연습했다. 루시는 자신과 곡에, 그리고 월 선생님에게 집중했다.

두 사람은 매일 문자를 주고받았다. 보통은 음악에 대한 의견이나 질문으로 시작해서 다른 것으로 마무리했다. 학교, 루시에게 있었던 일이나 월 선생님의 옛날이야기 혹은 영화나 책, 또는 부모님에 관한 것이었다. 대부분 평범한 일상에 대한 것이었다. 개인적으로 느끼는 것. 그들 자신이 느끼는 것들 말이다.

이를 테면 이렇다. 두 사람은 둘 다 음악회 이후의 뒤풀이 파티를 무서워한다는 걸 알게 되었다. 물론 두 사람 모두 파티에서는 괜찮은 척하면서 대화를 잘 나누지만 말이다.

"그건 파티라고 부를 수 없다고요."

루시가 말했다.

"그럼 선생님은 우리 집에 처음 오셨을 때도 겁먹었었어요?"

"세상에, 당연하지! 네 할아버지와 그 2만 달러짜리 지휘봉 말이지."

"17,000달러요."

또는 이렇다. 윌 선생님이 말하길, 아루나 아줌마가 진지하게 사귄 첫 번째 여자 친구라고 했다. 스물네 살이 되어서야 만났다고 해서, 루시는 레이나에 비해 자신의 연애가 늦은 것에 대해 조금 안심했다.

루시는 아루나 아줌마에 대한 이야기를 듣는 게 싫었다. 어쩔 수 없이 마음이 쓰라렸고, 그건 자신이 선생님에 대해 아무런 법적인 권리도 없다는 것에서 비롯된 치료할 방법도 없는 상처였다. 차라리 아루나 아줌마가 없는 척하는 게 쉬웠다. 루시는 선생님이 어디에 있는지 누구와 있는지 대략 알고 있을 때만 문자를 보내거나 전화를 걸었다. 집에 있을 시간에는 절대로 하지 않았다.

선생님은 매일 집에 왔고 거스의 레슨을 한 다음 시간을 조금 더 냈다. 거스가 피아노실을 나서면 루시 차례였다. 거스는 이제 완전히 입을 다문 건 아니지만 역시나 이야기를 잘 하지는 않았다. 할아버지도 여전히 이 모든 일에 대해 불쾌해했다. 할아버지는 윌 선생님이 자신의 집에서 루시를 가르쳐서는 안 된다고 생각했지만 엄마가 그럴 수 있다고 항변했다.

윌 선생님이 루시를 가르치면서, 적당히 단순한 구성이었던 브람스의 소나타가 빛을 발했다. 선생님이 루시가 놓치는 걸 듣고 가르쳐 주면, 루시는 선생님이 놓친 부분까지 깨달으며 함께 연주를 정확하고 즐겁게 만들었다. 이 곡은 루시가 제일 좋아하는 곡이 아니었지만 점차 더 좋아하게 되었고, 더불어 잘 치게 되었다. 윌 선생님은 이 곡이 페스티벌 프로그램의 다른 곡들과도 잘 어울릴 거라고 했다.

두 사람이 함께 피아노 의자에 앉아 있는 시간이 많아졌다. 선생님은 방 안의 다른 곳에서 루시를 가르칠 수도 있었지만 항상 옆에 있었다. 가끔 루시는 39번 부두에서처럼, 아니 그보다 더 엉망으로 평정심을 잃을까 봐 두려웠다.

루시는 모든 열정을 피아노에 쏟아부었다.

선생님이 집을 나설 때 루시는 아직 기운이 좀 남았지만 그 에너지로 피아노를 계속 치는 것 말고 무엇을 하면 좋을지 몰랐다. 루시는 혼자서 몇 곡을 더 연습했다. 추수 감사절 다음 날 쳐 본 쇼팽이나 필립 글래스*의 〈변주곡 I-V〉 같은 곡이었다. 예전에 루시는 연주회나 콩쿠르, 음반 녹음을 위해 연습해야 할 곡이 늘 있어서 자유롭게 아무 곡이나 연주할 시간 따위는 없었다. 마치 누군가를 속이는 기분이 들었기 때문이다.

이제는 가족에게 숨길 필요도 없고 아무도 루시에게 강요하지 않기 때문에 루시는 더 피아노에 빠져들었다. 루시는 마음이 가는 곡을 쳤고 모든 곡을 연주하고 싶었다. 브람스도 괜찮다고 느꼈지만 한

---

*필립 글래스 미국의 작곡가. 그의 음악은 단조롭고 반복적인 구조의 미니멀리즘적인 요소가 특징이다. 오페라 《해변의 아인슈타인》으로 대대적인 성공을 거뒀으며 혁신적인 기악곡과 오페라 등을 작곡하고 있다.

곡에 매달리지는 않았다.

이 모든 것은 루시를 위한 것이다.

루시가 관객을 원한다는 레이나의 말이 가끔 떠올랐다. 어쩌면 그 말이 맞을지도 모른다. 하지만 공연장에 꽉 찬 관객이 아니다. 오직 윌 선생님만 있으면 된다.

무슨 생각을 하든 주변의 무엇을 보든, 어떤 대화에서도 어떤 경험에서도, 심지어 자신을 웃게 만드는 그 모든 것에서도 루시는 선생님에게 얘기하는 자신이나 자신을 바라보는 선생님을 떠올렸다. 루시는 선생님이 자신을 특별하게 봐 주기를, 그리고 선생님이 봐 주었으면 하는 자신의 모습을 떠올리고 또 떠올렸다.

마치 루시의 머릿속에 선생님에게 항상 쓰지만 절대 부치지 못하는 편지가 있는 것 같았다.

루시는 어릴 때 새로운 친구가 생기면, 두 사람이 둘만의 세계를 만들고 절대 그 세계를 떠나고 싶어 하지 않았던 걸 떠올렸다.

또한 루시는 사랑에 빠진 적은 없지만, 사랑에 빠지는 것과 비슷하다는 생각을 했다.

33

페스티벌이 있는 주말이 되자, 집 안에는 긴장이 감돌았다. 루시는 할아버지가 이렇게까지 연주에 대해 초조해하는 모습을 본 적이 없다. 특히 이런 승자도 패자도 없고, 떨어지는 사람도 없는 페스티벌에 대해서 말이다. 금요일 저녁 식사 시간에는 거스에게 지난주에 얼마나 연습했는지 추궁하더니 급기야 머리 스타일까지 언급했다.

"일요일 전에 머리를 다듬어라."

거스가 엄마를 쳐다보았다.

"그래야 해요?"

"제 생각에는 지금도 괜찮은데요."

엄마가 대답했다.

"곱슬은 무심해 보여."

할아버지의 포크가 접시에 부딪혀 달그락 소리가 났다.

루시는 입술을 굳게 다물고 거스를 보았지만 거스는 돌아보지 않았다. 어째서 나랑 같이 웃지도 않는 거니? 그건 할아버지가 지금까지 했던 말 중 최고로 바보 같은 말이었다. 그게 무슨 말인지 알 수가 없어서 더 우스웠다. 하지만 거스는 고집스럽게 자신의 접시에만 눈길을 주었다.

"자 이제."

아빠가 말을 시작했다.

"다른 얘기를 하죠."

아무도 루시의 연습이 어떻게 되고 있느냐고 묻지 않았다. 마치 일종의 공식적 혹은 암묵적인 약속이라도 한 듯이 거스나 할아버지 앞에서는 말을 꺼내지 않았다. 엄마나 아빠, 마틴 아저씨 세 사람만 있을 때는 루시에게 어떻게 되고 있는지 두어 번 물었지만 다 같이 있을 때는 피하는 것이 분명했다.

그런 데다, 2주 동안을 기분 좋게 보내면서 연주에 대해 자신감이 생기자 이제는 긴장이 되기 시작했다. 방학이라서 루시는 연습을 너무 많이 했다. 토요일에는 연습을 하다가 긴장되기 시작하자 가족들을 만나는 것조차 어색하고 싫어졌다. 루시는 도둑처럼, 아무도 만나지 않고 아무도 루시를 보지 못하도록 집 안을 몰래 돌아다녔다. 오전에는 페스티벌에서 입을 옷을 사러 쇼핑을 갔다. 루시는 옷장 속으로 치워 버린 화려한 드레스 말고 다른 옷을 원했다.

유니온 스퀘어*에 있는 중고 상점에서 적당한 옷을 찾았다. 단순한 복고풍 드레스로 20대에 어울리는 드레스였다. 색상은 월 선생님

---

*유니온 스퀘어 샌프란시스코 다운타운의 중심으로 호텔과 상점이 밀집한 곳.

이 파티 때 입었던 파란색 카디건과 비슷했고 구슬 장식이 달려 있었다. 연말에 적당한 스타일은 아니지만 루시가 연주하는 동안 느끼고 싶은 기분을 정확히 보여 주는 옷이었다.

계산대 옆에는 전통적인 스타일의 나비넥타이가 바구니에 담겨 있었다. 루시는 거스의 행운을 비는 의미로, 아동용 넥타이를 하나 샀다. 물론 거스가 루시를 무슨 병균이라도 되는 양 피하는 통에 어떻게 주어야 할지는 몰랐지만 말이다.

그날 오후, 레이나에게 전화가 왔다.

하지만 루시는 받지 않았다. 휴대폰을 옆에 둔 채 바닥에서 스트레칭을 하면서 숨을 들이마시고 내쉬면서 긴장을 풀고 있던 참이었다. 그래서 레이나가 만약 루시가 얼마나 형편없는 친구인지 말하려는 거라면, 지금은 듣고 싶지 않았다. 스스로 머릿속에서 충분히 겪은 상황이었기 때문이다.

다시 전화가 울렸다. 월 선생님이었다.

"말씀하세요."

루시가 대답했다.

"무슨 일 있니?"

"아, 숨 쉬기가 힘든 것뿐이에요."

루시가 엎드렸다.

"네가 숨 쉬기 힘든 문제가 있다는 건 잘 알지. 그리고 그럴 때 루시에게 필요한 게 뭔지 아니? 바로 커피야."

"네, 맞아요."

"그럼 커피 마시러 가자. 얘기도 좀 하고, 축하해 줄 일도 있으니까. 네가 정말 해내는 것 말이야. 쉬운 일이 아니란 걸 아니까."

"커피 마시러 여기까지 운전해서 오시려고요?"

루시는 그럴 거라는 걸 알면서 물었다.

"내가 너보다 한발 앞섰구나, 루시 벡-모로. 벌써 근처인걸."

루시가 일어나 앉았다.

"크리스마스 쇼핑 나오셨어요?"

"어……."

선생님은 큭큭 웃었다. 루시는 그 웃음이 자신을 위한 거라고 생각했다.

"우리 이틀 동안 못 본 거 알지?"

알고 있었다.

"알타 플라자 건너편에서 만나요."

루시가 말했다. 거스는 윌 선생님이 피아노 앞에서 루시와 시간을 보낸다는 것 때문에 충분히 상처받았다. 그러니 선생님과 만나는 모습을 거스에게 보여서는 안 된다.

루시는 계단을 조심조심 내려가 뒷문을 살짝 열고 나온 다음 조용히 닫았다. 그러고는 길 건너 공원 쪽에 난 계단을 올라가서 꼭대기에 있는 벤치에 앉아 선생님을 기다렸다.

이웃들은 곳곳을 크리스마스 장식과 조명으로 장식했다. 루시는 요새 자신의 일에 푹 빠져서 정신이 없었기 때문에, 추수 감사절 주말에 마틴 아저씨를 도와 장식을 꺼낸 이후로 크리스마스에 대해 까맣게 잊었다. 바람은 차가웠고 크리스마스 시기답게 조명이 환해졌다.

루시는 이런 것들을 지나치길 바라지 않는다. 어떤 것도, 다시는 잃어버리고 싶지 않다.

이번에는 음악 때문에 사람들과 내 자신을 잊고, 즐거움을 포기하지 않을 것이다. 무엇이 되었든 삶을 가리지 않게, 할아버지가 자신의 얼굴을 똑바로 보면서, 아픈 할머니를 괜찮다고 말하는 그런 일은 만들고 싶지 않았다.

그때 윌 선생님이 오는 게 보였다. 루시는 선생님의 모습이 좋았다. 약간 독특한 걸음, 그래서 사춘기 때 통통했던 시절을 떠올리게 하는 걸음걸이. 주머니에 손을 넣는 모습.

루시가 계단을 내려가자 바라보며 웃는 모습.

♪

두 사람은 루시가 아는 사람을 마주치치 않을 정도로 거리가 떨어진 웨스트 포털에 가서 커피를 마셨다. 브람스의 작품에 대해 잠시 얘기를 나눈 뒤, 루시가 선생님을 기다리면서 했던 생각에 대해 말했다.

"때때로 저는 모든 것을 잘하려고 노력하는 것 같아요. 하지만…… 그건 음악가나, 모든 예술가에게 그다지 바람직하지 않다고 생각해요. 삶을 송두리째 앗아 간다면 그렇지 않을까요? 그래서 내가 뭔가를 보지 못하게 되는 건 원하지 않아요. 그렇지 않나요? 사람이나 세상이나 뭐가 되었든지요."

"아무것도 네가 보는 걸 막지 않을 거야. 열여섯 살에 그런 걱정을 하고 있는 것 자체가 이미 그런 걱정을 할 필요가 없다는 증거지."

"하지만 걱정이 되는걸요."

루시가 뒤로 기대어 앉았다.

"저희 할머니한테 일어난 일을 보세요. 제가 이렇게 그리워하는데, 저한테 왜 거짓말을 했냐고요."

"그걸 통해서 너는 배웠어. 너는 네 자신과 가족들에게 어떤 것이 우선인지를 증명한 셈이야."

루시는 자신의 감정을 조금 더 드러냈다.

"어쩌면요."

루시는 신이 났다.

"어쩌면, 대학에 들어가서 처음 2년 정도는 그냥 다닐지도 모르겠어요. 아무 결정도 하지 않고요. 저는 모든 것에 눈과 귀를 열어 두고 싶어요."

윌 선생님의 눈썹이 안경테 위로 살짝 올라갔다.

"음악 학교에 대한 마음을 바꿨니?"

"아뇨. 아직 생각 중이에요."

루시는 어깨를 으쓱하면서 미소 지었다. 선생님과 함께 있어 행복했고 맛있는 커피를 마시니 행복했다. 루시는 사실 아무 결정도 하지 않는 건 원하지 않았다. 음악 학교는 여전히 고려 중이다. 하지만, 자유롭다는 느낌은 마음에 들었다. '영원히' 어떻게 할 건지에 대해서는 생각하지 않아도 된다.

"집에 가야 할 것 같아요."

루시가 창밖을 보고 어두워진 걸 알아챘다.

윌 선생님이 코트를 챙기려고 의자 뒤쪽으로 몸을 돌렸다.

"이제 보니 네 어머니가 왜 그렇게 화를 내셨는지 조금은 알겠구나."

루시가 웃었다.

"무슨 뜻이에요?"

"지금처럼 이랬다저랬다 하는 것 말이야. 어느 순간엔 음악을 사랑한다고 하다가, 그다음 순간엔 다른 걸 할 수도 있다고 말하지. 네가 하는 일을 하려고 얼마나 많은 사람들이 목숨을 거는데!"

선생님은 살짝 웃었다. 하지만 동시에 루시에 대해 황당해하는 것처럼 보였다. 예전에 전화로 루시나 거스에게 자신의 '좋았던 시절'에 대해 말하지 않은 이유를 설명하던 때와 같았다.

루시는 농담을 했다.

"말도 안 돼요. 목숨을 걸다니요. 특히 원하는 게 악기를 연주하는 거라면 말이에요."

두 사람은 일어나서 코트를 입었다. 작은 카페 안에서 선생님이 루시에게 한 걸음 다가가자 눈이 마주쳤다.

"맞아. 이건 네 인생이야. 나도 알아. 그렇지?"

루시는 선생님의 얼굴을 만져 보고 싶었다. 루시는 한 번도 누군가의 얼굴을 만지고 싶거나 손에 쥐고 싶다는 생각을 한 적이 없다. 엄지손가락을 눈 밑의 뼈를 따라 움직이다가 입술을 느끼고…….

"화 내지 마세요."

루시가 카페 안에 다른 사람이 듣지 못하게 조용히 말했다.

"화 안 났어."

"정말이세요?"

루시의 눈에 눈물이 글썽거렸다.

선생님이 고개를 끄덕였지만 루시는 믿을 수 없었다.

루시는 몸을 숙여서 선생님 옷깃에 이마를 댔다. 선생님이 루시의 등을 몇 번 토닥이더니 팔로 감싸고 꼭 안았다.

"화 안 났어."

선생님이 속삭였다.

"화나지 않았다고."

♪

집에 돌아오는 길에 루시는 훌쩍이면서 계속 눈물을 훔쳤다. 두 사람은 말이 없었다. 선생님은 만났던 바로 그 자리에 차를 멈추었다. 주변이 반짝거렸다.

"좀 복잡하구나. 너랑 거스와 얼마나 시간을 보내야 할지, 네가 얼마나 잘하는지, 네가 어떻게 생각하는지. 그리고 네 자신에 대해 어떻게 생각하는지."

루시는 파티에서 집으로 돌아오는 날 차에서 선생님이 말했던, 나이가 들고 학생들을 가르치는 것에 대해서 했던 말을 떠올렸다.

"선생님은 선생님의 인생이 싫으세요?"

루시가 물었다.

선생님이 한숨을 쉬더니 머리를 의자에 기댔다.

"이건 내가 내 인생을 좋아하고 싫어하고의 문제가 아니야. 그건…… 너도 내 나이가 되면 이해하게 될 거야. 너는 지금 열여섯 살이 아니었으면 하겠지만 서른 살이 되어서 돌아보면 좋은 나이야."

"엄청 나이 든 것처럼 말씀하시네요."

선생님이 말이 없었다.

"아니잖아요."

루시가 덧붙였다.

"알게 될 거야. 젊음과 아름다움. 나이가 들고 더 이상 그때로 돌아갈 수 없다는 걸 알게 되면, 가끔은 그 사실이 마음 아프단다."

두 사람은 차의 계기판만 응시했다.

"끝내주는 음악이나 연주를 들으면 가슴이 먹먹해지는 것과 같아. 무슨 말인지 알겠니?"

루시는 칼슨, 레이나와 함께 하프문베이에 갔던 날을 떠올렸다. 반짝이는 바다와 그 모든 아름다움 때문에 숨이 막히던 기분.

"알 것 같아요."

"너는 아름다워, 루시. 내면이나 외모 모두. 그리고 그 점 때문에 역시 가슴이 저리지. 특히 그래. 내 개인적으로는 말이야."

루시는 손을 무릎에 올려두었다. 눈물을 닦아야 하지만 꼼짝도 할 수 없었다. 윌 선생님의 팔에 안겨서 얼굴을 만지게 될까 봐 두려웠다.

"이해해요. 선생님은 제가 이해 못 한다고 생각하시겠지만, 다 알아요."

두 사람은 조용히 차에 앉아 있었다. 길가에서 소음만 들렸다.

"자."

선생님이 활기찬 목소리로 말했다.

"크리스마스 선물이 있는데, 지금 줄까?"

"네."

루시도 목소리를 밝게 했다.

"저도 준비했어요. 근데 가져오지 않았어요."

선생님이 미소를 지으며 뒷자리로 손을 뻗어서 납작한 상자를 내밀었다. 루시가 포장을 뜯었다. 검붉은 가죽 표지의 노트였다.

"열어 봐."

선생님이 말했다.

악보가 들어 있었다. 그리고 펜을 꽂는 꽂이와 펜도 있었다.

"마틴 아저씨가 펜을 구하는 걸 도와주셨어. 특별한 사람을 위해 특별한 펜을 선물하고 싶다고 했거든. 게다가 최고의 종이를 어디서 구할 수 있는지도 아시더라."

루시는 손으로 부드러운 종이를 매만졌다.

"감사합니다."

"어쩌면 학교에 들어가서, 네가 직접 편곡을 할 수도 있겠지. 혹은 작곡까지도. 너는 할 수 있어. 귀가 아주 좋거든."

"고맙습니다."

루시는 노트를 덮고 선생님을 안았다. 감사의 의미였다.

"내일 잘할 수 있을 거야."

선생님이 말했다.

그리고, 지난번처럼 루시는 선생님을 꼭 안았다. 이번에는 손가락이 아닌 입술을 선생님의 목에 잠시 댔다. 1초 동안. 그리고 2초 동안. 부드러운 머리카락을 느꼈다. 선생님은 루시의 등을 둥그렇게 쓸었다.

잠시 그대로 있다가 루시는 차에서 내렸다. 그리고 공원을 가로질러 집을 향해 뛰었다.

어지럽다. 춥다. 준비가 되었다.

34

'내가 뭘 하고 있는 거지?'

그날 저녁 루시는 다른 연주자들과 함께 무대 앞쪽에 앉았다. 연주회장은 난방을 심하게 틀은 데다 관객들로 꽉 차 있었고 크리스마스 장식 때문에 온통 노랗게 빛났다.

아늑해 보였다. 만약 15분 후, 거의 1년 만에 무대에 서게 되는 상황만 아니라면 말이다.

데이비스홀로 오는 내내 차 안은 조용했다. 가족은 두 차로 나뉘어서 루시는 거스와 함께 아빠 차를 탔다. 할아버지 때문에 마음이 상하기 싫어서이기도 했고 할아버지가 아빠의 작은 차를 타지 않으려 하셨기 때문이기도 했다. 루시는 혼자 택시를 타서 가족 어느 누구와도 마주치지 않을까도 생각해 봤지만 거스가 자기에게 계속 화가 나 있다고 해도 자신은 그렇지 않다는 걸 거스에게 보여 주고 싶었다.

마틴 아저씨는 객석에 있을 것이다. 루시는 레이나가 자신을 미워한다고 생각하니 레이나에게 다시 연락하는 게 두려웠다. 하지만 칼슨을 초대했고 칼슨이 레이나에게 얘기해 주기를 바랐다. 두 사람이 올지는 알 수 없었다.

아빠는 루시와 거스를 내려 주고 주차를 하러 갔다. 루시는 거스의 어깨를 잡아 자신을 바라보게 했다. 거스의 곱슬머리는 할아버지의 말한 대로 잘려졌다.

"이미 정장을 입고 있어서 이게 필요 없을지도 몰라. 하지만……."

루시는 주머니에서 작은 나비넥타이를 꺼냈다.

"꼬마 할아버지처럼 보일라나."

루시는 거스가 웃기를 바라면서 농담을 했다.

"할아버지처럼 보이기 싫어."

거스는 농담하는 법을 잊은 게 분명했다.

"아니야. 그렇게 보이지 않아. 그냥 농담일 뿐이야."

거스가 걸음을 옮겼지만 루시는 막지 않았다.

"거스, 넌 정말 대단해. 오늘 밤에도 그렇게 해 줘. 무슨 일이 있어도 사랑해."

거스는 루시를 쏘아보았다.

"누나가 선생님을 빼앗아어. 그러지 않겠다고 약속해 놓고."

루시는 자유나 공정함, 성장, 혹은 자라는 것에 대해 말하려다 핑계로밖에 들리지 않을 거란 걸 깨달았다. 실제로 그럴지도 모른다.

"용서해 줘. 지금은 너 자신만 생각해. 할아버지는 모든 걸 경쟁이라고 하지만 사실 그렇지 않아."

거스는 몸을 돌려 문 쪽으로 가 버렸다. 루시는 거스가 가도록 내버려 두었다.

"언젠가 다시 나를 좋아하게 될 거야."

루시가 말했다.

이제 루시는 쓰린 속을 부여잡고 앞줄에 앉았다. 거스는 다섯 줄이나 떨어져 있었다. 땀이 나서 드레스의 겨드랑이가 축축했다. 루시는 모든 것에 대해 자신이 없었다. 지난달에 일어난 이 모든 일들에 대해서 말이다.

거스가 옳다. 루시는 여기에 있으면 안 된다. 공정하지 않다. 우리 집안의 이름 덕분이다. 윌 선생님 덕분이다. 다이앤 회장은 홍보의 달인이고, 루시는 다른 연주자들처럼 기회를 얻은 것이 아니다. 루시는 프로그램을 수차례 확인했다. 네 번째였다.

루시의 말초 신경이 윌 선생님의 등장을 알아챘다. 윌 선생님은 앞자리로 가서 거스에게 몸을 숙였다. 한 손을 거스의 무릎에 두고 스승과 제자의 대화를 나누는 듯했다. 루시가 다음 차례였다. 하지만 루시에게 먼저 말을 걸고 그다음이 거스가 되어야 했다. 가장 중요한 것을 마지막으로 남겨 두는 법이니까. 루시는 거스를 위해 그렇게 됐어야 했다고 생각했다.

하지만 자신이 마지막이라는 사실에 기분이 좋았다.

윌 선생님이 루시에게 다가왔다.

"루시."

"네, 선생님."

"오늘 무척 예쁘구나."

루시가 미소 지었다.

"고맙습니다."

"기분은 어때?"

월 선생님이 루시의 좌석 옆에 무릎을 꿇고 앉았다.

"음. 그렇게 좋지는 않아요. 그래도 그럭저럭 괜찮아요."

루시는 월 선생님의 눈동자에 비친 자신을 보았다.

"선생님은 제가 여기 있어야 한다고 생각하세요?"

월 선생님은 대답하는 대신 루시의 머리 뒤쪽을 감싸고 볼에 입
맞춤했다.

"우리 모두 네 연주를 기대하고 있단다."

선생님이 일어나서 통로를 걸어 올라갔고 루시는 볼에 남은 입술
의 감촉을 느끼고, 느끼고, 또 느꼈다. 그러다 문득 생각했다.

'그런데, 우리 모두라는 게 누구지?'

'관객이지, 루시. 진정하라고.'

루시는 참지 못하고 고개를 돌려 월 선생님이 자리에 앉는 모습
을 보았다. 아루나 아줌마의 모습이 보이지 않아서 안도했다. 하지만
선생님 옆에 다른 사람이 있었다. 어떤 여자와 가까이 붙어 프로그
램을 가리키며 얘기를 나누고 있었다. 친구는 아닌 것 같았다. 젊지
않았기 때문이다. 하지만 함께 온 것이 분명했다.

루시는 그 사람이 누군지 알아보았다.

아카데미 원장이다. 루시는 그 사람을 기억할 만큼 여러 번 같은

모임에서 만났다. 윌 선생님이 아카데미 원장을 불렀단 말이야? 루시가 자신을 보는 걸 알아채고는 원장이 프로그램을 흔들어 인사를 했다. 루시는 무대 쪽으로 몸을 돌렸다.

이상한 생각이 들었다. 루시는 아카데미에 대해서는 어느 누구에게도, 심지어 엄마한테조차 말을 하지 않았다. 아마도 우연이겠지. 선생님은 텔레비전 프로그램을 진행해서 많은 사람들과 친분이 있으니.

자신이 확대해서 생각하는 거겠지, 하면서 윌 선생님 쪽을 돌아보았을 때 선생님의 다른 한쪽에 있는 회색 턱수염을 기른 남자도 낯이 익었지만 누구인지는 알 수 없었다.

그리고 그 옆에 앉은 젊은 남자는 바로 알아보았다. 루시가 클리블랜드 오케스트라와 협연했을 때, 파티에서 돌아오던 날, 윌 선생님이 차에서 틀었던 그 음반의 프로듀서였다.

아카데미 원장 옆에 있는 사람은 립 토마스로, 독특한 빨간 머리가 눈에 띄었다. 그는 〈뉴욕 타임스〉에 기고하고 있다.

'이 세계에서 저명한 네 사람이 윌 선생님 옆에 앉아서 이야기를 나누다니.'

순간 루시는 윌 선생님이 그 사람들을 불렀다는 걸 깨달았다. 거스를 위해서일 리가 없다. 윌 선생님이 할아버지와 사전에 의논도 없이 이런 일을 벌일 리가 없고, 만약 할아버지와 얘기가 되었다면, 할아버지가 온통 떠벌리고 다녔을 테니 루시가 모를 수가 없다.

저 사람들은 여기에 루시를 보러 온 거고 선생님이 부른 거다.

'선생님은 왜 그런 걸까?'

월 선생님이 마침내 루시의 시선을 의식했다. 빙그레 웃으면서 멋쩍어했다. 루시는 무대 쪽으로 고개를 홱 돌렸다.

이번 일에서 가장 중요한 점은 부담이 없는 거다. 물론 경쟁도 없다. 그렇다. 연주는 할아버지의 언어라서 그 언어로 루시가 말하고자 하는 것을 듣도록 하려는 거다. 하지만 사실은 루시 자신을 위한 거다.

월 선생님도 이런 기회가 루시에게 얼마나 필요한지 잘 알고 있다.

루시의 얼굴이 달아올랐다. 이번에는 입맞춤 때문이 아니었다. 루시는 드레스의 허리 라인을 손가락으로 꽉 움켜쥐었는데 마치 여기에, 더 이상 샌프란시스코에 있는 것 같지 않았다. 프라하에서, 할아버지가 아무 문제가 없다는 듯이 행동해서 루시는 한참 뒤에야 할머니가 위독하고 자신이 마지막 인사를 하지 못할 거라는 걸 알게 되었다. 할아버지는 루시를 가장 위하는 척하면서 루시를 배신했다.

'월 선생님이 그럴 리가 없다. 나를 배신할 리가 없다. 선생님은······.'

"내 미래가 보여······. 절대 나 혼자서는 성공할 수 없을 거야."

선생님이 그날 차 안에서 말했다. 다이앤 회장에게 루시의 복귀를 자신이 돕고 있다는 걸 털어놓은 이유를 설명하면서.

"아마 다이앤 회장에게 깊은 인상을 주고 싶었나 봐."

선생님이 말했었다.

루시는 속이 쓰렸다. 진정하려고 했지만 지난 한 달간, 이렇게 되어 온 과정을 되새기지 않을 수 없었다. 처음부터 선생님은 루시가 이 방향으로 오도록 이끌었으니 사람들에게 자신이 루시를 복귀시킨 장본인이라고 당당하게 밝힐 수 있다.

'아니야.'

루시는 생각했다.

'아니야.'

선생님과 그렇게 가까웠는데. 루시는 선생님을 믿었다. 두 사람은 특별했다.

연주회가 시작되었지만 루시는 지금 벌어지는 일을 멈출 수 있었다. 일어나서 나가 버리고 싶었고, 자신이 그럴 수도 있다는 걸 알았다. 아무도 루시에게 이걸 강요할 수 없다. 윌 선생님이라 해도.

하지만 루시는 여기에 오기 위해 열심히 연습했다. 단순한 연습 이상이었다. 오랜 시간 동안 공을 들였다. 이렇게 다시 시작하기 위해 너무 많은 희생을 했다. 거스의 마음을 아프게 했고 할아버지한테 다시 맞섰다. 결국 엄마와는 화해했지만, 그 많은 불신과 긴장을 이겨 내고 모든 에너지를 오직 연주에만 쏟아부어서, 다른 사람들과 그 결과를 나누고자 했다. 이 모든 노력은 이곳에서 공개하기 전까지는 아무런 의미가 없다.

윌 선생님이 그렇게 말했다.

선생님은 많은 것들에 대해 옳았다.

하지만 선생님은 루시를 잘못 보았고, 루시가 설사 선생님이라 해도 받아들일 수 있는 것과 없는 것을 착각했다. 선생님이 처음 다이앤 회장에게 어떻게 얘기하게 되었는지를 설명하면서 자기 멋대로 얘기를 꾸며 낸 걸까? 그러고는 루시에게 페스티벌에 나가라고 하고. 거스가 화가 난 것도 걱정할 필요 없다고 하고. 선생님이 말한 건 모두 납득할 수 있다. 그날 밤에 대한 설명도, 루시가 나중에 들은 얘기까지도 납득할 수 있다.

하지만, 이건 아니다. 오늘 밤, 지금 이 순간 여기에 사람들을 데려오고, 이 모든 상황에 루시를 끌어들인 것. 게다가 매일 통화를 했음에도 한 번도 말하지 않은 것. 그건 절대 이해할 수 없다.

선생님은 루시가 바라는 것이 이게 아니라는 걸 안다.

맞다. 루시는 관객이 필요했다. 하지만 〈뉴욕 타임스〉에 나오거나 클리블랜드 오케스트라와 연주하거나 루시 뒤편에 앉은 사람들을 원한 적은 없다.

루시가 필요로 하는 건 오직 윌 선생님뿐이다.

그리고 분명한 건 선생님이 데려온 관객에 비해 루시의 실력이 부족하다는 사실이다.

첫 번째 연주자가 무대에 올랐다. 레이스가 많이 달린 푸른색 드레스를 입은, 여섯 살 정도 된 사랑스러운 여자아이였다. 루시는 자신이 그 나이일 때를 떠올리면서 페달에 발이 닿지 않아 보조 장치를 썼던 걸 기억했다. 아이는 미국 작곡가인 아론 코플랜드의 〈고양이와 쥐〉를 연주했다. 이 곡은 높은음과 낮은음, 건반 전체를 써야 하는 곡이다. 루시는 잠시 멍하니 아이를 보았다. 무척 잘 쳤다. 하지만 여섯 살이다. 여섯 살.

루시는 여섯 살이었던 때를 생각했다. 다시는 그때로 돌아갈 수 없을 거라는 걸 안다. 다시 돌아가고 싶지 않고, 아무것도 바꾸고 싶지 않다. 다만 한 가지만 빼고. 루시는 할머니를 마지막으로 한 번 더 볼 수 있다면 무슨 짓이라도 할 수 있을 것 같았다.

할머니의 얼굴, 항상 루시를 사랑하고 루시를 이해해 주는 할머니의 얼굴이 떠올랐다. 루시가 프라하 무대에서 뛰쳐나간 걸 할머니는 정말로 어떻게 생각하실까? 루시는 눈을 감고 할머니와 함께 있는 상상을 하면서 이야기를 나누었다.

'너는 나를 위해 그런 게 아니야, 루시.'

할머니가 이렇게 말하는 것 같았다. 상냥하고, 부드럽지만 솔직하게……

'네 자신을 위해 그랬지.'

할머니 말이 맞다.

루시는 프라하 사건이 일어나기 이전에, 오래전부터 한 걸음 물러날 필요가 있었다. 숨을 쉬기 위해서 말이다. 루시는 그저 방법을 몰랐을 뿐이다.

할머니의 죽음이 루시에게 핑계를 만들어 준 것이다.

'괜찮아.'

상상 속의 할머니가 말했다.

하지만 루시는 괜찮지 않다.

이제부터는 루시 자신만을 위해서 연주할지, 연주하지 않을지를 선택할 것이다. 루시 자신의 선택에 맡길 것이다. '그만 불평하자. 월 선생님을, 거스나 다른 어느 누구도 핑계 삼지 말자.'

루시는 눈을 떴다. 박수 소리가 울려 퍼지자 아이가 인사를 했다.

오늘 밤 루시는 연주하기 위해 여기에 왔다.

두 번째 연주자가 거의 반 정도 연주했을 무렵에야 루시는 정신을 차리고 연주에 집중했다.

루시는 생각했다. 마지막으로 선생님을 돌아보았을 때 몇 줄 뒤에 있는 칼슨과 레이나가 눈에 띄었다. 칼슨이 너무 심하게 손을 흔드는 바람에 주변 사람 몇몇이 쳐다보자 레이나가 팔을 끌어당겼다. 루시는 웃음을 참으면서 고개를 무대로 돌렸다.

두 사람의 모습이 루시에게 숨 돌릴 여유를 주었다. 어떤 일이 잘못 된다고 해도 오늘 밤은 할머니에게 마지막 인사를 하지 못하던 상황과는 다르다. 그것과는 전혀 다르다.

세 번째 연주자는 나이가 지긋한 노인으로 한때 유명한 사람이었는지 이름이 귀에 익었다. 더듬거리며 연주하는 걸 들으니, 지금 이 연주자는 연주를 잘해서가 아니라 그동안의 업적에 대한 존경의 의미로 페스티벌에 참가했다는 것을 알 수 있었다.

하지만 그는 행복해 보였고 실수를 해도 당황하지 않았으며, 건반 위에 놓인 주름지고 반점투성이 손은 때때로 머뭇거렸지만 여전히 음악을 만들었다.

몇 번이나 손가락이 음을 놓친 순간에도 얼굴에는 사랑스러움이 가득했다. 하지만 동시에 루시는 주변 사람들이 조마조마해하면서 이 연주자가 얼른 연주를 끝내고 마음을 놓기를 바라는 것이 느껴졌다.

사랑.

그게 바로 프라하 이전에 루시가 잃어버린 조각이다. 사랑이야말로 윌 선생님이 와서 루시가 스스로 느끼게 만들고 나서야 알게 된, 루시의 인생에서 잃어버린 조각이다. 아마 루시는 윌 선생님을, 자신이 생각해 온 것처럼 사랑한 게 아닌 것 같다. 혹은 지금은 그렇지 않거나.

하지만 두 사람이 함께 해 온 것들이나 가깝게 지내 온 시간에 대해서는 여전히 사랑한다. 루시는 두 사람이 나눈 대화, 피아노 앞에서 보낸 시간과 그 결과를 사랑한다. 심지어 지금 이 순간 마음이 아픈 것도 사랑한다. 왜냐하면 루시가 온 마음을 바친 건 정말 오랜만이기 때문이다.

그 모든 건 루시의 것이다. 루시는 할아버지가 루시에게서 음악에 대한 사랑을 빼앗았던 것처럼 윌 선생님이 그것을 앗아 가게 두지 않을 것이다.

루시는 그것을 자신의 것으로 움켜쥘 것이다. 그 외의 것은 버릴 거다.

나이 든 연주자가 곡을 마쳤다. 박수 소리가 울려 퍼지면서 사람들이 안도했다.

루시는 연주자를 위해 자리에서 일어섰다. 루시는 연주자가 무대 가장자리까지 천천히 걸어가 무대 계단을 내려와야 하는 걸 잊은 것처럼 보일 정도로 박수를 쳤다. 그가 루시를 보았는지는 알 수 없었다. 다른 사람들도 루시를 따라 기립 박수를 치는지 알 수 없었지만 신경 쓰지 않았다. 루시의 눈은 무대에 고정되어 있었다.

이제 루시의 차례다.

♪

루시는 건반 앞에서 마음먹었다. 브람스는 안전한 선택이고, 이런 자리에서 사람들이 기대할 만한 곡이다. 감동적이면서도 망치지 않을 작품. 루시는 윌 선생님의 의도를 알 것 같았다. 루시가 객석의 관객들을 위해 완벽하게 연주할 곡. 선생님은 이렇게 말하겠지.

보세요, 내가 루시 벡-모로를 복귀시켰답니다.

루시가 필립 글래스를 연주하기 시작하자 객석이 술렁였다. 사람들은 프로그램을 확인하며 웅성거렸다.

'필립 글래스?' 루시에게 사람들의 생각이 들렸다. 그의 작품은 이런 페스티벌에서는 잘 연주되지 않는다. 관객들이 기대하는 기교를 부리는 작품도 아니다. 이게 저 대단한 루시 벡-모로의 복귀인가.

주제 부분이 반복되었다. 하지만 주제가 반복될 때마다 루시는 새로운 느낌을 끌어내려고 애썼다.

첫 부분의 연주가 끝나자 루시는 잠시 숨을 고르고 난 뒤 다시 연주를 이어 갔다.

이윽고 연주를 마친 루시가 인사를 하려고 일어나자 박수 소리가 들렸다. 루시는 고개를 들어서 관객석을 훑어보았다. 윌 선생님이 아니라, 레이나나 칼슨도 아니라, 엄마를 찾았다. 엄마는 바로 앞에 아빠와 할아버지 사이에 있었다. 마틴 아저씨는 할아버지 옆에 있었다.

루시는 엄마를 향해 웃으면서 오케스트라를 소개하듯이 손을 내밀었다. 엄마도 똑같이 손을 내밀었다.

루시가 무대 가장자리로 가자 앞서 연주했던 연주자가 보였다. 할아버지 연주자는 커튼 뒤에 있는 접이식 금속 의자에 앉아 있었다. 눈가가 촉촉이 젖은 채로 루시를 바라보았다.

"정말 멋졌어요."

나이 든 연주자가 말했다.

"저는 선생님처럼 되고 싶어요."

루시의 말에 그가 웃었다.

"아니지. 자신다워져야죠."

거스가 연주하는 것을 지켜보려고 루시는 접이식 의자를 하나 더 찾아서 옆에 앉았다.

35

파티는 사람들로 북적였다. 루시는 가족들 가까이에 있었다. 평소에 할아버지는 군중 틈으로 거스를 데리고 다니며 인사를 시켰다. 하지만 오늘 밤은 아빠가 거스의 매니저 역할을 했고 할아버지는 이상하리만큼 말이 없었다.

"재미있는 곡이더구나, 루시."

파티장에서 할아버지가 말을 건넸다.

"마음에 드셨어요?"

루시가 물었다.

"아니."

할아버지가 대답했다.

"하지만 싫지도 않았어."

이것이 할아버지한테서 기대할 수 있는 최고의 반응일 거다.

"할아버지는 뭘 좋아하세요? 뭘 사랑하세요?"

할아버지가 혼란스러운 표정을 지었다.

"무슨 말이냐?"

"사랑하시는 게 뭐냐고요?"

루시가 다시 물었다.

"모두. 나는 모든 걸 사랑한다."

루시가 웃음을 터트렸다.

"농담이라고 생각하겠지. 나는 여기에 내 인생을 걸었다. 내 돈. 내 시간. 나는 뉴질랜드에서 칵테일을 홀짝이면서 살 수도 있었어."

할아버지가 방을 응시했다. 루시는 8년 전에 레온 플라이셔의 복귀 연주회에서 왼손이 회복된 걸 보고 눈물을 글썽이던 할아버지의 모습을 떠올렸다.

"이제 나는 뒷방 늙은이에 불과하지. 내 자신에 대해서나 특히 네 할머니가 죽은 데 대해서는 할 말이 없구나. 나에게 기대하지 말거라."

"저는…… 안 그래요."

루시는 이 이야기를 윌 선생님한테 어떻게 전할지 고민하다 문득 아마도 그럴 일은 없을 거라는 걸 깨달았다. 선생님을 루시의 관객으로 받아들이려면 시간이 필요하다.

엄마가 샴페인 잔을 들고 다가왔다.

"지금까지 본 중에서 가장 많은 사람들이 왔구나."

엄마가 말했다. 세 사람은 파티장 구석에서 조용히 거스와 아빠가 돌아다니는 걸 바라봤다.

"다이앤 회장은 만족했을 거야. 기부금이 엄청 들어왔다는구나."

할아버지가 눈썹을 찡긋 올렸다.

"거스가 지금 얘기를 나누는 게 누구냐? 세상에. 윌 선생이 관계자들을 몽땅 데려왔구나. 우리가 거스를 알리려면 어떻게 해야 하는지 모른다고 생각하나 보지?"

루시는 잠자코 있었다. '원하시는 대로 생각하세요. 윌 선생님의 수행원들이 거스를 위한 거라고 생각하시고 싶으시면 그러세요.' 루시는 거스도 그렇게 생각하면 좋을 것 같았다.

루시는 윌 선생님에게 말을 걸지 말지 고민했다. 루시가 음료수가 있는 곳에서 선생님을 발견했을 때, 함께 있던 프로듀서가 루시에게 손을 흔들었다.

"잠시만요."

루시가 엄마에게 말했다.

루시가 사람들을 스쳐 지나갈 때 그들은

"다시 만나 반가워요, 루시."

"못 알아볼 뻔했잖아요!"

이런 말들을 했고 루시는 그때마다 화들짝 놀랐다.

윌 선생님에게 다가가자, 선생님이 루시를 존 토마시니라는 프로듀서에게 소개했다. 루시는 그와 악수했다.

"기억나요. 안녕하세요?"

"잘 지냈어요? 많이 컸네요."

그가 선생님을 향해 미소 지었다.

"물론 브람스를 들었다면 더할 나위 없이 좋았겠죠."

월 선생님이 머쓱하게 웃었다.

토마시니는 음료수를 홀짝였다.

"월 선생이 두 사람이 함께 해낸 작품을 들으러 오라고 초대해 줘서 얼마나 기쁜지 몰라요."

루시가 월 선생님을 바라보았지만 선생님은 루시의 시선을 피했다. 토마시니가 말을 이었다.

"엄청난 이슈예요. 학생과 선생 모두 한때 스타였고, 게다가 둘 다 이렇게 멋지고 예쁘니 더 그렇죠. 월 선생은 약간 화장이 필요하겠지만요!"

토마시니가 빙그레 웃었다.

"미안하지만, 이게 요즘 마케팅의 실체예요."

"월 선생님은……"

루시는 월 선생님이 자신의 선생님이 아니라고 말하려 했다. 하지만 그것도 정확하지는 않다.

"그 문제라면 저희 아빠한테 전화하시면 돼요."

루시가 토마시니에게 말했다.

"그럼 저는 동생을 찾아야 해서요."

월 선생님이 루시를 따라왔다.

"잠시만, 루시."

루시가 뒤돌아보았다.

"필립 글래스에 그렇게 빠져 있는 줄은 몰랐네."

웃으라고 한 말이었지만 루시는 아무런 반응도 하지 않았다.

"하지만 진심으로, 연주는······ 정말 훌륭했어. 독특하긴 했지만, 좋은 쪽으로 독특했어."

선생님은 루시의 팔을 가볍게 잡았다.

"여긴 시끄러워서 잘 안 들리니 저기에서 얘기 좀 하자."

선생님이 위층으로 향하는 계단을 가리켰다.

"브람스를 연주하려고 했어요."

계단에서 루시는 무덤덤하게 말을 시작했다.

"선생님이 저 사람들과 같이 있는 걸 보기 전까지는요."

"그럼 즉흥적으로 생각해서 쳤단 말이니? 우아!"

루시는 전날 카페에서의 일을 생각했다. 선생님이 루시에게 화를 내지 않는 게 자신에게 얼마나 중요한 문제였는지. 이제는 루시가 선생님에게 화가 나지 않는 게 그만큼이나 중요하게 여겨졌다. 그러고 싶지 않았다. 루시는 화내는 데 지쳤다.

"왜 저 사람들을 초대하신 거예요?"

루시는 선생님의 눈을 바라보았다. 순간 선생님이 열심히 변명하려고, 상황을 되돌리려고, 노력하는 게 보였다.

"저와 있을 때는 선생님 자신만 되어 주세요."

루시가 말했다.

"이 말 기억나시죠? 이제 말해 주세요."

루시를 바라보는 선생님은 더 이상 매력적이지도, 자신감이 넘쳐 보이지 않았다.

"이게 내 자신이야."

선생님이 눈을 내리깔았다.

"아마도 이번 일을 나 자신을 위한 기회로 여긴 것 같아. 언제부터였는지 모르겠어. 하지만 처음부터 그랬던 건 아니야. 그날, 너희 집에서의 첫날, 식사한 날이 아니라, 거스의 첫 레슨을 했던 날 말이야. 내가 너한테 다시 피아노를 치고 싶지 않냐고 물었을 때 너는 모르겠다고 했지. 그때 네 표정을 봤어."

선생님이 손을 가슴 위에 놓고 고개를 들었다.

"너는 답을 알고 있었고, 다시 치기를 원하지만 네 자신에게 매여 있다는 걸 알았어. 네가 나한테 도와 달라고 했을 때는 마치 꿈만 같았지."

"선생님을 믿었어요."

루시가 말했다.

"그러지 말아야 했어요. 내가 더 이상 치지 않는다고 했는데도 갑자기 피아노를 치라고 하고. 그때부터 선생님을 믿지 말아야 했는데."

선생님은 상처받은 것처럼 보였다. 루시는 그렇게 말했지만 그날 선생님이 피아노를 치자고 했던 건 순수한 의도였다는 걸 알았다.

"분명히 말하는데, 다이앤 회장이 파티에 올 때까지는 이럴 생각은 없었어."

루시는 거스가 묻던 게 기억이 났다.

왜?

루시가 다이앤 회장이 윌 선생님에게 페스티벌 참가를 제안했다고 했을 때였다.

"다이앤 회장이 선생님 파티에 왜 왔는데요? 항상 오나요? 제가 거기 간다고 하기 전에 초대했어요, 그 후였어요?"

선생님이 뒷목을 쓸었다.

"맞혀 보거라."

루시는 고개를 끄덕이며 그 수많았던 의미 있는 순간을 떠올렸다.

"그럼 다른 건 다 뭐였죠? 진심이었나요?"

그렇게 묻고 루시는 입을 다물었다. 그리고 다음 순간에는 월 선생님이 루시가 무슨 말을 하는지 모르겠다고 할까 봐 두려웠다.

선생님은 금세 알아챘다.

"다른 것. 그건…… 생각하지도 못했어. 하지만 무척 행복했어. 그리고 네가 오늘 밤 무대에 오른 사실만큼 생생하지."

선생님이 어깨 너머를 흘끔거리더니 목소리를 낮추었다.

"하늘에 맹세코 좋은 의도 말고는 아무것도 없었어. 최근에 일이 잘 안 풀리는 듯했어. 그래, 잘 안 풀린 게 사실이지. 하지만 다른 모든 건 진심이었어. 너와 있을 때는 나도 정말 최선을 다하려고 노력했어."

루시는 입을 떼지 못하고 마음속으로만 생각했다.

'저도 그랬어요.'

선생님이 한숨을 쉬었다.

"그것 역시 자기 합리화겠지. 그만두마."

"그게 좋겠어요."

루시가 조용히 말했다.

"혹시, 나한테 또 할 말은 없니? 물어보고 싶은 거라도? 솔직하게 말하마."

'제가 생각하는 게 맞나요?'

선생님은 솔직하게 대답할 거다. 루시는 자신이 마음의 준비가 되었는지 알 수 없었다. 그 순간 루시는 두 사람이 과거에 대한 얘기만 하고 있는 걸 깨달았다. 이제 마지막 인사를 하는 거다. 루시는 마음의 문을 닫고 혼란에서 빠져나왔다.

"없어요. 마지막 인사는 하지 말아요. 왜인지 아세요?"

"토마시니가 프로듀서를 맡고 우리 둘이 네 손을 위한 곡을 녹음하려고?"

선생님은 웃지도 않고 농담을 했다.

"아니야? 좋아. 왜일까?"

"왜냐하면 선생님은 거스를 계속 가르쳐야 하기 때문이에요."

루시가 단호하게 말했다. 그건 윌 선생님을 완벽하게 무시할 수는 없다는 뜻이 된다. 윌 선생님은 여전히 가족의 일부로 남게 된다.

"잠시만."

윌 선생님이 당황해서 자신의 손을 맞잡았다.

"어머니한테 내가 얼마나 형편없는 인간인지 말하지 않을 거니?"

"거스를 위해서요. 거스는 여전히 선생님을 좋아하니까요. 여전히 선생님이 필요해요."

선생님이 팔을 떨어뜨렸다.

"하지만."

루시가 말을 이었다.

"만약 언제든 거스가 원하지 않는 걸 강요하면, 제가 가만있지 않을 거예요."

"그래. 고맙다. 한 번 더 기회를 줘서. 거스와 말이야."

두 사람은 나중에도 계속 보겠지만 인사를 나누었다. 인사도 그냥 형식일 뿐이다.

"저도 고마워요."

진심은 그게 아니었지만, 나중에 다시는 말할 기회가 없을지 몰라 그렇게 말했다.

"너는 강한 아이야. 아주 강한 아이지."

선생님은 얼굴을 찡그리며 웃었다.

"너에게서 내가 아주 좋아하는 부분이야."

루시는 고개를 저었다. 오늘 밤에 겪은 일들 때문에 눈물이 날까봐 두려웠다.

"그렇게…… 말씀하지 마세요. 정말 그런 것처럼요. 저는 그렇게까지 강하지 않아요."

선생님의 미소가 사라졌다.

"미안하구나, 루시."

루시가 몸을 돌리는데 선생님이 루시의 팔꿈치를 살짝 건드렸다.

"아카데미 원장이 네 연주를 무척 마음에 들어 했어. 거기 들어

가는 데는 아무 문제없을 거야. 할아버지와 묵은 감정이 있다 하더라도."

루시는 고개를 들어 선생님을 바라보았다.

"또 봬요."

♪

거스를 추종자들 사이에서 **빼** 오는 건 거의 불가능했다. 루시는 윌 선생님이 거스에게 다가가서 저녁 내내 옆을 지키는 걸 보았다. 루시는 마틴 아저씨를 만나서 같이 기다렸다.

"내가 보이기나 했는지 모르겠지만 네가 무대에 있는 모습을 보고 눈물이 나더구나. 더구나 네 연주는 너무 멋졌어."

루시가 아저씨의 품을 파고들자 아저씨가 루시에게 팔을 둘렀다. 두 사람은 그대로 사람들이 점점 줄어들어 사라지길 기다렸다.

루시는 윌 선생님이 부모님과 할아버지에게 인사하는 모습을 보았다.

거스는 기다리고 있는 루시를 보더니 몸을 돌렸다.

"거스!"

마틴 아저씨가 불렀다.

"이리 와서 누나랑 얘기 좀 하렴."

아저씨가 루시를 한 번 더 톡톡 쳤다.

"내일 보자꾸나, 공주님."

거스는 얌전히 그 말에 따랐다. 루시는 거스를 너무 안고 싶었지만, 안기고 싶지 않은 거스의 의사를 존중하고자 했다.

"너 진짜 끝내줬어. 완벽했다고. 정말 자랑스러워."

"고마워."

"너한테 줄 게 있어."

"나비넥타이는 싫어."

"아니야."

루시가 손바닥을 펴자 윌 선생님의 손톱깎이가 놓여 있었다.

"자."

거스가 루시의 손에서 손톱깎이를 들어 올렸다.

"음. 멋진데."

"행운을 부르는 부적이야. 내 말 믿어."

거스가 주머니에 손톱깎이를 넣었다. 그러고 나서 분명히 하기 힘든 일이었겠지만, 거스는 고개를 똑바로 세우고 등을 꼿꼿이 한 채 말했다.

"나도 누나가 자랑스러워."

루시는 거스를 당황하지 않게 하려고 울음을 꾹 참았다.

"거스."

루시는 허리를 숙여 거스에게 얼굴을 가져갔다.

"윌 선생님은 네 꺼야. 알았지? 네 선생님이라고."

"두 사람은 여전히 친구로 지낼 거야?"

"지금처럼은 아니야."

집으로 돌아오는 길에, 루시는 윌 선생님한테 주려고 코트 주머니

에 넣어 둔 CD를 발견했다. 선생님한테 전해 주지 못했고, 아마 절
대로 주지 않을 거다.

♪

레이나가 그날 남긴 음성 메시지를 뒤늦게 확인했다. 루시가 그리
워하던 목소리였다.

"안녕. 칼슨이 네 얘기를 해 줬고, 신문에서도 읽었어. 나도 갈 거
야. 말리지 마. 그리고 네 이름을 이렇게 보니 정말 근사하다고 말해
주고 싶어. 이런 거지. 우아, 나 얘 알아, 내 절친이거든. 그리고 행운
을 빌어! 사랑해."

4악장. 다 카포

Da Capo 처음부터 다시

1월 중순 샌프란시스코의 추위는 매섭다. 그래도 루시는 3킬로미터 정도를 찬바람을 맞으면서 숨을 참고 걸어갔다. 크리스마스 직후에 팰리시아를 만나 커피를 마셨을 때 선물로 받은 스카프를 하고 있었다.

"이건 크리스마스 선물이 아니야."

루시가 자신은 선물을 준비 못 해 미안해하자 팰리시아가 얼른 말했다.

"우연히 봤는데 어울릴 것 같아서."

팰리시아는 보랏빛이 도는 스카프를 루시의 목에 두르고 휴대폰으로 사진을 찍었다.

오늘 아침에 엄마는 학교에 데려다주려고 현관에 서서 기다리고 있었다. 루시가 거절하자 엄마는 약간 마음이 상한 듯 보였다.

"첫날이잖아요. 그냥…… 혼자 보내고 싶어요. 나만의 것으로요."

예전에는 이런 적이 없었다. 루시가 부모님도 보지 못하고 다른 도시로 갔을 때, 연주의 부담감 때문에 음악의 아름다움에 대해 잊고 있을 때나 마치 벌이라도 받는 것처럼 피아노 앞으로 느릿느릿 걸어갈 때도 이렇지 않았다.

이번에는, 아무것도 걱정되지 않았다. 루시는 스스로에게 물었다.

'무엇을 사랑하니, 루시?'

그리고 루시는 기억해 냈다. 라이언 아담스, 아침에 마시는 커피한 모금. 엄마가 B-52s의 노래를 따라 흥얼거리는 것. 비발디와 베토벤의 프렌치 호른. 그리고 비록 복잡하긴 하지만…… 사람들.

루시가 무엇을 사랑하는지 혹은 어쩌면 좋아하는 것조차 루시가 항상 아는 건 아니다. 루시는 사실, 여지를 남겨 둘 필요가 있다. 예전에 찰스 선생님한테 좋은 점수를 받으려고 애쓴 것, 레이나와 영원히 우정을 유지하려고 했던 것, 윌 선생님의 사랑과 관심을 받으려고 노력한 것에 대해 여전히 의문을 가지고 있다.

이제, 루시는 자신의 미래를 알고 싶지 않다.

원하는 것은 오직, 여기에서, 모든 순간을 보내는 것이다.

루시는 아카데미의 커다란 이중문을 밀고 안으로 들어갔다.

♫ 루시가 사랑하는 것들 ♪

· **리글 텐더(Legal Tender), B-52s**
내가 어릴 때 엄마는 늘 이곡을 차에서 틀곤 했는데 들을 때마다 신이 났다. 엄마
는 젊은 시절에 B-52s를 굉장히 좋아했던 것 같다. (엄마가 공연장에 있는 모습은
상상하기 어려웠다.)

· **모어(More), 어셔**
알고 있던 노래였지만, 레이나가 완전 세뇌시켰다. 운동하면서 듣기에 좋다.

♪ 분위기를 바꾸는 음악

· **에브리바디 노우스(Everybody Knows), 라이언 아담스**
앞부분에 나오는 드럼 소리만 끝내주는 게 아니다. 전체가 그렇다.

· **폴드(Fold), 호세 곤잘레스**
가사를 자세히 들어 보라. 딱 지금 내 심정이다.

· **로드스타(Lodestar), 사라 하머**
첫 부분은 평범하지만 점점 대단해진다. D. H. 로렌스의 시에서 영감을 얻었다고
한다. 정말 완벽하다.

· **슈가 온 더 플로어(Sugar on the Floor), 엘튼 존**
역시 엄마가 좋아하는 곡인데 정규 앨범이 아니라서 구하기 힘들다. 에타 제임스
가 부른 버전도 있지만, 내 생각에는 그저 그렇다. 엘튼 존이 이 곡을 더 슬프게
만들었다. 너무 슬프다.

· **해피어(Happier), 구스터**
어느 밤에 인터넷을 뒤지다 구스터를 알게 되었다. 항상 머릿속에 이 곡이 있다.

• 더 라이플즈 스피랄(The Rifle's Spiral), 신즈
요즘 빠져 있다. 100번도 더 들었다.

• 챌린저(Challengers), 뉴 포르나그로퍼
더 이상 말이 필요 없다.

• 교향곡 5번 3악장, 베토벤
레오날드 번스타인 지휘, 뉴욕 필하모닉 연주
어떤 연주는 너무 느리고, 호른 소리가 너무 작다. 이게 내가 제일 좋아하는 버전
이다. 모든 사람들이 1악장을 아는 것처럼 3악장도 알았으면 좋겠다.

• 바이올린 협주곡 8번 사계 겨울 1악장 알레그로 논 몰토, 비발디
이작 펄만 지휘, 런던 필하모닉 오케스트라 연주
어떤 연주는 너무 빠르다. 하지만 굉장히 익숙한 곡이라 눈치채지 못할 거다. 이
앨범은 들을 때마다 새롭다.

• 무반주 첼로 협주곡 2번 D 단조, 바흐
매트 하이모비츠 연주
매트 하이모비츠와 사랑에 빠질 지경이다. 첼로를 연주할 줄 알면 좋겠다. 언젠가
는 배울 거다.

• 메타모포시스 1번, 필립 글래스
이 곡에 대해 공부하고 있다. 연주하면 묘한 만족감이 느껴진다. 반복되는 부분에
어떤 의미가 있는 것 같다. 아직은 그게 무엇인지 알 수 없지만.

주시 변주곡

초판 1쇄 발행 2015년 03월 10일
초판 2쇄 발행 2017년 10월 11일

지은이 사라 자르
옮긴이 강효원
펴낸이 한혁수

기획·편집 박지연, 이예은, 민가진
디자인 김세희
마케팅 김남원, 구혜지
제작관리 김남원

펴낸곳 도서출판 다림
등 록 1997. 8. 1. 제1-2209호
주 소 07228 서울시 영등포구 영신로 220 KnK디지털타워 1102호
전 화 (02) 538-2913 팩 스 (02) 563-7739
블로그 blog.naver.com/darimbooks
다림 카페 cafe.naver.com/darimbooks
전자 우편 darimbooks@hanmail.net

ISBN 978-89-6177-104-7 43840